Sur l'auteur

Frank Tallis est un docteur en psychologie renommé, spécialiste des troubles obsessionnels. Il a d'abord publié des essais de psychologie grand public, puis des romans (*Killing Time* et *Sensing Others*) pour lesquels il a reçu en 1999 le Writer's Award de l'Académie des arts de Grande-Bretagne et, un an plus tard, le New London Writer's Award. Sa série viennoise, « Les Carnets de Max Liebermann », débute avec *La Justice de l'inconscient*, salué dès sa parution par une critique et un public unanimes. Il démarre un nouveau cycle fantastique avec *Les Portes de l'interdit* et *La Chambre des âmes*, sous la signature de F.R. Tallis.

Du même auteur
aux Éditions 10/18

Série « Les Carnets de Max Liebermann »

LA JUSTICE DE L'INCONSCIENT, n° 3982
DU SANG SUR VIENNE, n° 3983
LES MENSONGES DE L'ESPRIT, n° 4087
LES PIÈGES DU CRÉPUSCULE, n° 4215
COMMUNION MORTELLE, n° 4313
PETITE MUSIQUE DE LA MORT, n° 4461
▶ LA VALSE DE MÉPHISTO, n° 5302

LES PORTES DE L'INTERDIT, n° 4629
LA CHAMBRE DES ÂMES, n° 4783

FRANK TALLIS

LA VALSE DE MÉPHISTO

Les carnets de Max Liebermann

Traduit de l'anglais
par Hélène Prouteau

INÉDIT

10/18

Ouvrage précédemment paru
dans la collection « Grands Détectives »
créée par Jean-Claude Zylberstein

Titre original :
Mephisto Waltz

ISBN 978-2-264-07213-9
Dépôt légal : mars 2018

10/18 - 92, avenue de France - 75013 Paris

PRÉLUDE

GENÈVE, 1898

Luigi était assis à une table d'angle dans un petit café vétuste. Il sirotait un liquide noir, amer, dont la couleur et le goût s'harmonisaient à son humeur. Il n'y aurait pas de « geste mémorable ». Le prince Henri d'Orléans, prétendant au trône de France, avait changé ses plans et il ne viendrait pas à Genève. La vie se poursuivrait comme avant, une déception succédant à une autre, et voilà. Pourquoi avait-il pensé que, cette fois, ce serait différent ? Quelle sottise ! Tel était son destin, la frustration à chaque tournant : abandonné par sa mère, ballotté d'orphelinats en institutions charitables ; et puis peiner et vagabonder. Il n'avait été heureux qu'une seule fois dans sa vie, lorsqu'il servait dans la cavalerie en Afrique du Nord. À part ça, son existence avait été misérable. Et s'il tentait de remédier à cette situation en rentrant en Italie ? Le roi Umberto serait assez facile à trouver. Sauf que Luigi n'avait pas d'argent pour payer le voyage et la distance était trop importante pour marcher. Un jour, il mourrait, et ce serait comme s'il n'avait jamais existé. Cette pensée le remplissait d'horreur.

À cette heure matinale, les autres tables étaient inoccupées. Le propriétaire, une personne au physique anguleux, alluma une lampe à huile et l'accrocha au-dessus des pages ouvertes d'un registre. Il suça le bout d'un crayon et s'appliqua à ses comptes. Un chat pelé bondit sur le comptoir et miaula pour attirer l'attention.

Luigi entendit des pas, le martèlement d'une canne sur les pavés, et la clochette tinta. L'homme qui venait d'entrer, un gentleman apparemment, portait un long manteau. Il ôta ses gants et son chapeau avec des mouvements lents, croisa le regard du propriétaire. Le chat fit le gros dos, feula, sauta du comptoir et glissa dans l'obscurité, car ses griffes n'avaient pas de prise sur le plancher. Une communication mystérieuse s'établit entre l'étranger et le propriétaire qui hocha la tête, comme s'il répondait à une requête, avant de suivre le matou dans la cuisine.

L'étranger fixa Luigi. Il avait dépassé la cinquantaine ; sa barbe en pointe et son nez aquilin lui donnaient un air diabolique. Lucifer déguisé en libertin vieillissant. Il se dirigea d'un pas nonchalant vers la table d'angle et, sans demander l'autorisation, s'assit sur une chaise vide.

— Eh bien, mon ami, je suppose que vous considérez les différentes options ?

En italien, avec un léger accent. Luigi haussa les sourcils. Il ne croyait pas à la magie, mais l'étranger semblait avoir lu dans ses pensées.

— Je ne me souviens pas qu'on ait été présentés. Vous êtes… ?

L'étranger sourit et la lente rétraction de ses lèvres le rendit encore plus démoniaque.

— Rassurez-vous, votre mémoire est excellente.

— Alors qui êtes-vous ? Que voulez-vous ?

— Quelques minutes de votre temps, c'est tout.

Luigi secoua la tête.

— Désolé, je ne vous connais pas.

Alors qu'il commençait à se lever, l'autre lui attrapa le bras et l'obligea à se rasseoir.

— Moi, je sais beaucoup de choses sur vous. Nous avons des amis communs.

L'étranger sortit des pièces de la poche de son manteau et les posa sur la table.

— J'ai cru comprendre que vous aviez besoin d'une aide financière. Prenez ça et payez-vous un petit déjeuner décent.

Luigi ramassa les pièces avec circonspection.

— Je ne comprends pas.

Une carriole roula bruyamment sur les pavés. L'étranger prit le journal qu'il tenait sous le bras et montra un article.

— Quand j'étais enfant, un vieux serf que j'adorais me disait souvent : « Chaque graine connaît son heure. » Lisez, ça va vous intéresser.

Ensuite l'étranger se leva, mit ses gants, repoussa le cuir entre ses doigts et se dirigea d'un pas tranquille vers la porte.

— Attendez ! s'écria Luigi.

L'homme ne se retourna pas. Il inspecta son reflet dans la glace, ajusta l'angle de son chapeau et sortit du café. Quand la clochette eut fini de tinter, le silence fut désagréable. Luigi vérifia la présence des pièces, craignant de s'être endormi et d'avoir rêvé. Le contact du métal le rassura. Il baissa la tête sur le journal et il lut. L'article parlait d'une aristocrate qui était descendue dans un des grands hôtels donnant sur le lac.

Le propriétaire émergea de la cuisine.

— Qui est cet homme ? demanda Luigi.

— Quel homme ?

La comtesse von Hohenembs se tenait dans le hall de l'hôtel *Beau-Rivage*. Elle était consciente que le directeur et son assistant la dévisageaient, bien qu'elle regardât ailleurs. C'était comme un sixième sens.

Devenir la plus belle femme du monde est un exploit qui nécessite une volonté de fer, du cran et de l'obstination. Elle se nourrissait essentiellement d'oranges et d'une glace de temps en temps, à la violette. Quand elle se sentait bien, elle s'abstenait de manger. La haute société bruissait de rumeurs prétendant qu'elle buvait du sang, alors qu'en vérité elle se contentait de lait ou de soupe claire. Dans l'hôtel, elle avait transformé en gymnase son salon de toilette tendu de brocart, agrémenté d'un épais tapis rouge et de meubles dorés. Sous l'énorme lustre étaient installés des barres parallèles et un espalier. Il y avait même des anneaux accrochés au linteau de la porte. Parfois, elle s'y pendait tout habillée et levait les jambes pour renforcer les muscles de son ventre.

Et puis il y avait la fraîcheur du teint, qui exigeait des masques de framboises écrasées ou de tranches de veau cru. On coiffait ses cheveux trois heures par jour et on les lavait deux fois par mois avec du cognac et des jaunes d'œufs. Un rituel qui prenait la journée. Sa silhouette était incroyablement élancée, surtout pour une femme qui avait eu quatre enfants, et la garder en l'état nécessitait une détermination véritablement héroïque : des corsets asphyxiants, des tissus trempés dans du vinaigre autour des hanches la nuit… Ces mesures extrêmes s'étaient révélées efficaces puisque sa taille tenait entre les mains d'un homme de taille moyenne.

Se maintenir à ce niveau était mauvais pour sa santé. Elle souffrait de fatigue, d'essoufflements, d'évanouissements, de chlorose, de sciatique, de névrite et de rhumatismes. Les spécialistes évoquaient à mi-voix un souffle au cœur. En conséquence elle faisait des cures dans les meilleures villes d'eaux : les Bains d'Hercule dans les Carpathes, Bad Kissingen en Basse-Franconie… Cela ne lui réussissait pas vraiment et, au cours des ans, elle avait compris qu'elle n'avait pas autant de problèmes que le suggéraient les médecins. En réalité, elle n'en avait qu'un seul : le passage du temps. Elle devenait vieille.

Que faire ?

Voyager.

Vêtue de noir et armée d'une ombrelle blanche derrière laquelle se cacher, elle avait congédié sa suite et errait de par le monde comme un séduisant fantôme. Elle s'était prise d'un intérêt particulier pour les océans. Quand elle voguait sur l'eau, le temps semblait s'arrêter et, à l'image du Hollandais volant, elle pouvait s'imaginer immortelle et toujours en mouvement. Elle était à ce point fascinée par la mer qu'elle s'était fait tatouer une ancre sur l'épaule, comme un matelot.

Après la célébrité, l'adulation, les portraits, les photographies, la flagornerie et la flatterie, elle se languissait d'anonymat. Mais même à soixante ans, la comtesse von Hohenembs demeurait une femme exceptionnelle, ce qui expliquait les regards fascinés du directeur et de son assistant.

La veille, elle avait rendu visite à la baronne Rothschild, non par goût, mais pour faire plaisir à sa sœur. Malheureusement, Marie, la reine destituée de Naples, dépendait maintenant de la famille

Rothschild. Un arrangement discutable. Des fonds avaient été débloqués en échange de la compagnie d'un membre d'une famille royale. Assez vulgaire. Bien que la comtesse ait eu du plaisir à discuter avec la baronne, elles ne pourraient jamais être amies.

— On a emporté les bagages ? demanda la comtesse à sa dame de compagnie.

— Oui, répondit Irma. Il y a déjà un moment.

Elles avaient pris un peu de retard. La comtesse sortit du hall de l'hôtel et se retrouva en plein soleil.

— Quelle belle journée !

Elle se mit en route d'un pas vif, Irma derrière elle. De la promenade, elle voyait le lac scintillant entouré de montagnes peu élevées. La cheminée du bateau à vapeur apparut et la perspective de traverser une grande étendue d'eau la mit de bonne humeur. Un air d'opérette lui vint à l'esprit : « Heureux celui qui oublie ce qu'on ne peut plus changer. »

Un homme se pencha sous son ombrelle. Il portait un chapeau défraîchi et des vêtements miteux. Il avait le teint mat – un Italien, peut-être ? Quand son bras se leva, elle se figea, choquée. La force du coup la fit chanceler, elle perdit l'équilibre et se retrouva sur le dos, en train de regarder des nuages blancs, là-haut dans le ciel bleu. Sa chute avait été amortie par ses jupes et sa tête, protégée par l'épais coussin de ses tresses rassemblées en chignon sur la nuque. Embarrassant. Des visages apparurent, parlant dans des langues différentes et offrant leur aide. Elle sauta sur ses pieds et remercia les gens qui s'étaient précipités pour la secourir, d'abord en allemand puis en français et en anglais. Irma brossa la poussière de sa robe.

— Ça suffit, dit la comtesse.

Le portier du *Beau-Rivage* était là.

— Comtesse, peut-être devriez-vous retourner à l'hôtel ?

— Non, ce ne sera pas nécessaire.

Elle ne voulait pas manquer le bateau à vapeur. Comme si rien ne s'était passé, elle prit l'ombrelle qu'Irma lui tendait et se remit en marche.

— Qu'est-ce qu'il voulait, cet homme ? demanda-t-elle.

Irma était choquée et troublée.

— Le portier ?

— Non, s'énerva la comtesse, l'autre. L'horrible individu.

— Je l'ignore. Sûrement un criminel violent… un fou !

— Peut-être a-t-il tenté de me voler ma montre ?

Elles traversèrent la passerelle et presque aussitôt le navire s'éloigna du quai. La comtesse était soulagée. En contemplant le lac, elle se sentit soudain très faible. Ses jambes se dérobaient sous elle. Elle s'effondra.

— À l'aide ! cria Irma. Y a-t-il un médecin à bord ?

Les personnes qui accoururent n'appartenaient pas à la profession médicale. Il y avait cependant une infirmière à la retraite.

— Il faut l'allonger confortablement et lui masser la poitrine, conseilla-t-elle.

Trois hommes portèrent la comtesse sur le pont supérieur et la déposèrent sur un banc. S'agissait-il d'une réaction nerveuse ? Son corset était-il trop serré ?

— Qu'est-ce que c'est que ça ? demanda l'infirmière.

Une tache brune était apparue sur la camisole en baptiste de la comtesse. Quand Irma y regarda de plus près, elle vit un trou. La comtesse battit des paupières et bougea.

— Vous avez mal ? s'enquit Irma.

— Non, non. Que s'est-il passé ?

Avant qu'Irma ait pu lui répondre, la comtesse avait encore perdu connaissance.

Le capitaine décida de faire demi-tour. Il eut un sourire bienveillant à l'égard d'Irma et dit :

— Ne vous inquiétez pas, nous allons ramener la comtesse au *Beau-Rivage* en un rien de temps.

— Elle n'est pas comtesse, murmura Irma.

— Hein ?

Le capitaine se rapprocha d'elle.

— Elle est impératrice. Elle utilise le nom de Hohenembs pour dissimuler son identité.

Le capitaine avala sa salive avec difficulté.

— Une impératrice, mais alors…

— Oui, Élisabeth d'Autriche.

Le capitaine chercha sur le visage d'Irma des signes d'excentricité, mais elle paraissait tout à fait sérieuse et respectable.

— Ah !

Il prit une grande respiration et, quand il ouvrit de nouveau la bouche, il fut étonné d'entendre un second « ah ! », légèrement tremblé celui-ci.

Le bateau à vapeur réintégra son poste d'amarrage et la passerelle fut mise en place. On fabriqua un brancard avec des rames et des sièges en velours et la « comtesse » fut ramenée à l'hôtel. Lorsque les médecins arrivèrent, il n'y avait plus rien à faire et, à dix heures deux, l'impératrice Élisabeth d'Autriche, reine de Hongrie, reine consort de Croatie et de Bohême, fut déclarée décédée.

Sur la promenade, un homme au nez aquilin et à la barbe en pointe s'appuyait à une balustrade. Il rejeta son chapeau en arrière avec le pommeau de sa canne, alluma un cigare et se dirigea vers le centre-ville.

Première partie

UN HOMME SANS QUALITÉS

VIENNE, 1904…

1

Liebermann était assis en face de son père à l'*Impérial*. Le pianiste venait de jouer un *Ländler* mélancolique et, avant la fin des applaudissements, il attaquait déjà la polka *Trish-Trash*.

Mendel leva la carte et un des serveurs se dirigea vers lui.

— Un *Topfenstrudel*[1] pour moi et un *Apfelschmarrn* pour mon fils. Merci, Bruno.

Le serveur remarqua les tasses vides.

— Du café ?

— S'il vous plaît.

— Un viennois pour Herr Liebermann et un noir pour Herr Doktor Liebermann ?

— Vous avez deviné.

Bruno s'inclina et circula entre les tables, esquivant ses collègues. L'*Impérial* était bondé et tout le monde parlait fort.

— Alors, comment vas-tu ? demanda Mendel.

— Très bien, père. Et toi ?

— Mon dos, mes genoux… on n'y peut rien. Un homme de mon âge a mal partout.

1. Gâteau au fromage blanc. (*Toutes les notes sont de la traductrice.*)

— Peut-être devrais-tu perdre un peu de poids.

— Hein ?

— C'est ce que Pintsch t'a conseillé.

Il marqua une pause.

— Il y a plus d'un an, je crois.

— Les plaisirs de la vie sont comptés, grommela Mendel. Je refuse de m'arrêter de manger. Tu comprendras ce que je veux dire plus tard.

— Je ne t'ai pas dit d'arrêter de manger, et le Pr Pintsch non plus.

— Maxim, l'impératrice n'avalait que des oranges et regarde où ça l'a menée.

— Elle a été assassinée.

— Voilà.

— Je ne suis pas sûr de te suivre, père.

— Je veux profiter du temps qu'il me reste. Si ça se trouve, il est limité.

Leur bref échange avait déjà pris une tonalité acerbe. Liebermann changea de sujet. Ils parlèrent des nouvelles des journaux et Mendel mentionna un banquier dont le nom figurait dans la rubrique nécrologique.

— Je suis allé à l'école avec lui, nous vivions dans la même rue et il a fini par fréquenter des aristocrates. Qui l'eût cru ?

Bruno réapparut et déchargea avec habileté son plateau avant de s'éclipser.

— Comment va Hannah ? demanda Liebermann.

Il plaignait la plus jeune de ses deux sœurs, bloquée à la maison avec des parents âgés.

— Ça va.

Il y eut un silence.

— Presque dix-huit ans.

Mendel avait lancé cela les sourcils froncés, il ne s'agissait pas d'une réflexion innocente.

— Elle est encore très jeune, fit remarquer Liebermann.

— Pas assez jeune pour que je ne pense pas à son avenir, répliqua Mendel.

Près d'eux, un groupe d'hommes et de femmes élégants éclata de rire.

— Je sais que tu as… (Mendel fit un moulinet avec la main) ton opinion sur la façon dont nous agissons, ta mère et moi, mais sans cela, comment Hannah rencontrerait-elle un jeune homme convenable ? Herr Lenkiewicz a un fils – Baruch –, un garçon brillant, avec un cerveau pour les mathématiques. Il tient déjà les registres de son père et leur affaire se porte bien. Nous avions arrangé un rendez-vous entre Hannah et Baruch. (Mendel secoua la tête.) Ça n'a pas été un grand succès.

— Je serais ravi de lui présenter quelques personnes.

Mendel ne put dissimuler sa réprobation.

— Un de tes amis psychiatres ?

— Pas forcément, mais entre nous, père, cela serait-il aussi épouvantable ?

Mendel le foudroya du regard.

— Hannah s'intéresse aux gens, pas aux chiffres, poursuivit Liebermann, elle aime la lecture, l'art…

— Donc, elle a besoin d'un mari avec de bonnes perspectives, qui pourra lui payer des livres et des tableaux.

Liebermann prit sa fourchette et goûta son *Apfelschmarrn*, une crêpe à la pomme avec du sucre et de la cannelle. La subtilité de sa saveur lui plut. La douceur du fruit rehaussée par des notes de vanille et de caramel. Le silence embarrassé fut soulagé par un échange nerveux sur la politique. Liebermann remarqua qu'à plusieurs occasions son père s'apprêtait à parler avant de se retenir. Mendel montrait aussi des signes d'agitation, il pianotait avec les doigts. Enfin, il s'éclaircit la voix.

— Leah est venue voir ta mère, l'autre jour.

Leah, la sœur la plus âgée, passait son temps à rendre visite à sa mère. À l'évidence, elles s'étaient cette fois-ci entretenues d'un sujet en particulier.

— Ah ? dit Liebermann.

Il mâcha et avala.

— Oui, poursuivit Mendel. La semaine dernière, alors qu'elle rentrait du théâtre, elle t'a vu dans l'Alserstrasse.

Mendel leva le nez de son *Topfenstrudel*.

— Avec une femme, très séduisante.

Liebermann reposa sa tasse et s'essuya la bouche avec sa serviette.

— C'était sûrement Amelia.

— Amelia ? répéta Mendel sans le quitter des yeux.

— Elle est anglaise.

— Tu n'en as jamais parlé.

— Eh bien…

— Je m'en serais souvenu, Maxim.

— Elle vit avec Mimi Rubenstein.

Le visage de Mendel s'éclaira.

— La préceptrice qui a emménagé après la mort de Herr Rubenstein. Elle cherchait un logement.

— C'est bien Amelia.

— N'était-elle pas malade ?

— Elle a subi un traitement à l'hôpital.

— C'est toi qui la soignais, non ?

Liebermann ne s'attendait pas que son père ait une aussi bonne mémoire.

— Oui, avoua-t-il à regret.

Mendel planta sa fourchette dans son *Topfenstrudel.*

— Aurais-tu établi des relations intimes avec une de tes patientes ?

— Une de mes anciennes patientes, le corrigea Liebermann, tandis que Mendel refrénait une fois de plus son désir d'intervenir. Père, j'ai longuement réfléchi au bien-fondé de notre amitié.

— Elle est guérie ?

— Tout à fait.

Mendel ne semblait pas convaincu.

Le pianiste jouait maintenant un morceau que Liebermann ne reconnut pas, une mazurka en mineur.

— Je suppose que cette amitié va au-delà d'un flirt ?

— Bien au-delà.

— Alors, quand avais-tu l'intention d'informer ta mère de cette évolution ?

— L'occasion ne s'est jamais vraiment présentée.

Mendel se caressa la barbe.

— Anglaise, dis-tu ?

— Pas tout à fait, répondit Liebermann en jouant avec un quartier de pomme. Son père est anglais et sa mère, allemande.

— Elle vient d'une bonne famille ?

— Son grand-père était médecin à la cour.

Mendel soupesa cette déclaration et hocha la tête.

— Je suis certain que ta mère serait très heureuse de rencontrer cette… Amelia.

— Sans aucun doute, répliqua Liebermann d'un ton cassant.

— Pourquoi ne l'invites-tu pas à dîner ? Par exemple, un vendredi soir.

Mendel se renversa dans son fauteuil.

— Un autre soir serait préférable, rétorqua Liebermann.

Mendel pencha la tête.

— Elle n'est pas…

— … juive ? Non.

Mendel se réfugia sous un masque d'impassibilité pour cacher sa déception.

— Une préceptrice…

— Plus maintenant. Elle est employée à l'université et travaille parfois avec Landsteiner, le spécialiste du sang. Il lui a donné l'autorisation d'entreprendre des recherches dans son laboratoire.

— Elle a aussi l'intention de pratiquer la médecine ?

— Peut-être, ou alors de poursuivre une carrière scientifique. Elle ne s'est pas encore décidée.

Liebermann se demanda combien de fois il pourrait remettre ce dîner à plus tard. Deux, trois avec un peu de chance ? Maintenant que sa mère avait été avertie de l'existence d'Amelia, elle ne penserait plus qu'à ça et ne le lâcherait pas.

— Il ne te plaît pas, ton *Apfelschmarrn* ? s'enquit Mendel. Tu y as à peine touché.

2

L'inspecteur Oskar Rheinhardt se tenait au centre d'un atelier tout en longueur et organisé de façon fonctionnelle. Il ne se rappelait pas la date précise de la faillite de Gallus et fils, mais elle remontait à peu de temps. Pas plus d'un an, à son avis. Contre le mur en briques apparentes se tenaient les carcasses de plusieurs pianos en fabrication : deux droits et un grand queue. Deux autres pianos droits étaient relégués au fond, entre deux piliers. Les meubles n'avaient pas été polis et le bois était moucheté de moisissure verte. La lumière hivernale qui tombait des hautes fenêtres à croisillons ternissait la surface de chaque objet. Dans un coin était entassé un enchevêtrement de cordes en métal, de marteaux, de touches et de chevilles. Le plafond fuyait et l'eau formait des flaques sur le plancher, amplifiant l'atmosphère de décomposition et de déréliction.

Le cadavre, assis sur une chaise en bois, tendait les jambes, exposant les semelles de ses chaussures. Elles étaient très usées. Le tissu gris et grossier de sa chemise sans col était du genre que portaient les ouvriers ou les journaliers. Debout derrière la chaise, Rheinhardt étudiait un trou à peu près circulaire dans le crâne de l'homme. À plusieurs mètres devant le mort, il y avait trois sièges régulièrement espacés qui n'avaient pas été disposés ainsi par hasard.

Rheinhardt surmonta la répugnance qui l'empêchait d'examiner le visage du défunt. Le cartilage dissous du nez exposait la cavité nasale. Les orbites étaient remplies d'une substance gélatineuse. Des cheveux roussis pendaient sur la chair ramollie et cloquée. Le sourire dément du squelette n'avait plus de lèvres pour le dissimuler. La puanteur était insupportable.

Haussmann, l'assistant de Rheinhardt, entra dans la fabrique et se dirigea vers son supérieur.

— Rien à l'extérieur, monsieur. Aucune empreinte de pied.

L'inspecteur hocha la tête et s'accroupit devant la chaise. Il mima un fusil avec sa main droite et la tint sous le menton du cadavre.

— La balle a dû se ficher dans cette poutre en chêne. Voulez-vous être assez gentil pour me la déloger ?

— Ça fait haut, monsieur.

— Je ne vous démentirai pas.

— Et nous n'avons pas d'échelle.

— Haussmann, j'espérais que vous feriez preuve d'initiative.

Le jeune homme jeta un coup d'œil circulaire qui s'arrêta sur les meubles de pianos dressés contre un mur.

— Croyez-vous qu'un de ces coffres supporterait mon poids, monsieur ?

— Puis-je suggérer qu'il n'y a qu'une seule façon de le vérifier ?

Haussmann claqua les talons, s'inclina et traversa la pièce.

Quelques minutes plus tard arrivaient le photographe de la police et son assistant. Le photographe salua Rheinhardt et installa en silence son trépied et son appareil devant le corps.

Quand il eut terminé ses préparatifs, il croisa le regard de l'inspecteur et fit la grimace.

— Je sais, dit Rheinhardt, c'est assez déplaisant. (Puis il ajouta :) Si vous pouviez prendre aussi des plans larges, le corps et ces trois chaises.

— Bien sûr, inspecteur.

Le photographe se mit sous son drap noir. L'assistant enflamma une allumette. Sous le flash, le sourire fixe du cadavre et l'atroce corruption révélèrent leur monstruosité.

Rheinhardt se détourna. Il n'avait pas fait quelques pas qu'il tomba sur un livre de partitions. Il le ramassa, les pages déchirées s'ouvrirent, et il fredonna les notes sur la portée du haut : l'ouverture de la *Sonate pour piano en* do *majeur* de Mozart. Il reposa le volume sur une caisse vide et continua de marcher, mais la mélodie innocente le poursuivait, un accompagnement particulièrement inapproprié à l'horreur glaçante révélée par chaque éclair de magnésium. De la fumée flottait dans l'air, précédée par l'odeur d'émanations invisibles. De l'autre côté du rideau de fumée, Haussmann, debout sur un meuble de piano, inspectait la poutre derrière le défunt.

Rheinhardt se dirigea vers une porte verte au fond de l'atelier et sortit. Il n'y avait pas grand-chose à voir : un ensemble de petits bâtiments à moyenne distance et, plus loin, un terrain escarpé qui rapprochait l'horizon et dissimulait Vienne. Un paysage déprimant. La mélodie de Mozart continuait de trotter dans la tête de Rheinhardt : appogiatures, trilles, inventivité spontanée. Alors qu'il allait rentrer dans l'atelier, il vit une petite marque ovale sur la porte et, quand il se pencha pour l'examiner, il constata qu'elle était formée de minuscules cercles concentriques. L'impression noircie suggérait qu'elle avait été pratiquée avec de l'encre ou du sang.

Rheinhardt appela son assistant qui sauta du coffre de piano et le rejoignit en courant.

— Monsieur ?

— Regardez ça, Haussmann. Je suppose que vous vous êtes tenu informé des dernières avancées de la médecine légale ? Elles sont analysées dans *La Gazette de la police*.

— Oui, monsieur. La nouvelle méthode. Tout le monde n'est pas d'accord…

— Certes, il y en a qui la contestent. Mais si je ne me trompe, voilà une excellente empreinte de pouce. Regardez la précision des lignes de crête. Ce serait très négligent de notre part de manquer une preuve de cette qualité. Allez me chercher du ruban adhésif, un morceau de carton et une scie.

— Nous n'avons pas apporté de scie, monsieur.

— Un tournevis fera l'affaire. Nous allons démonter la porte.

— Vous voulez l'emporter à Schöttenring ?

— Vous avez une meilleure idée, Haussmann ?

Haussmann fouilla dans sa poche et tendit la main. Sur sa paume reposait une balle déformée.

— Brave garçon, dit Rheinhardt en la prenant. Je pensais qu'elle serait plus tassée.

— La poutre est pourrie, monsieur.

— Juste celle-ci ?

— Oui.

3

Le Pr Mathias positionnait et repositionnait ses outils sur un chariot en métal, incapable de trouver un arrangement satisfaisant. Il jura, murmura quelque chose d'inintelligible et finit par trouver un agencement qui apaisa son agitation. Retroussant ses manches de chemise, il mit son tablier et se retourna pour affronter Rheinhardt :

— Une amie à moi – maîtrisez votre surprise, inspecteur –, une amie à moi, je vous le confirme, qui avait une délicieuse voix de contralto, possédait un Gallus et fils. Je n'ai pas une très bonne oreille, mais, même moi, j'entendais qu'il était mauvais.

Elle le vendit à un professeur de musique dans la gêne.

La porte s'ouvrit et Liebermann entra.

— Max ! s'écria Rheinhardt, je te remercie infiniment de t'être déplacé.

— Excuse-moi de mon retard, dit Liebermann, j'ai été retenu par une admission tardive, une femme d'âge moyen dont le principal symptôme se résume à un fou rire irrépressible.

— Ah ! elle est peut-être plus sensible que nous autres, ironisa Mathias.

Liebermann s'inclina et claqua les talons.

— Bonsoir, professeur Mathias, comment allez-vous ? s'enquit-il avec une courtoisie distante.

Mathias hocha la tête avant de poursuivre :

— Le rire n'est-il pas la seule réponse rationnelle à la condition humaine ?

Impossible de dire s'il était sérieux ou s'il plaisantait. Liebermann s'abstint de tout commentaire. Une lampe au faisceau de lumière conique était suspendue au-dessus des bosses et des creux du linceul. Le vieil homme s'avança d'un pas traînant jusqu'à la table de dissection et découvrit le corps. Sous la clarté aveuglante, le visage déformé brilla.

Liebermann ne broncha pas.

— Qui est-ce ? demanda-t-il.

— Aucune idée, répondit Rheinhardt. On l'a trouvé dans la fabrique de pianos Gallus et fils, assis sur une chaise et tué d'une balle dans la tête.

— Qui l'a trouvé ?

— Deux hommes d'affaires qui s'intéressent au terrain. La fabrique est située à Favoriten, en bordure de la ville.

Mathias tâta le tissu grossier de la chemise du mort.

— Il est vêtu comme un paysan.

— Mais à l'évidence, il n'en est pas un, constata Liebermann. Regardez ses mains.

— Bien observé, concéda Mathias.

Sa voix prit les intonations condescendantes d'un pédagogue.

— Un paysan aurait des abrasions et des cals. Vous aurez aussi remarqué l'absence d'irritations et de blessures aux poignets. Il n'a jamais été attaché.

— Et ses dents ? intervint Liebermann. Elles correspondent peut-être à celles d'un dossier d'un dentiste local.

Mathias enfila des gants très étroits qu'il exhiba fièrement devant ses auditeurs.

— Des gants en caoutchouc, inventés il y a quelques années par un chirurgien américain. Ils protègent et vous les sentez à peine. Ils sont comme une seconde peau.

— Très ingénieux, dit Rheinhardt en adressant un regard complice à Liebermann.

— Oui, très ingénieux, renchérit ce dernier.

Mathias ouvrit les mâchoires du cadavre, qui avait maintenant l'air de crier.

— Plusieurs extractions, constata Mathias, dont les dents de sagesse ; il a dû souffrir, le pauvre homme. Mais entre nous, Herr Doktor, combien de dentistes y a-t-il en Autriche, et même à Vienne ? Et combien tiennent leurs dossiers à jour ? Sur un plan pratique, votre suggestion est irréaliste.

Liebermann fit le tour de la table et étudia le trou dans le crâne. La cavité était profonde. Liebermann croisa le regard du professeur.

— Vous lui avez retiré son manteau ?

— Non.

— Il n'en portait pas, précisa Rheinhardt. Peut-être que l'étiquette d'un fabricant cousue à l'intérieur ou un autre détail nous aurait permis de l'identifier.

— S'il est connu, proposa Mathias, cela explique peut-être qu'il ait été défiguré ?

— S'il est connu, répondit Rheinhardt, nous serons bientôt informés de sa disparition. Mais regardez ses chaussures.

— Nous pouvons supposer qu'il a d'abord été tué et défiguré ensuite plutôt que défiguré et tué ? demanda Liebermann.

— C'est ce que j'ai pensé, opina Rheinhardt. C'est logique, non, si on considère le fait qu'il n'était pas attaché ?

— Inspecteur, s'impatienta Mathias, puis-je commencer ?

— Je vous en prie.

Le professeur prit une grosse paire de ciseaux et entreprit de couper les vêtements du mort. Puis il le déshabilla en arrachant des morceaux de tissu et lui leva un bras.

— Et maintenant, qu'est-ce que vous voyez ?

La vapeur de l'haleine de Mathias se condensa dans l'air froid tandis que son index désignait trois traces sombres disparaissant dans le dos.

— Messieurs, pouvez-vous me prêter main-forte ?

Liebermann et Rheinhardt aidèrent avec maladresse Mathias à retourner le corps. Le bruit de la chair sur le chariot rappela celui de la viande à l'étal d'un boucher. Une croûte s'était formée sur les traces sombres en forme de V qui convergeaient vers la taille.

Mathias prit une loupe.

— Il a été fouetté et ça remonte à peu de temps. Avec une cravache.

— Dieu du ciel, soupira Rheinhardt, il a aussi été torturé ?

— Pas du tout, rétorqua Liebermann. Ces lésions ont été infligées dans une chambre à coucher. S'il avait été corrigé par les personnes qui l'ont tué, ces blessures seraient plus sérieuses.

— Le problème avec vous, les psychiatres, c'est que vous soupçonnez toujours des motivations sexuelles, grommela Mathias.

— Donc, vous n'êtes pas d'accord ?

Mathias étudia de nouveau les balafres.

— Les saignements sont superficiels et je dois admettre que j'ai vu bien pire.

— Une petite femme, lâcha Liebermann.

— Pardon ? s'étonna Rheinhardt.

— À mon avis, elle se tenait derrière lui et le flagellait avec une force modérée. Lui, il était sans doute debout contre la colonne d'un lit. Ses omoplates n'ont pas été touchées.

— Une prostituée ?

— Il y a de grandes chances. On ne devrait pas toutefois en déduire que la violence visant la gratification sexuelle se limite aux bordels de Vienne. D'après moi, cette pratique est plus étendue que de nombreux psychiatres ne veulent bien l'admettre.

— Votre patiente, Herr Doktor, celle qui ne peut pas s'arrêter de rire, là, elle marque un point, plaisanta Mathias.

— Avec tout le respect que je vous dois, Herr Professor, dans la plupart des cas, les déviances sexuelles sont tout à fait compréhensibles. Souvent, ceux qui aiment être battus pensent inconsciemment qu'ils le méritent.

Mathias secoua la tête.

— Les morts sont tellement plus simples que les vivants.

Rheinhardt s'impatientait.

— N'y aurait-il rien qui pourrait nous permettre de l'identifier ?

Mathias reprit sa loupe.

— La peau est trop claire, ce qui n'est pas courant mais pas exceptionnel.

Remarquant que le cadavre portait encore ses chaussures et ses chaussettes, il l'apostropha :

— Je vous prie de m'excuser.

Il ôta les chaussures en tirant sur les talons et les posa par terre. Puis il enleva les chaussettes et, après un instant d'hésitation, les laissa tomber sur le chariot. Tout en étudiant les pieds du mort, il sourit.

— Qu'avez-vous trouvé ? demanda Rheinhardt.

— Venez par ici.

Mathias écarta le pouce, révélant une membrane translucide.

— Les deux doigts de pied suivants sont soudés, mais les deux derniers sont également palmés.

Cela produisait l'effet d'un éventail ouvert.

— Eh bien ! dit Rheinhardt, soudain revigoré, voilà un trait distinctif ou je ne m'y connais pas.

4

Tout en buvant de la Becherovka, Peter Nikolaïevitch Razumovsky, assis à une table près d'un poêle, observait les autres à travers un épais rideau de fumée. Les lampes à huile de paraffine procuraient une faible lumière sporadique.

La cave à bières était située dans une impasse, un coin délabré de la Leopoldstadt peuplée de juifs hassidiques. La plupart des clients qui fréquentaient cet établissement l'appelaient *Les Ours dorés*, même si l'enseigne sur la porte avait disparu, et les habitants du quartier n'avaient qu'une vague idée de son existence. Y accéder nécessitait la descente périlleuse d'un escalier en pierre qui dégringolait dans l'obscurité, les volets n'étant jamais ouverts. *Les Ours dorés*, pourtant situés à une certaine distance d'Innere Stadt, la vieille ville de Vienne, étaient très fréquentés. Toutes les tables étaient occupées et de nombreux clients, debout, formaient des groupes animés. Razumovsky n'avait aucun mal à les identifier : artistes, occultistes, radicaux. Ils avaient une manière particulière de s'habiller. Les nihilistes étaient les plus faciles à repérer : cheveux longs, barbes hirsutes, chemises rouges et grandes bottes. Leurs compagnes arboraient une coupe au carré et dissimulaient leurs formes sous des robes amples. Certaines s'étaient entichées de lunettes à verres teintés en bleu et toutes fumaient sans discontinuer, allumant une cigarette égyptienne au mégot de la précédente.

Un jeune homme dégingandé sortit sa flûte de son étui et un artiste – chapeau à larges bords et écharpe à glands – encouragea ses voisins à applaudir. Après quelques préparatifs, le musicien porta son instrument à ses lèvres et entama un mouvement perpétuel lancinant. Les applaudissements redoublèrent. Un homme solitaire au visage mélancolique d'amoureux éconduit, trop soûl pour tenir debout, s'effondra sur le sol. Le propriétaire, un Tchèque à la forte carrure du nom de Pepik Skalicky, émergea d'une trappe. Il donna un coup de pied au client, haussa les épaules et rejoignit son épouse bien en chair. Derrière un comptoir de fortune fait de tréteaux et de planches, elle transpirait tout en servant des bols de soupe aux boulettes de foie avec un morceau de pain de seigle.

La table de Razumovsky était couverte de journaux. Peut-être le corps n'avait-il pas encore été découvert ? À moins que la police ne tînt pas à rendre cette affaire publique ? Les Viennois étaient si tendus, si nerveux que même les symphonies les exaspéraient. De toute façon, quelle importance ? Cette revue de presse ne visait qu'à satisfaire sa curiosité. Il avait quelque chose d'un homme de théâtre et, comme n'importe quel acteur imbu de sa personne, il s'intéressait aux critiques.

Une femme flirtait sans vergogne avec un groupe d'étudiants, dont l'un exhibait une cicatrice infligée dans un duel. Vive et mince pour son âge, elle avait plus de trente ans. Razumovsky s'attarda sur sa façon de relever le menton pour révéler la blancheur de son long cou et de rire sans manquer de mettre en valeur son décolleté. Razumovsky connaissait son nom, son adresse et les éléments clés de son histoire. Elle s'appelait Della Autenburg. Avait épousé Eduard Autenburg qui à cette heure, sans doute, se prélassait dans un fauteuil à la maison, lui aussi au milieu des journaux.

Razumovsky but une gorgée de sa vodka douce-amère et s'empara de la *Wiener Zeitung*. Il parcourait les pages, enregistrant les titres, quand son attention fut attirée par une annonce. Un membre très âgé de l'appareil judiciaire prenait sa retraite. Sa remarquable carrière serait célébrée lors de plusieurs cérémonies officielles, dont un dîner au palais Khevenhüller. Une personne de la famille royale – le nom n'était pas précisé – devait y assister. Razumovsky n'avait pas pensé à Georg Weeber depuis des lustres, une marionnette monarchiste flagorneuse, un bureaucrate chicanier. Au nom de l'empereur dégénéré qui l'avait promu, il avait fait carrière grâce à un système corrompu et passé sa vie à dispenser des condamnations au lieu d'exercer la justice.

Weeber avait contribué à écraser le mouvement en Autriche, condamné de nombreux camarades de Razumovsky aux travaux forcés, et maintenant ils étaient tous morts. Dans leur cellule d'activistes, il y avait une femme avec qui Razumovsky avait eu une liaison : une âme courageuse, ardente, avec des cheveux châtains bouclés et un corps à la fois souple et musclé. Elle venait de se pendre dans les toilettes après deux jours d'incarcération.

Pour le reste, cela se passait il y a si longtemps…

Il ne restait à Razumovsky qu'une seule corvée à accomplir à Vienne et, après cela, il aurait intérêt à filer. Mais il ne pouvait s'empêcher de lire et relire l'annonce et d'envisager des actions possibles. Il s'était gagné la réputation d'un homme prompt à saisir les occasions, doué pour l'action spontanée. Selon des militants du mouvement, cela faisait partie de son génie. Georg Weeber. Dans l'esprit de Razumovsky, le nom avait acquis une certaine maturité, comme une pomme prête à tomber de l'arbre.

5

Liebermann raccompagnait Amelia Lydgate chez elle. Ils étaient allés voir *Der Corregidor*, « Le Juge », à l'Opéra de la cour impériale et royale, une pièce légère composée par Hugo Wolf.

— Quelle ironie, soupira Liebermann. Le pauvre homme est mort l'année dernière dans un asile privé.

— Pour quoi y avait-il été admis ?

— Mélancolie, hallucinations. Il en souffrait depuis de nombreuses années.

Un attelage passa. Le conducteur fit claquer son fouet.

— J'aime ses mélodies, poursuivit Liebermann. Wolf portait une grande attention à la poésie et ses orchestrations sont brillantes.

— Hier, j'ai assisté à une démonstration de cardiographe, dit Amelia alors qu'ils arrivaient à l'université.

— Par qui ?

— Le Pr de Cyon. Ça te dit quelque chose ?

— Vaguement.

— Il travaille à Paris et il a été invité à Vienne par le Pr Föhrenholz, ce sont de vieux amis. De Cyon a apporté avec lui une de ses nouvelles machines pour le département.

Un soldat en uniforme bleu les salua en passant près d'eux.

— Avant la démonstration, des rumeurs ont circulé. Herr Schenkolowski nous a appris que de Cyon avait dû quitter Saint-Pétersbourg à la suite de protestations des étudiants. Il notait trop sévèrement les examens et faisait des remarques provocantes pendant ses cours. En conséquence de quoi, il a été bombardé d'œufs et de cornichons.

— Il est comment ?

— Décevant, ordinaire : nous n'avons pas eu besoin de munitions.

Liebermann sourit, supposant qu'Amelia plaisantait, mais quand il la regarda, il constata qu'elle s'était contentée d'établir un fait. Les beaux yeux d'Amelia brillèrent quand ils passèrent sous un réverbère.

— De Cyon nous a appris quelque chose d'intéressant.

— Ah bon ?

— On peut utiliser le cardiographe pour détecter les mensonges.

— L'inconscient ne cesse de dévoiler la vérité. Lapsus, rêves, gestes de nervosité. Les mouvements involontaires du cœur ne seraient qu'une autre manifestation de son indépendance.

— Peut-être que les cardiographes pourraient aider les psychanalystes à accélérer le processus ?

— La plupart des patients n'aimeraient pas être reliés à une machine. Sans compter la question de la bienséance. Certaines patientes n'apprécieraient pas de desserrer leur corset et de montrer leurs pieds et leurs jambes à un homme.

— Quand il y aura davantage de femmes médecins, ce déshabillage sera moins problématique.

Ils dépassèrent la Votivkirche et pénétrèrent dans l'Alsergrund. Liebermann avait attendu le moment opportun pour aborder le sujet de ses parents.

— J'ai vu mon père l'autre jour.

Amelia attendait. Liebermann hésita avant de poursuivre.

— Lui et ma mère aimeraient te rencontrer. Ils nous ont invités à dîner chez eux.

Amelia hocha la tête.

— Ce sera charmant, j'en suis certaine.

— Peut-être, mais je préfère te prévenir : il y a de grandes chances pour que cela ne le soit pas.

6

Eduard Autenburg était assis dans sa bibliothèque où il rédigeait un pamphlet sur l'égalité sexuelle. Sauf qu'en deux heures il avait à peine noirci une demi-page. La pendulette d'officier sonna une heure. Il était agité et avait de la peine à se concentrer. Pour la énième fois, il lut la dernière ligne de son texte : « La nouvelle femme d'aujourd'hui est la femme de l'avenir. » Ce style direct lui convenait, il imagina ce slogan peint sur une banderole brandie par deux viragos qui marcheraient en tête d'une foule de sœurs militantes. Mais rien ne venait, il avait la tête vide, la demi-page blanche le mettait mal à l'aise… Il se leva, fit le tour de la table en se rongeant les ongles, s'arrêta et souleva le rideau.

Les réverbères s'étaient transformés en orbes jaunes flottant dans une mer de brouillard. C'était comme se pencher par-dessus la rambarde d'un navire pour observer des méduses phosphorescentes. L'Obere Weissgerberstrasse était souvent embrumée à cause de la proximité du canal du Danube.

Autenburg perçut un petit cri, un rire et des pas sur les pavés. Il retourna à la table et, le crayon à la main, prit la pose d'un homme absorbé dans une noble tâche. Quelques secondes plus tard, il entendit du bruit sur le palier et un tintement de clés. Autenburg affichait un air détendu.

— Non, il n'est pas là. Il doit être en train d'écrire.

C'était Della dans l'entrée. La porte s'ouvrit et elle pénétra dans la bibliothèque. Des mèches de cheveux lui tombaient sur les yeux et elle avait le sang aux joues.

— Ah ! tu es là.

— Je travaillais sur le pamphlet, dit-il en caressant sa barbe à la Van Dyke.

— Très bien. Quand sera-t-il prêt ?

— Bientôt. Où étais-tu ?

Le jeune Axl Diamant se tenait derrière sa femme, la main posée sur sa taille.

— Aux *Ours dorés*. Les nihilistes y étaient aussi, ils sont maintenant des clients réguliers. Tu devrais venir.

— Quand j'aurai fini le pamphlet.

— Très bien.

Elle lui envoya un baiser.

— On est très fatigués, on va se coucher.

Elle retourna dans l'entrée, ferma la porte. Il entendit Diamant chuchoter quelque chose à Della qui répondit par un rire de gorge.

Eduard relut sa dernière ligne : « La nouvelle femme d'aujourd'hui est la femme de l'avenir. » Il froissa le papier et le jeta à travers la pièce.

7

— Eh bien, Oscar, on termine avec quoi ? demanda Liebermann.

Rheinhardt tourna les pages du volume de Schubert sur le pupitre.

— *An den Mond* ?

« À la lune » était un de leurs lieder préférés.

Liebermann commença à jouer l'introduction, qui faisait discrètement référence à la célèbre sonate *Au clair de lune* de Beethoven. La partie grave, presque menaçante, soutenait la progression insensible des triolets de la main droite. Rheinhardt chanta la phrase d'ouverture de la poésie de Ludwig Hölty. Sa voix chaude, au legato fluide, évoquait un paysage de prairies et de bouleaux argentés, peuplé au cœur de la nuit de fantômes évanescents.

Ils étaient assez contents de leur prestation. Liebermann plaqua le dernier accord et, pendant que les notes finissaient de vibrer, il leva la tête vers son ami.

— Merveilleux, Oskar. Ta voix s'améliore avec l'âge.

Le détective poussa un soupir.

— Je sais que je vieillis, mais je préférerais que tu ne me le rappelles pas si souvent.

— Je te faisais un compliment, Oskar.

— La prochaine fois, tourne-le donc autrement.

Liebermann referma le couvercle du Bösendorfer, posa le volume de Schubert sur une pile de livres et replia le pupitre.

— Peut-être que tes fréquents contacts avec les cadavres te rappellent trop souvent ta mortalité ?

L'inspecteur semblait encore plus las que de coutume.

— Max, ce soir, je n'ai pas envie d'être analysé.

Ils foulèrent un tapis aux motifs minimalistes, pénétrèrent par une double porte ouverte dans un salon lambrissé et prirent place devant le feu dans des fauteuils en cuir. Comme d'habitude, Rheinhardt s'était installé dans celui de droite et Liebermann dans celui de gauche. Ils étaient séparés par une petite table signée Koloman Moser. Le domestique de Liebermann y avait déposé une carafe, des verres en cristal et une boîte de cigares. Les deux hommes fixèrent longtemps le feu avant que Liebermann serve le brandy.

— Alors, Oskar, tu avances ?

— Pas du tout. J'ai quand même fait quelques révélations à la presse en racontant que le corps d'un homme aux pieds palmés avait été découvert dans la vieille fabrique de Gallus et fils. Et on a promis une récompense à toute personne qui fournirait des informations menant à une identification. Regarde ces photos…

Rheinhardt remit une enveloppe à son ami. Liebermann l'ouvrit et en tira des clichés au format carte postale.

— … elles représentent le mort comme nous l'avons trouvé.

Liebermann examina les images une par une, puis il recommença. À un moment donné, il s'arrêta et sélectionna une photo qu'il montra à Rheinhardt.

— Ces trois chaises…

— Oui ?

— Elles ont été alignées.

— Et celle du milieu était située juste en face du corps. Merci, Max.

— Je doute qu'une telle disposition soit due au hasard.

— C'est aussi mon avis.

Liebermann ouvrit la boîte de cigares, en prit deux, un pour lui et un pour son ami.

— Donc trois personnes auraient été présentes lors du meurtre ? Dans ce cas, s'agissait-il d'un interrogatoire ? Le suspect possédait-il des informations de grande valeur à leurs yeux ?

— Ils ont pris soin de verser de l'acide sur son visage en oubliant de déplacer les chaises.

Liebermann haussa les épaules, ouvrit la bouche et laissa échapper un nuage de fumée.

— L'interrogatoire est une des possibilités.

— Quelle est l'autre ?

— Imagine les chaises occupées par des individus rendant un jugement dans une parodie de procès. Le mort était l'accusé et, une fois sa culpabilité démontrée, ils l'ont exécuté.

— Un jury d'honneur ?

— Le Pr Mathias n'a trouvé ni meurtrissures ni écorchures à ses poignets. Peut-être est-il venu de sa propre volonté à la fabrique pour prouver son innocence, et puis il n'a pas convaincu ses juges.

— Un jury d'honneur, répéta Rheinhardt. Qu'est-ce que tu suggères ? Une société secrète ?

— En tout cas, un groupe de personnes qui souscrivent à un code de conduite approuvé par un collectif.

— Il y a de nombreuses sociétés secrètes à Vienne. Mais aucune, jusqu'à présent, n'a exécuté un membre récalcitrant.

— Alors peut-être que ceux que tu recherches ne sont pas viennois, conclut Liebermann.

Rheinhardt prit son verre, y fit tourner le brandy et en but une gorgée.

— Un pauvre homme dont les goûts sexuels étaient très probablement assouvis dans des bordels… Il est convoqué dans une fabrique abandonnée à Favoriten où il est jugé par trois de ses congénères. Il se soumet à leur décision, ou alors il est pris par surprise et tué d'une balle dans la tête. Ses comparses, voulant dissimuler son identité, le défigurent et lui ôtent son manteau.

— Autre chose…

— Quoi donc ?

— Ils sont dérangés par un bruit à l'extérieur, par exemple un chien qui aboie, et ils s'enfuient en oubliant la disposition des chaises pour gagner la sortie la plus discrète.

— La porte verte au fond de l'atelier : j'y ai trouvé l'empreinte d'un doigt ensanglanté.

— Vraiment ?

— Oui.

— Ah ! la nouvelle méthode, dit Liebermann d'un air pensif. Je me demande si elle influencera votre façon de travailler dans les services de la Sûreté.

Rheinhardt exhala un nuage de fumée.

— On verra. J'ai bon espoir.

8

Le lendemain du jour où le meurtre de Favoriten fut rapporté dans les journaux, deux femmes se présentèrent au commissariat de Schöttenring. Toutes deux étaient mariées à des hommes aux pieds palmés qui avaient récemment disparu. Cependant, aucun ne correspondait au signalement, ce que confirma l'examen de leurs garde-robes. Les époux étaient grands et larges d'épaules, tandis que le mort était mince et de taille moyenne. Cependant, au troisième jour, on frappa à la porte, et Haussmann ramena un homme débraillé dans une redingote tachée et déchirée. Il portait des lunettes rondes aux verres graisseux et ne cessait de renifler, comme s'il était enrhumé.

— Monsieur ? Voici Herr Globocnik, il prétend qu'il a des informations.

— Je vous en prie, prenez un siège, Herr Globocnik, dit Rheinhardt.

L'homme s'assit tandis que Haussmann se postait près de la porte. Rheinhardt ouvrit un carnet et prit son porte-plume.

— Votre nom exact ?

— Lutz Vilmos Globocnik.

— Adresse ?

— 27, Hickelgasse.

— Profession ?

— Employé de bureau.

Quand Rheinhardt eut terminé de noter les informations préliminaires, il releva la tête. Globocnik continuait de renifler sans se soucier de sortir un mouchoir de sa poche.

— Vous voulez des renseignements ? Vous voulez savoir qui était l'homme que vous avez trouvé dans la fabrique de pianos ?

— Bien sûr.

— Il s'appelait Helmut Bok.

— Comment le savez-vous, Herr Globocnik ?

— C'est moi qui l'ai tué.

9

— Vous, vous êtes intelligent.

Jov disait souvent ça au jeune prince. Puis le vieux serf caressait sa barbe grise et finissait son compliment ainsi :

— Mais vous pensez trop, monsieur Peter. Toutes ces idées vous causeront des ennuis.

Jov avait deux fois raison : le jeune prince était intelligent et l'avenir prouverait que cela lui causerait des ennuis.

Lorsque Razumovsky sortit de l'académie militaire du Corps des pages, il avait obtenu des résultats inégalés. Les plus prestigieux postes s'ouvraient à lui. Quand, après des délibérations prolongées, il choisit de rejoindre un régiment de cosaques stationné en Sibérie, les bavardages allèrent bon train derrière les portes closes de la cour impériale. « Je l'ai toujours trouvé bizarre. Pas vous ? » Quant à Razumovsky, il avait toujours su ce qu'ils racontaient, parce que les portes closes ne l'avaient jamais empêché de découvrir ce qui l'intéressait.

Le voyage pour Irkoutsk fut long et pénible. Il vit des paysans affamés, des enfants squelettiques ; il traversa les camps de travail où les détenus cherchaient de l'or dans des rivières glacées ; il passa dans des carrières où des hommes et des femmes sortaient du sel de la terre à mains nues. Des paysans s'effondraient devant son cheval, des prisonniers s'évanouissaient et se noyaient dans l'eau. Il vit des convois arrivant de la Pologne occupée, des prisonniers traînant les pieds sur la route, reliés les uns aux autres par des chaînes.

Il avait connu nombre d'expériences au cours de sa longue vie, mais c'était toujours cette période qui refaisait surface quand il s'ennuyait. Il se rappelait ces années de formation qui avaient vu ses pensées se clarifier. Jusqu'alors, il avait regardé le monde à travers des jumelles mal réglées et puis, comme si on avait tourné une molette, tout était devenu net. Après une brève et ennuyeuse carrière dans l'armée, il avait décidé de chercher la réponse à son mal existentiel dans la science. Il étudia la biologie et voyagea à travers les continents, mais il comprit bientôt que la science ne le comblerait jamais. Elle ne suffirait pas à soulager la douleur du monde.

Razumovsky se tenait derrière le palais Khevenhüller, un grand bâtiment gris dans la Josefstadt. L'arrière du palais était morne et ordinaire. De temps à autre, une carriole se présentait et un intendant sortait pour accepter une livraison d'épicerie pour l'office. Razumovsky consulta sa montre de gousset, compta les secondes, et à six heures exactement une petite jeune femme sortit et descendit les marches d'un pied agile. Razumovsky la suivit tandis qu'elle traversait le huitième arrondissement et s'engageait dans le dix-septième. Elle s'arrêta pour acheter des marrons à un homme près d'un brasero avant d'entrer dans un immeuble misérable. Razumovsky la suivit et écouta tandis qu'elle parcourait le palier du premier étage. Il l'entendit buter sur un carreau descellé. On ouvrit une porte et elle s'écria :

— Maman, je t'ai apporté des marrons !

Plus tard, Razumovsky colla l'oreille à l'huis de l'appartement de la jeune femme. Elle parlait à une vieille dame et à un enfant qui toussait.

Le lendemain matin, Razumovsky l'attendait dans le hall. Il l'entendit sur le palier et, quand elle atteignit le bas de l'escalier, il sourit, leva son chapeau et s'inclina.

— Mademoiselle…

Elle sursauta. Il faisait encore nuit dehors.

— Excusez-moi, je ne voulais pas vous effrayer, je vous le jure, je ne vous veux aucun mal.

— Qui êtes-vous ?

— Un ami, je vous en donne ma parole.

— Que voulez-vous ?

La jeune femme n'était pas rassurée.

— Je vous en prie, laissez-moi vous expliquer. Je ne vous retiendrai pas longtemps et ce que j'ai à vous dire est d'un intérêt capital. J'aimerais vous donner la chance d'améliorer votre existence ; pas seulement la vôtre, mais aussi celle de votre mère et de votre enfant.

Un aboiement enroué brisa le silence.

— Cette mauvaise toux mériterait un avis médical éclairé, vous ne croyez pas ?

10

— Puis-je vous présenter mon collègue, Herr Doktor Liebermann, dit Rheinhardt à Globocnik.

L'employé claqua les talons et s'inclina. Il tarda à se redresser et, quand il le fit, il plissait les yeux.

— Un médecin ?

— Oui.

— Mais je me porte bien.

Rheinhardt ignora l'objection, qu'il avait entendue de nombreuses fois auparavant.

— Je vous en prie.

Il offrit un siège à Globocnik, un autre à Liebermann, et bientôt ils se retrouvèrent tous trois assis. Liebermann croisa les jambes et se pencha vers son interlocuteur.

— Herr Globocnik, qui était Herr Bok ?

Globocnik lui adressa un regard ironique.

— S'il vous plaît, répondez au Dr Liebermann, insista l'inspecteur.

L'employé renifla.

— Bok était un méchant homme.

— Dans quel sens ?

— Une personne méchante de nature. Ça lui venait tout seul. Vous croyez ça possible, Herr Doktor ?

— Herr Globocnik, pour l'instant, mon opinion sur des questions philosophiques n'est pas essentielle à notre propos. D'après vous, Herr Bok était mauvais. Qu'aviez-vous à lui reprocher ?

L'employé renifla, investissant cette brusque inspiration d'un certain dédain.

— Même l'Église reconnaît la doctrine du péché originel. Ce qui signifie que nul n'est vraiment pur. Donc nous sommes tous des criminels en puissance. Mais une observation, même superficielle, du comportement humain suggère que ce potentiel s'exprimera mieux chez certains que chez d'autres.

Liebermann acquiesça.

— D'accord, Herr Bok était mauvais. Il était né ainsi. Que vous avait-il fait ? Comment vous avait-il offensé ?

Globocnik offrit une réponse elliptique :

— Il s'agit d'une question de moralité personnelle.

Puis il se tut.

— Quelle était la nature de vos relations avec Herr Bok ?

— On se connaissait.

— Où vous étiez-vous rencontrés ?

— Ici, à Vienne, il y a longtemps.

— Combien de temps ?

— Je n'ai jamais eu la mémoire des dates et ça ne cesse d'empirer.

Liebermann jeta un coup d'œil à Rheinhardt qui lui retourna un sourire entendu, tellement expressif qu'il aurait aussi bien pu lui lancer : « Je te l'avais dit. »

Le jeune médecin poursuivit l'entretien :

— Que faisiez-vous avec Herr Bok dans cette fabrique abandonnée ?

— Ici ou ailleurs…

— Vous l'avez attiré là-bas ? Vous l'avez encouragé à vous suivre sous de faux prétextes ?

— Non, non, je ne l'ai pas attiré.

— Vous aviez un revolver ?

— Oui. Un revolver.

— Donc, vous aviez l'intention de lui tirer dessus ?

— Oui, je voulais sa mort.

— Quel genre de revolver avez-vous ?

— Un pistolet.

— Quelle marque ?

Globocnik fronça les sourcils.

— Un Borchardt ? Oui, un Borchardt.

— D'où sortait-il ?

— C'est important, Herr Doktor ?

Globocnik ôta ses lunettes, les nettoya avec un mouchoir chiffonné puis se les remit sur le nez. À l'évidence, ses efforts n'avaient pas été couronnés de succès.

Liebermann tenta de nouveau sa chance.

— Herr Globocnik ? Pourquoi avez-vous assassiné Herr Bok ?

L'employé étudia la question, comme s'il n'y avait jamais réfléchi auparavant.

— C'était un méchant homme, il l'avait toujours été. De naissance, je suppose.

L'entretien se poursuivit, tournant en rond ; les questions de Liebermann n'obtenaient toujours pas de réponses claires. Les discours de l'employé entretenaient l'ambiguïté. De temps à autre, l'esprit ailleurs, il fixait le plancher d'un air absent. L'inspecteur se redressa.

— Je vous remercie, Herr Globocnik.

Il conduisit Liebermann hors de la pièce. Sur le palier, un agent de police montait la garde. Les deux hommes suivirent un corridor jusqu'au pied d'un escalier.

— Eh bien, demanda Rheinhardt, qu'en penses-tu ?

— Il n'a pas tiré sur l'homme que tu as trouvé à Favoriten. Il n'était même pas là.

— Pourquoi tu dis ça ?

— Tu as noté sa façon bizarre de s'exprimer, ces réponses évasives à des questions directes ?

— Oui et c'est pourquoi je voulais que tu le voies.

— Nous sommes devant un cas de *pseudologia fantastica*.

— Pardon ?

— De mensonges pathologiques, un trouble rare, qui n'a que récemment été décrit dans la littérature médicale. Je n'ai pas eu l'occasion de rencontrer beaucoup de patients correspondant à ce diagnostic, mais, selon moi, Herr Globocnik est très atteint.

— Sait-il qu'il ment ?

— À mon avis, il ne se rend pas compte de grand-chose.

— Pourquoi quelqu'un confesserait-il un meurtre qu'il n'a pas commis ? L'envie de se faire pendre ?

— On pourrait parler d'un désir suicidaire inconscient, bien que la motivation principale de ses mensonges soit une sensation de puissance. Il a subi un traumatisme et il s'est construit un fantasme délirant pour se protéger, un bastion contre une réalité qu'il ne peut pas accepter parce qu'elle menace sa santé mentale.

— Tu crois qu'il est sain d'esprit ?

— Plus sain, en tout cas, que s'il n'avait pas déployé des défenses psychologiques. As-tu vérifié si un homme du nom de Bok existait vraiment ?

Rheinhardt sortit un paquet de petits cigares de sa poche. Les deux hommes fumèrent en silence. Les nuages de fumée s'élevaient dans l'escalier en colimaçon.

— L'empreinte de doigt sur la porte de la fabrique n'appartient pas à Globocnik, annonça Rheinhardt.

Liebermann hocha la tête tout en pensant à autre chose. Il tapota son cigare et la cendre tomba sur le plancher.

— Qu'as-tu décidé ?

Rheinhardt haussa les épaules.

— Je serais ravi de le faire admettre à l'hôpital, poursuivit Liebermann. *Pseudologia fantastica*… un mal fascinant.

11

Cela faisait une heure que Rheinhardt était assis à son bureau. Fixant le mur et jouant avec un crayon, il repassait dans sa tête le peu d'indices récoltés dans l'affaire de Favoriten. L'exercice n'apportait aucun élément nouveau. Il secoua la tête, ouvrit un tiroir et en retira une boîte de biscuits que sa femme Else avait cuits la veille. Il ôta le couvercle pour en étudier le contenu : des sablés de différentes tailles, certains saupoudrés de sucre, d'autres recouverts d'un glaçage transparent. Il allait en saisir un, commençant déjà à saliver, quand on frappa à la porte.

— Entrez.

Haussmann apparut.

— Une femme vient d'arriver, monsieur. Elle est venue pour la récompense.

— Bon, faites-la entrer.

Haussmann disparut et revint avec une petite jeune femme dont le décolleté, les bijoux en toc et les lèvres rouge vif trahissaient la profession.

— Fräulein Lurkine Krol, annonça Haussmann.

D'un geste, Rheinhardt fit signe à la demoiselle de s'asseoir.

— Ce sera tout, Haussmann, je vous remercie.

Haussmann se retira.

Rheinhardt écrivit le nom de la jeune femme et l'étudia avec attention. Ses mains sans cesse en mouvement suggéraient de la nervosité. Elle lui rappelait un peu sa fille aînée, qui avait l'habitude d'emprunter le chapeau de sa mère, et trichait parfois aux cartes alors qu'elle se prétendait adulte.

— Fräulein Krol…

Rheinhardt sourit.

— Vous avez des renseignements à nous communiquer ?

— Dans le journal ils disent que vous payez.

— C'est exact.

— Combien ?

— Cela dépendra de l'information. Si elle nous est utile, alors vous recevrez une récompense.

Fräulein Krol regarda par-dessus son épaule comme si elle soupçonnait un piège. Toute son attitude évoquait une renarde.

— Je travaille comme…

Rheinhardt lui évita l'embarras inévitable.

— Je comprends, à Spittelberg.

Ce quartier était rempli de bordels.

— Oui, c'est ça, lâcha Fräulein Krol, soulagée. Là, j'ai connu un homme qui venait me voir une fois par semaine. Un régulier, un monsieur étranger.

— Il était d'où ?

— D'Italie, je pense.

— Vous pensez ?

— Il ne parlait jamais de lui, mais il avait un accent et un teint basané.

— Comment s'appelait-il ?

— Tab.

— Cela ne sonne pas très italien.

— En tout cas, il était connu sous ce nom-là à Spittelberg et dans les environs.

Rheinhardt prenait des notes.

— Pendant deux mois il m'a rendu visite chaque semaine et puis il a disparu.

— Quand exactement ?

— Il n'est pas venu mardi dernier, ni ce mardi. Je suis allée frapper à sa porte parce qu'il me devait de l'argent, mais il n'était pas là.

— Où vit-il ?

— En face de chez moi, au coin de la rue.

Rheinhardt prit la boîte de biscuits et la tendit à Fräulein Krol dont le visage s'éclaira.

— C'est ma femme qui les a faits.

Krol sélectionna une grosse étoile et en mordit une branche.

— C'est une bonne cuisinière.

— Excellente.

Rheinhardt prit une étoile plus petite et se renversa dans son fauteuil.

— Fräulein Krol, l'homme que nous recherchons avait un signe particulier dont vous devez vous souvenir.

— Des pieds palmés. Tab avait des pieds palmés. Il en plaisantait et prétendait être à moitié lézard.

Elle finit son sablé et fixa la boîte. Supposant qu'elle avait faim, Rheinhardt lui offrit un second gâteau.

— Merci.

Elle chercha une grosse étoile et, quand elle la trouva, ses yeux s'agrandirent.

— Excusez-moi, Fräulein Krol, mais je dois vous poser une question assez délicate. Cet homme, Tab, avait-il des goûts particuliers ? Vous a-t-il parfois demandé… ?

— Il aimait être battu.

La jeune femme avait la bouche pleine ; quand elle répondit, des miettes tombèrent sur sa poitrine.

— Avec quoi ?

— Une cravache qu'il apportait avec lui.

— Je vois.

Le plaisir enfantin que cette jeune personne retirait de la dégustation de biscuits rendait difficile de l'imaginer dans l'exercice de ses fonctions.

Rheinhardt avait bien envie de lui donner quelques conseils paternels, mais il s'abstint. Il avait appris à ses dépens que les dames de Spittelberg étaient immunisées contre toute forme de conseil, moral ou autre.

— Eh bien, dit Fräulein Krol, je vous ai aidé ?

— Vous m'avez été d'un grand secours, répondit Rheinhardt.

Il sortit un billet de son portefeuille et le posa sur la table. C'était plus que ce qu'il payait habituellement ses informateurs, mais Fräulein Krol lui rappelait sa fille et cela influait sur son impartialité.

— C'est pour moi ?

— Oui, c'est pour vous.

Fräulein Krol se saisit du billet et le fit disparaître dans les plis de sa robe.

— Vous pensez que c'est lui, l'homme que vous avez découvert ?

— Peut-être.

— Vous voulez que j'aille l'identifier à la morgue ?

— Non, ce ne sera pas nécessaire. Mais j'apprécierais que vous me donniez l'adresse exacte de Herr Tab.

Quand Rheinhardt eut fini d'écrire, il se tourna vers la jeune femme.

— Voulez-vous quelques sablés supplémentaires, pour plus tard ?

Fräulein Krol hocha la tête.

— Oui, s'il vous plaît.

12

Le Pr Waldemar Seeliger et son épouse faisaient un bref séjour dans une ville d'eaux qui leur avait été recommandée par le recteur de l'université. Ils avaient laissé leurs filles aux bons soins de la sœur de Mme Seeliger. Les adorables Danuta et Gabriela exigeaient beaucoup d'attention.

Frau Seeliger s'était retirée tôt dans leur chambre et le professeur – il paraissait assez agité – avait informé sa femme qu'il allait faire une promenade. Adossée à des oreillers moelleux, elle avait répondu :

— Très bien, mais fais attention à ne pas me réveiller en rentrant.

— J'y veillerai, ma chère, dit aimablement le professeur.

Il mit sa redingote et se dirigea vers le hall de l'hôtel où il alluma une cigarette avant de sortir. Du porche, il contempla une vallée riante où la ville dégringolait par paliers, illuminée par des cordons d'ampoules décoratives et une lune resplendissante. Il se mit en marche sur une route qui ressemblait à une promenade de bord de mer. À sa droite, il admira la vue et, à sa gauche, les maisons en stuc blanc, les fontaines et les kiosques à musique. Des commerces et des cafés étaient encore ouverts. Par les fenêtres, il voyait les clients fortunés qui dégustaient des pâtisseries.

Un autre gentleman, avec de l'allure et arborant un chapeau Homburg et un manteau à col de fourrure, se dirigeait vers le Pr Seeliger. Ils se saluèrent en soulevant leur chapeau. Sur le chemin, Seeliger croisa divers individus pareillement accoutrés de vêtements un peu trop élégants. Pour la plupart, ils venaient des sanatoriums, bien qu'aucun d'entre eux ne parût particulièrement malade. Les convalescences légitimes avaient été remplacées par une forme de tourisme hypocondriaque. Sa femme obéissait à la mode. Elle adorait les cures et buvait quantité d'eau immonde dont elle assurait qu'elle lui calmait les nerfs. Elle s'efforçait aussi de faire la connaissance de chaque douairière de Vienne qui pourrait lui être utile par la suite. L'encre dans son carnet d'adresses n'avait jamais le temps de sécher.

Cette fois, le Pr Seeliger n'avait pas été fâché de s'éloigner de Vienne, où la vie devenait trop compliquée.

Qu'est-ce qu'on disait, déjà ? Une expression revenait sans cesse pour définir la vie moderne : « se presser et se dépêcher », c'est ça. Les trains et les attelages étaient déjà trop rapides et on prédisait que les voitures à moteur allaient se multiplier. Tout ce bruit, cette pollution… ça empirait de jour en jour. Le comique de l'affaire, c'est que plus on voulait accélérer, plus on ralentissait. Parfois, les rues de Vienne étaient tellement encombrées de véhicules et de tramways qu'on ne pouvait plus circuler. On se retrouvait immobilisé dans une petite rue pendant une heure alors qu'on allait à un rendez-vous important. C'était à coup sûr mauvais pour le cœur. Le Pr Seeliger reconnut qu'il n'échappait pas à cette règle. Lui aussi se hâtait. Il y était encouragé par sa femme et, ces derniers mois, la précipitation et la surexcitation avaient atteint des sommets.

Ces lieux de villégiature étaient censés s'opposer à la ville. C'est ce qui faisait leur charme. Ils représentaient la pureté et le retour à la nature. Cependant, tandis que le Pr Seeliger marchait sur la route soigneusement aménagée, il se voyait entouré d'artifices. Il avait espéré que les eaux pourraient l'aider lui aussi, mais il se sentait toujours aussi nerveux, et les charlatans déguisés en médecins étaient incapables de l'aider. Il souffrait d'indigestion et il avait de plus en plus de mal à trouver le sommeil.

Le Pr Seeliger arriva enfin au *Grande Hotel*, où le portier le reconnut.

— J'espère que ce soir vous aurez plus de chance, monsieur.

— Je vous remercie.

Il descendit l'escalier jusqu'au sous-sol, pénétra dans la salle et s'arrêta près de la roulette. Il flottait des parfums de femmes dans l'air enfumé et la table était entourée de personnes à l'aspect vaguement reptilien.

Le Pr Seeliger n'était pas un amateur de passage. Il suffisait pour cela d'observer le raidissement de son attitude et les mouvements de ses yeux. Il regardait, mémorisait les résultats et calculait les probabilités.

Ah ! faillit-il crier. *Je comprends où je me suis trompé hier.*

Il exécuta quelques calculs mentaux supplémentaires et parvint à se convaincre qu'il avait la réponse. Ce soir, il serait riche. Il plaça ses jetons.

Le Pr Seeliger passa plus d'une heure à la roulette et, quand il quitta le *Grande Hotel*, il s'était encore appauvri. Il lui faudrait trouver une banque le lendemain.

— Tout s'est bien passé, monsieur ? demanda le portier.

— Ç'aurait pu aller mieux.

— On dit toujours ça.

— Non, c'est la vérité.
— Demain, la fortune vous sourira.
— Demain, je rentre chez moi.
— À Vienne ?
— Oui.
— Belle ville. Je n'y suis allé qu'une fois. Le jeu peut se révéler décevant, n'est-ce pas, monsieur ? Vous avez beaucoup perdu ?
— Eh bien…
Seeliger n'en dit pas plus. Il n'allait pas se confier à cet idiot. Si le portier se montrait aimable, c'est qu'il attendait un pourboire et Seeliger n'avait plus un sou en poche. Le professeur eut un geste de la main.
— Bonne nuit, lança-t-il d'un ton brusque.
Le portier eut l'air surpris.
— Bonne nuit, monsieur. À bientôt.
— J'en doute, grommela Seeliger en s'éloignant.
Sur le chemin du retour, il s'arrêta devant un kiosque. Il grimpa quelques marches et regarda la pente douce couverte de sapins qui descendait vers la vallée argentée. Un effet de la neige éclairée par la lune. Il monta quelques degrés supplémentaires et s'accrocha à la rambarde pour recouvrer son équilibre. Il se sentait très faible.

13

Rheinhardt et Haussmann avançaient du même pas régulier sur les pavés. Un jeune homme plutôt inquiétant, un chapeau rabattu sur les yeux et les mains dans les poches, traînait sous une porte cochère. Il se détourna sur leur passage. Les façades des maisons lépreuses et les remugles d'égout n'étaient guère engageants. Devant eux, un édifice ordinaire blanchi à la chaux avait été agrandi par une tourelle surmontée d'un dôme en forme d'oignon. Cela introduisait une note d'exotisme dans un voisinage sinistre. Les deux hommes tournèrent dans une ruelle et s'arrêtèrent devant une maison noircie du XVIIIe siècle. Le linteau était surmonté d'une petite statue rongée par le temps, peut-être une sainte, une guirlande de fleurs autour du cou. Rheinhardt frappa à la porte avec le poing. Comme personne ne répondait, il sortit un trousseau de clés et s'employa à trouver le passe-partout qui s'engagerait dans la serrure.

Ils entrèrent. Pas de tapis sur le parquet dans la pièce du rez-de-chaussée, et le papier peint était déchiré à plusieurs endroits. Une table éraflée et deux chaises rustiques avaient été installées près de la fenêtre. Une lumière terne filtrait à travers des voilages, éclairant une miche de pain moisie et un morceau de fromage.

— Vous croyez qu'ils sont restés ici combien de temps ? demanda Haussmann.

— Assez longtemps, répondit Rheinhardt. Allons voir à l'étage.

Quand ils pénétrèrent dans la chambre, l'inspecteur et son assistant froncèrent le nez. Le pot de chambre, qu'on apercevait sous le lit, était plein de vieille urine et dégageait une odeur aigre. À part ça, des vêtements suspendus à un portant, une lampe à huile pendant d'un crochet fixé dans le plafond, une cravache appuyée à un mur et cachée derrière le poêle.

Rheinhardt prit un pantalon sur le portant et fouilla les poches. Sous un mouchoir sale, il découvrit la carte pliée d'une cave à bières appelée *Les Ours dorés*. Une liste de boissons, essentiellement tchèques, était suivie d'une description de trois plats ordinaires : boulettes de foie, porc au chou rouge, saucisses à la choucroute. Un plat fixe pour chaque jour de la semaine, et le lundi, relâche.

— *Les Ours dorés*, dit Rheinhardt en levant la carte. Vous connaissez ?

— Non, répondit Haussmann.

Au dos du menu on avait griffonné un nom et une adresse : Clement, 14, Templegasse, Leopoldstadt.

— Intéressant…

Rheinhardt se tourna vers son assistant qui s'était agenouillé près du lit.

— Vous avez trouvé quelque chose ?

Haussmann tendit à son supérieur un rouleau de billets de banque.

— Ça fait beaucoup.

— Oui, acquiesça Rheinhardt, surtout pour quelqu'un qui ne possède que deux pantalons.

14

Pour obtenir qu'elle lui donne le nom du pianiste, Razumovsky avait fourni un prétexte peu crédible à la domestique travaillant au palais Khevenhüller. La pauvre jeune femme, qui n'avait pas inventé la poudre, était bien trop impressionnée pour questionner les motivations d'un monsieur. Quand il l'avait payée pour sa peine, elle avait été submergée de gratitude, et il la soupçonnait d'avoir versé quelques larmes après son départ.

Vingt-quatre heures plus tard, Razumovsky savait tout ce dont il avait besoin concernant Frimunt Curtius, et les augures étaient excellents. Razumovsky ne croyait pas au Destin, mais s'il existait, les entités qui le représentaient le favorisaient outrageusement. Curtius était parfait. Interprète talentueux des œuvres pour clavier de style galant, il n'avait jamais été remarqué par la critique et il manquait de charme. Assez corpulent avec un double menton, des cheveux rares et un nez bulbeux, c'était un homme amer et conscient que ses prouesses musicales n'avaient jamais été reconnues à leur juste valeur. Bien qu'il donnât régulièrement des récitals, ils étaient peu appréciés et sa principale source de revenus était l'enseignement. Chaque jour, il était obligé de passer plusieurs heures assis près des filles languissantes et parfumées de fonctionnaires des tribunaux, supportant des arpèges et des gammes malhabiles. Il avait été invité à jouer au palais Khevenhüller grâce au père d'une de ces grâces juvéniles exhalant des senteurs délicieuses. Curtius était aussi un homme solitaire, un célibataire vieillissant et maladroit avec les femmes, un habitué d'un bordel pauvre mais digne près de la Nordbahnhof.

Razumovsky attendait à l'extérieur de cet établissement depuis plus de trois heures et, aux environs de deux heures du matin, Curtius sortit enfin. Le pianiste avait bu plus que de raison et ne marchait pas très droit.

— C'est vous ? dit Razumovsky en pointant sa canne et en s'avançant vers lui. Oui, c'est bien vous. Bonsoir, Herr Curtius.

Le pianiste, qui avait du mal à focaliser son regard, avança le menton puis le rétracta.

— Qui êtes-vous ? demanda-t-il en louchant.

— Un admirateur, répliqua Razumovsky. J'adore vos interprétations de Carl Philipp Emanuel Bach. Vos interprétations de ses sonates sont d'un niveau exceptionnel : une élégance, une légèreté, une délicatesse…

Curtius se redressa.

— Vous êtes un critique musical ?

— Non. Tous des philistins, pas un pour rattraper l'autre, ils n'y connaissent rien.

— Ou pas grand-chose, je vous le concède, dit Curtius.

— Vous vous dirigez vers le canal ?

— Oui, je vais dans cette direction.

— Permettez-moi de vous accompagner.

Les deux hommes descendirent la rue en flânant. Razumovsky fut ravi de constater à quel point il était facile de manipuler son compagnon. Curtius ne tarda pas à vitupérer le monde musical, comptant sur ses doigts les mesquineries et les affronts dont il avait été l'objet. Il postillonnait et lançait des insultes pleines de hargne.

Alors qu'ils traversaient le Franzensbrücke, Razumovsky ralentit le pas et, au milieu du pont, il s'arrêta pour s'appuyer au parapet. Curtius l'imita, comme hypnotisé par un étrange pouvoir. Ils contemplaient le reflet frémissant du disque de la lune, qui se brisa et se rassembla quand un coup de vent agita la surface des eaux sombres. De chaque côté du canal se dressaient des édifices aux toits pentus. Le bruit d'un train de marchandises résonna dans le silence de la nuit.

— Vous savez, dit Razumovsky, votre vie pourrait changer.

— Pardon ?

— Cela vous intéresserait-il de prendre un nouveau départ avec des gens prêts à vous accueillir comme un frère dans leur société ?

— Je ne suis pas certain de comprendre où vous voulez en venir.

— Je pourrais vous présenter des gens, dont un cercle de femmes charmantes, cultivées, intelligentes, à l'esprit moderne. Des femmes qui prêtent peu d'attention aux obsessions viennoises de l'apparence, qui apprécient la beauté intérieure, la noblesse et la vérité. Berne, voilà l'endroit qui vous conviendrait

— Vous êtes suisse ?

Razumovsky se mit à rire.

— Pas du tout.

Curtius se tourna vers son interlocuteur. Il l'étudia avec attention pour la première fois et prit conscience de son aspect diabolique : l'intensité du regard, la barbe pointue soigneusement taillée. Il frissonna en se rappelant que, dans son enfance, Zivka, sa vieille nourrice qui venait de Visegrad, lui racontait des histoires. L'une d'elles parlait d'un homme qui avait rencontré le diable sur un pont et perdait son âme au cours d'une partie de cartes.

— Seriez-vous près de me proposer un marché ?

Razumovsky tourna lentement la tête et lui sourit.

— Quel homme intelligent vous faites !

15

Rheinhardt tendit à Clement Kruckel la carte qu'il avait trouvée dans la chambre de la victime. Herr Kruckel, un vieux journaliste, la retourna et poussa un grognement.

— C'est bien mon écriture. J'ai donné mon nom et mon adresse à un homme du nom de Tab, un Italien. Une connaissance de fraîche date.

Kruckel n'avait pas loin de soixante-dix ans. Son grand front, les rides et les méplats de son visage donnaient l'impression d'une lithographie vivante.

— Vous connaissez son nom exact ?

— Oui. Angelo Callari, mais il préférait qu'on l'appelle Tab.

Kruckel rendit le menu à Rheinhardt.

— Il est à Vienne depuis un mois environ, il me semble.

La table entre les deux hommes était couverte de livres, de crayons, de plumes et de feuilles de papier. Kruckel s'était installé derrière une grosse machine à écrire Adler, avec un aigle doré sur le dessus.

— Pourquoi lui avez-vous donné votre adresse ?

— Pour qu'il puisse me contacter, bien sûr.

— Vous le trouviez sympathique ?

— Il s'intéressait à ma société éducative. Nous imprimons des pamphlets, organisons des conférences et diffusons des informations. Il s'était joint à un groupe de discussion qui s'était rassemblé ici même, juste après Noël.

— Votre société a un nom ?

— Oui. Fraternitas. Nous encourageons l'amitié entre les nations et poussons les politiciens à assurer le bien-être des pauvres. Tab aurait-il eu des ennuis ?

— Quand l'avez-vous vu pour la dernière fois ?

— Il y a deux semaines, aux *Ours dorés*.

Rheinhardt prit des notes.

— De quoi vivait le *signor* Callari ?

— Il a mentionné qu'il était domestique, je crois. Mais en Italie.

— Il avait l'intention de rester à Vienne ?

— Aucune idée.

— Cherchait-il du travail ?

— Je l'ignore. Qu'est-ce qu'il a fait ? S'il a des problèmes, j'aimerais lui venir en aide. Dans la mesure du possible, bien sûr.

Rheinhardt marqua un temps avant de répondre.

— Le lundi 11 janvier, le corps d'un homme a été retrouvé dans la fabrique de pianos abandonnée Gallus et fils, à Favoriten.

Kruckel écarta les doigts sur le clavier de sa machine et tapa sur une lettre à plusieurs reprises.

— Sans doute voulez-vous que j'identifie le corps ?

— Ce sera inutile, cet homme a été défiguré avec de l'acide.

Grave et pensif, Kruckel hocha la tête.

— Le *signor* Callari vous a-t-il donné des raisons de croire qu'il fuyait des ennemis ? enchaîna Rheinhardt.

— Non.

— Vous n'avez pas constaté de nervosité particulière, de méfiance l'incitant à regarder par-dessus son épaule ?

— Au contraire, il était toujours calme et maître de lui.

— Nous avons découvert une importante somme d'argent sous son matelas.

Pour la première fois, le journaliste sembla surpris.

— Vous pensez qu'il l'a volée ?

— Peut-être.

Rheinhardt poursuivit son interrogatoire, mais les réponses du vieux journaliste n'étaient pas très éclairantes, et Kruckel commençait à donner des signes d'impatience. Rheinhardt finit de prendre des notes dans son carnet et se leva. Et là, au lieu de prononcer les formules de politesse habituelles, Kruckel fouilla dans le fatras devant lui, souleva des livres, déplaça des documents, jusqu'à ce qu'il trouve un fascicule qu'il tendit à Rheinhardt.

Une illustration sommaire montrait un travailleur, les manches de chemise retroussées, qui grimpait une pente escarpée pour atteindre un phare dressé sur une colline. « Rien à perdre, tout à gagner, Fraternitas », disait la légende.

— Lisez-le, déclara Kruckel. Nous n'avons pas encore admis de policiers dans nos rangs et vous pourriez trouver un intérêt dans notre cause.

Rheinhardt se sentait un peu gêné. Il n'ignorait rien du fanatisme des contributeurs à cette littérature et se doutait bien qu'il n'avait pas grand-chose en commun avec les membres de Fraternitas. Il résista cependant au désir de rendre le libelle à Kruckel, pour ne pas froisser le vieil homme.

— Ils vous payent combien ? poursuivit Kruckel. Je suis persuadé que votre salaire est ridicule quand on sait ce qu'on attend d'un homme comme vous. Combien de fois avez-vous risqué votre vie alors que vous étiez en service, hein ? Plus d'une, je suppose.

Rheinhardt glissa la brochure dans la poche intérieure de son manteau.

— Merci.

Kruckel se leva à son tour.

— À qui bénéficient le plus la loi et l'ordre ? À votre famille et vos amis ? Non, à *eux*.

Les yeux du vieux journaliste brûlaient d'un feu iconoclaste.

— Ceux qui tiennent le haut du pavé, bien tranquilles dans leurs palais, et qui n'en ont jamais bougé !

Rheinhardt poussa un soupir.

— Prenez garde, Herr Kruckel, ce genre de déclaration pourrait vous attirer des ennuis.

16

Tout en progressant le long du tunnel sombre, Vala Feist pensait aux appréciations qu'elle avait inscrites dans son petit cahier rouge de maîtresse d'école. Elle avait écrit « insuffisant » devant au moins une dizaine de noms. Avait-elle été trop stricte ? Elle revit en esprit les enfants assis sur des bancs sous la lumière vacillante des brûleurs à gaz. Attentifs, effrayés pour certains, ils levaient la tête vers elle. Elle exigeait beaucoup de ses élèves, non par sévérité, mais parce qu'elle craignait qu'ils ne manquent une occasion de sortir de leur condition. Pour la plupart d'entre eux, lire et écrire correctement, acquérir des rudiments de mathématiques étaient le seul moyen d'échapper à la pauvreté.

Un homme assis, sans chaussures et le dos appuyé au mur, ouvrit de grands yeux. Son état d'ébriété ne l'empêchait pas de s'étonner de ce qu'il voyait : une femme à la tenue soignée, du genre vieille fille, qui portait un corsage à col officier et un petit bonnet décoré de fleurs artificielles. D'une main, elle brandissait une lampe à paraffine, et, de l'autre, un sac à provisions bien rempli.

— Bonsoir, dit Vala en passant.

L'homme fut trop choqué pour répondre.

Arrivée au bout du tunnel, Vala s'engagea sur un sentier gravillonné qui suivait le cours d'une des canalisations souterraines les plus importantes, assez large pour y loger une péniche. La puanteur ne la dérangeait pas. Cela faisait des années qu'elle explorait les égouts de Vienne et elle était immunisée contre les odeurs nauséabondes. On disait que certains de ces canaux remontaient à l'Antiquité romaine.

Au cours de ses incursions dans le labyrinthe ténébreux, elle avait été le témoin de choses étranges : une caravane d'hommes et de femmes qui pataugeaient en traversant un ruisseau, chacun brandissant une lanterne en papier ; un petit alligator mourant dans un caniveau, ses mâchoires claquant faiblement ; un musicien aveugle tenu en laisse par un nain tzigane. Le jour de la Saint-Erminold, elle était tombée sur deux messieurs bien habillés : un journaliste, Herr Kläger, et un photographe, Herr Draw. Ils étaient perchés sur un balcon surplombant une cataracte d'eau puante. Ces explorateurs étaient accompagnés par un individu sournois, armé d'un coup-de-poing américain, qui leur servait de guide. Ils prétendaient étudier les vies misérables des milliers de malheureux qui colonisaient les égouts en hiver. Herr Kläger avait offert d'escorter Vala jusqu'à la surface, et elle avait eu beaucoup de mal à lui faire accepter qu'elle n'avait besoin ni de lui ni de son homme de main.

Vala tourna de nouveau à droite et pénétra dans un passage voûté aux murs humides. Des flaques s'étaient formées sur le sol. Elle arriva à une porte en fer rouillé qu'elle frappa du poing. On lui ouvrit. Elle pénétra dans une pièce enfumée remplie d'une quinzaine de personnes rassemblées autour d'un brasero de fortune. Ces gens, qui ressemblaient à une tribu de troglodytes, l'accueillirent dans un dialecte slave inintelligible, suggérant une provenance rurale et éloignée. Peut-être la Ruthénie. Les femmes avaient la tête couverte d'un foulard et portaient des manteaux marron informes. L'une d'elles, entourée de petits enfants, donnait le sein à un bébé.

Un homme qui ne parlait que quelques mots d'allemand et ressemblait à un berger d'opérette vint à la rencontre de Vala.

— Merci, ma bonne dame, merci, merci.

Elle lui tendit son sac dont il distribua le contenu : du poisson en conserve, du pain noir et des croissants à la vanille. Ces hommes et ces femmes affamés mangeaient comme des animaux, vite et en se cachant, comme si un prédateur venu de nulle part pouvait leur arracher leur ration de nourriture. Vala fut invitée à s'asseoir sur une caisse retournée et le « berger » sortit une bouteille remplie d'un liquide brunâtre qu'il versa dans une tasse ébréchée. Comme Vala ne voulait pas blesser l'amour-propre de cet homme, elle accepta ce signe d'hospitalité et but une gorgée. C'était une liqueur aux plantes très forte et pas déplaisante, mais qui troublait le palais par son étrangeté. Elle laissait dans la bouche un goût poivré. Une vieille femme se mit à chanter, d'une voix basse et rauque, une mélodie exotique où on distinguait parfois les accords d'une gamme harmonique. S'agissait-il d'une lamentation ou d'une berceuse ? L'expression dure et figée de la femme demeurait indéchiffrable.

Quand la chanson fut finie, Vala récupéra son sac et fit comprendre qu'elle était prête à partir. Le « berger » lui ouvrit la porte, baissa la tête et répéta :

— Merci, ma bonne dame, merci, merci.

Quand il se redressa, ses yeux brillaient ; les larmes de gratitude n'allaient pas tarder.

— Je reviendrai demain si je le peux, dit-elle, tout en sachant qu'il ne comprenait rien.

Certains agitèrent le bras, avec des paroles de bénédiction sans doute, dans leur langue maternelle. La vieille femme traça des signes dans l'air.

Vala rebroussa chemin. Elle marchait d'un pas vif dans le tunnel quand elle entendit derrière elle les gonds d'une porte qui grinçaient et un « bang ».

Elle atteignit l'égout le plus large. Ses pas résonnaient. Après environ une minute, leur rythme se compliqua d'un autre. Vala s'arrêta brusquement et entendit un crissement de gravier sous la semelle d'une chaussure, puis plus rien, à part les gouttes qui tombaient dans les flaques. Quelqu'un la suivait. Elle se retourna et cria :

— Il y a quelqu'un ?

L'acoustique de la voûte lui renvoya sa question en écho.

Un homme sortit de l'ombre. Il ressemblait à un impresario dans la gêne : long manteau, chapeau à larges bords, pantalon informe et déchiré. Vala ne voyait pas bien son visage, mais son nez, anormalement gros, lui rappela Polichinelle.

— Je peux vous aider ? demanda Vala.

Il renifla, comme s'il essayait de cerner son odeur.

— Vous voulez que je vous éclaire ? Je peux vous donner une bougie, si vous le désirez.

Il s'avança très vite, les bras tendus et les doigts écartés. Vala baissa sa lampe à paraffine et releva le menton pour lui permettre de mieux lui saisir le cou. Elle savait que les disques en métal qu'elle avait cousus dans le col de son chemisier l'empêcheraient, dans un premier temps, de lui écraser la trachée. Elle sentit qu'il serrait, mais pas assez pour l'effrayer. L'haleine de l'homme était fétide, ses yeux brûlaient d'un plaisir pervers. Vala prit un petit pistolet dans la poche de sa jupe et en appuya le canon sur la poitrine de son agresseur. Elle le vit enregistrer l'information et s'assura qu'elle souriait de toutes ses dents avant d'appuyer sur la détente. L'explosion du coup de feu se multiplia avant de s'éteindre peu à peu. Les doigts de l'homme se détendirent et ses jambes cédèrent sous son poids. Son effondrement était presque comique, comme une cascade ratée au théâtre.

Vala remit le revolver dans sa poche et accrocha sa lanterne à un crochet en métal qui se trouvait juste à sa portée. Elle fit rouler le corps jusqu'au bord du canal, lui glissa des briques dans le pantalon et le poussa dans l'eau stagnante. Le cadavre s'enfonça et disparut. Des bulles d'air perturbèrent la surface huileuse. Un gros rat qui passait en nageant changea de direction pour éviter les remous.

Deuxième partie

LE COURS DE L'HISTOIRE

17

Liebermann se tenait dans l'embrasure de la porte de sa chambre et regardait Amelia Lydgate. Sa somptueuse chevelure indisciplinée se détachait sur l'oreiller blanc. Elle dormait en chien de fusil, exposant son dos qui reflétait la lumière comme une statue d'albâtre dans un musée. Bien qu'Amelia fût immobile, Liebermann l'entendait respirer, un bruissement de ressac sur le rivage, la régularité hypnotique de la mer. Dans la rue, une carriole roula sur les pavés. Amelia bougea, mais le bruit n'était pas assez fort pour la réveiller. Liebermann adorait observer Amelia pendant son sommeil, il aimait la paix et l'intimité de ces instants.

Cependant, il avait des doutes sur le bien-fondé de leur situation.

Bien sûr, le mariage était une institution ridicule et totalement privée de sens dans le monde contemporain. L'idée que des relations sexuelles dussent être différées jusqu'à une cérémonie religieuse était absurde. Sauf qu'il était beaucoup plus facile pour un homme d'adopter une attitude « moderne » que pour une femme. Elle pouvait le payer très cher. Si, pour une raison quelconque, leur union se brisait, Amelia aurait toutes les peines du monde à trouver un autre prétendant. On la considérerait comme une femme facile. C'était odieux, mais la réalité sociale le voulait ainsi.

Ils en avaient parlé à plusieurs reprises et Amelia se montrait inflexible :

— Si nous voulons créer une société vraiment civilisée, l'égalité entre les sexes est indispensable. L'humain est un organisme biologique. Il n'est pas honteux de manger ou de dormir, alors quoi de plus naturel que de satisfaire notre instinct érotique ? Nous devons nous comporter de façon rationnelle et nous efforcer de vivre en harmonie avec nos valeurs.

Amelia balayait les préjugés bourgeois avec une désinvolture qui étonnait le jeune médecin. Elle était moins troublée par une morale démodée que Liebermann, empêtré dans ses scrupules de gentleman. Du coup, il était en permanence la proie d'un sentiment de culpabilité. S'ils savaient, ses parents seraient horrifiés…

Amelia changea de position et le rythme doux de sa respiration laissa la place au silence. Elle ouvrit les yeux et s'assit. Une ride verticale lui barrait le front.

— Pourquoi diable les gens prennent-ils Hegel au sérieux ?

— Je te demande pardon ?

— Il est embrouillé.

— Tu penses souvent à la philosophie en te réveillant ?

— Oui, souvent.

Liebermann se mit à rire, mais la ride sur le front d'Amelia se creusa davantage.

18

La petite usine de Herr Bok se trouvait à Favoriten, pas loin de Gallus et fils. En s'approchant de l'entrée, Rheinhardt vit un gros homme rougeaud qui attendait. Il arborait une moustache broussailleuse à la gauloise. Quand l'homme repéra Rheinhardt, il jeta son cigare et s'avança.

— Inspecteur Rheinhardt ?

Impossible de distinguer ses lèvres quand il parlait.

— C'est bien cela. Herr Bok ?

L'homme s'inclina.

— Bonjour, inspecteur.

Rheinhardt le suivit dans le bâtiment et ils pénétrèrent dans un espace ouvert où une vingtaine de femmes travaillaient. Le bruit des machines à coudre était de temps à autre noyé dans un sifflement qui précédait l'apparition d'un nuage de vapeur.

— Que fabriquez-vous, Herr Bok ?

— Des chemises de qualité vendues à un prix raisonnable. Nous fournissons des magasins de vêtements à Vienne et nous faisons de l'import-export avec les principales villes de l'Empire, ainsi qu'avec Paris et Londres.

Bok leva l'index.

— Chacune de ces femmes accomplit une tâche bien précise, ce qui rend le processus de confection rapide et efficace. Ainsi, nous produisons une chemise toutes les deux minutes. Les cols sont exécutés à part, là, regardez.

Au bout de la chaîne de fabrication, Bok prit une chemise et la tendit à Rheinhardt pour obtenir son approbation.

— Très bien, dit Rheinhardt, pas très connaisseur en la matière et qui préférait rester dans le vague.

Ils entrèrent dans une pièce où deux bureaux étaient placés en angle droit. Derrière le plus petit, une jeune femme tournait la manivelle d'une grosse machine à calculer Brunsviga.

— Je vous présente Fräulein Mugosa, dit Bok.

La jeune femme se leva.

— Milica, soyez assez gentille pour préparer une tasse de thé à l'inspecteur Rheinhardt.

Elle nota quelque chose dans un registre et quitta la pièce, ses talons claquant sur le parquet avec une régularité de métronome.

— Asseyez-vous, inspecteur.

Les deux hommes prirent place sur des chaises et Bok posa les mains sur son ventre imposant.

— Donc vous vouliez me parler de Globocnik. Où est-il ?

— À l'Hôpital général.

— Ça ne me surprend pas.

— Quand l'avez-vous vu pour la dernière fois ?

— Il y a une semaine, quand il a fait une crise avant de disparaître.

— Quel genre de crise ?

— Il est devenu terriblement agité.

Bok pointa du doigt le petit bureau.

— C'était sa place. Tout se passait normalement quand, tout à coup, il s'est dressé et a commencé à délirer. Il a pris le coupe-papier, menaçant de me frapper, et il m'a traité de tous les noms d'oiseaux. Un langage vraiment grossier.

— Qu'est-ce qui a provoqué ce comportement ?

— Aucune idée. Il était hors de lui. Un accès de démence.

— Qu'avez-vous fait ?

— Je lui ai donné l'ordre de sortir.

— Il n'a pas résisté ?

— Non, mais il a pris son temps.

Fräulein Mugosa revint avec un plateau. Tandis qu'elle préparait le thé, Rheinhardt remarqua qu'elle était très bien habillée pour une secrétaire. De plus, la grosse pierre de la bague à son doigt ressemblait fort à un grenat.

— Quelqu'un d'autre était présent ?

— Oui, Fräulein Mugosa.

Bok se tourna vers sa secrétaire.

— Milica, expliquez à l'inspecteur ce qui s'est passé la semaine dernière avec Herr Globocnik.

— Il est devenu fou, il s'est mis à hurler et à jurer en brandissant le coupe-papier.

Fräulein Mugosa avait un accent en allemand. Rheinhardt mit quatre morceaux de sucre dans sa tasse.

— Vous avez eu peur ?

— Oh oui ! on aurait cru qu'il était possédé par le diable.

Elle se signa.

— Cela faisait combien de temps que vous l'aviez recruté ?

— Un peu plus d'un an, répondit Bok. Il se montrait parfois assez irritant et il n'arrêtait pas de renifler. Un rhume perpétuel. Cependant, on pouvait compter sur lui, il travaillait dur.

Fräulein Mugosa voulut ajouter quelque chose, mais Bok fronça les sourcils et elle battit en retraite.

— Il a des parents à Vienne ?

— Il n'en a jamais mentionné aucun.

— Des amis ?

— Il avait plutôt l'air d'un solitaire. Il restait très discret.

— Auriez-vous eu connaissance d'un événement récent qui pourrait expliquer son accès de folie ? De mauvaises nouvelles, un choc quelconque ?

Bok secoua la tête.

— Buvez votre thé, inspecteur, il va être froid.

19

Aux *Ours dorés*, particulièrement enfumés, chaque lampe à huile était entourée d'une auréole tremblotante et séparée de sa voisine par une zone d'ombre. La plupart des clients avaient trop bu. Le sol était trempé de bière renversée. Deux hommes se querellaient à voix haute sur la classification des démons dans un ouvrage sur l'occultisme, le *Liber octo quaestionum* ; un artiste, vêtu d'un caftan plein de taches de peinture, faisait d'une voix avinée une conférence incohérente sur le symbolisme ; une bande de femmes, vêtues comme des hommes, brûlaient une copie du *Psychopathia sexualis* de Krafft-Ebing dans le poêle.

Razumovsky, assis à sa table habituelle, écoutait et observait. Il s'intéressait particulièrement à Della Autenburg, qui comme de coutume flirtait outrageusement avec un groupe d'étudiants. Un de ses admirateurs, le jeune homme efflanqué avec une cicatrice de duel sur le visage, montrait des signes de possessivité. Il changeait fréquemment de position afin de s'interposer entre Della et ses rivaux. À un moment donné, Razumovsky le vit ôter une main insolente des fesses de Della. Della riait, ingurgitait bière sur bière, faisait mine de ne pas se rendre compte des petits drames qui se déroulaient autour d'elle, des tentatives pour attirer son attention, des regards hostiles et des bousculades. Razumovsky n'était pas dupe. Elle agissait en connaissance de cause pour exciter le désir.

Les jeunes gens commencèrent à se vanter et à fanfaronner. Tout d'abord, ils se targuèrent d'avoir participé à des actes de sédition sans grande importance, des manifestations et des provocations. Puis, une forfanterie en entraînant une autre, leurs bravades allèrent *crescendo*. Ils se coupaient la parole, révélant les complots qu'ils préparaient : sabotages, incendies, chantages. Tandis que les rodomontades allaient bon train, les enjeux ne cessaient de monter.

— Vous êtes un ramassis de trouillards ! s'écria le jeune homme à la cicatrice tout en agitant sa chope et en aspergeant la compagnie. Des lâches, tous autant que vous êtes !

— Axl, glapit Della avec un sourire taquin, il ne faut pas parler comme ça à tes amis.

— Oui, Diamant, calme-toi, ironisa un jeune homme avec un bouc. Pourquoi faut-il que tu te montres aussi vulgaire ?

Diamant ignora le conseil et, de sa main libre, il imita une bouche s'ouvrant et se fermant.

— Parler à tort et à travers, c'est tout ce que vous savez faire. Mais le temps de l'action directe est venu.

Quand Della se redressa, son décolleté passa dans le champ de vision de Diamant, qui cligna des yeux et marqua un temps avant de continuer.

— Tout va changer. Un matin, vous vous réveillerez pour découvrir que vous vivez dans un monde différent.

— Qu'est-ce que tu racontes ? ricana un étudiant qui arborait un pince-nez.

— Du Tyrol à la Silésie, de la Galicie à la Dalmatie… tu verras. Plus de cheveux coupés en quatre, plus de gesticulations inutiles, quelqu'un de suffisamment viril se prépare à faire ce qu'il faut.

Diamant se frappa la poitrine comme un singe dans un zoo.

— Et quoi donc ? s'enquit l'étudiant au bouc.

— Il faut se débarrasser du vieux fou ! rugit Diamant. Et ce ne sera pas difficile avec un individu réglé comme une horloge. Chaque matin il prend son petit déjeuner avec cette horrible actrice. Le chauffeur attend au coin de la Glorietgasse. Des gens se rassemblent souvent à cet endroit dans l'espoir de l'apercevoir.

Razumovsky se pencha. Cette jeune tête brûlée serait-elle en train de parler de l'empereur ?

— Ne sois pas ridicule, se moqua l'étudiant au pince-nez.

— Lucheni y est bien arrivé ! répliqua Diamant avec colère.

— Et il pourrit en prison.

— Pourquoi ne l'a-t-on pas pendu ? demanda une voix qui était montée dans les aigus.

— Il a été jugé dans le canton de Genève où ils ont aboli la peine de mort, répondit l'étudiant au bouc.

Un des occultistes éleva la voix.

— On affirme que la sœur de Ladislas II Jagellon, la princesse Cymburge de Mazovie, pouvait redresser les fers à cheval à mains nues. Comment est-ce possible ? Selon moi, elle y parvenait grâce à une assistance surnaturelle.

Razumovsky avait bien envie de réduire au silence l'occultiste avec sa canne, mais il s'abstint. Il fut obligé d'attendre que l'homme terminât son récit interminable de la défaite des Chevaliers teutoniques face aux armées polonaises et lituaniennes à la bataille de Tannenberg.

— Tu vas droit à l'échec, dit l'étudiant au bouc.

— Tu verras, rétorqua Diamant. J'ai bien réfléchi. C'est possible, crois-moi.

Della se pressa contre Diamant et l'autorisa à lui prendre la taille. Il l'attira à lui et elle l'embrassa sur sa cicatrice.

— Tu ne vas pas faire ça, hein ? Tu n'oserais pas ?

Les autres éclatèrent de rire. L'étudiant au pince-nez appela la femme du tenancier.

— Kamilla, par ici, deux cruches supplémentaires de la bière qu'on préfère.

Razumovsky but son cognac et attendit la brûlure. Skalicky et son épouse ne servaient que de l'alcool à bon marché. La brûlure ne tarda pas.

Si cet imbécile entreprenait d'attenter à la vie de l'empereur, cela réduirait ses efforts à néant. Les services secrets seraient alertés et le niveau de sécurité augmenterait d'un cran. Razumovsky reposa son verre et chantonna tout bas.

Il serait peut-être nécessaire de s'occuper d'Axl Diamant.

20

Le grand chambellan, responsable des affaires juridiques de la maison de Habsbourg, avait rencontré Georg Weeber à plusieurs reprises au fil des ans. Il semblait normal que le Palais saluât le juge qui allait se retirer de la vie publique. Cependant, la cérémonie au palais Khevenhüller ne comptait pas parmi les priorités du grand chambellan et il espérait que cette entrevue avec Kuhlbert von Behring serait brève. Von Behring était un collègue de Weeber et un des principaux organisateurs de la réception au Khevenhüller.

— Nous avons engagé un chœur, dit von Behring.

Le grand chambellan immobilisa son stylographe au-dessus de son calepin.

— Lequel ?

— Celui de la paroisse Saint-Valentin pour enfants indigents. C'était une des œuvres de charité de Georg Weeber.

Von Behring attendit que le grand chambellan ait fini d'écrire avant de poursuivre :

— Le père Johann, le chef de chœur, s'occupe de tout et, bien sûr, il conduira la chorale. On a pensé que les enfants pourraient chanter pendant qu'on servira le dîner.

— Excellente idée.

Le bec de plume du grand chambellan grinça sur le papier, puis il releva la tête.

— Qui choisira le programme ?

— Le père Johann.

Le grand chambellan se renversa sur sa chaise. Il frisait la soixantaine et l'âge n'avait pas adouci ses traits, bien au contraire. On lui prêtait la physionomie d'un vautour, avec sa barbe bien taillée et sa moustache raide et horizontale. Il fixa von Behring si longtemps que le juge se sentit mal à l'aise.

— Grand chambellan ?

— Je suis certain, lança ce dernier, que le père Johann fera de son mieux et qu'il sélectionnera des morceaux adaptés aux possibilités vocales des enfants. Mais, comme vous le savez, Sa Majesté a exprimé le désir que le Palais soit représenté à cette soirée, et donc…

— Oui, grand chambellan ?

— Puis-je faire une suggestion ?

— Je vous en prie.

— Peut-être pourriez-vous inciter le père Johann à répéter quelques compositions qui refléteraient l'Empire et la diversité de ses peuples ? Quelque chose de hongrois ou de tchèque ? Un chant galicien ?

— Bien sûr.

Le grand chambellan remarqua qu'une de ses nombreuses médailles était légèrement de travers. Il désengagea le ruban qui s'était coincé et prit une note.

— Le pianiste ? dit-il tout en écrivant.

— Herr Curtius.

— Jamais entendu parler de lui.

Il se carra sur sa chaise.

— Il a toutefois été recommandé par quelqu'un de votre cabinet, fit remarquer von Behring.

— Ah ! Qui donc ?

— Brinkerhoff. Curtius est le professeur de sa fille.

Nouveau silence embarrassé. Von Behring s'éclaircit la voix.

— Curtius est le plus grand interprète du style galant.

— Excusez-moi, mais est-ce bien approprié ?

— Le juge Weeber est un grand amateur du style galant, Carl Philipp Emanuel Bach, etc.

— Puis-je me permettre une autre suggestion ?

— Naturellement, grand chambellan.

— Peut-être pourrait-on inviter Herr Curtius à jouer un ou deux morceaux accessibles ?

— Accessibles ?

— Populaires.

Le grand chambellan interpréta l'hésitation passagère de von Behring comme une réticence et il fronça les sourcils. Von Behring n'avait pourtant pas l'intention de s'opposer à lui.

— Vous avez quelque chose à l'esprit en particulier ?

— Mon cher ami, dit le grand chambellan d'un air las, je n'ai pas l'intention de me mêler de ce qui ne me regarde pas. À vous de décider. En résumé, je n'aimerais pas que les gens s'ennuient.

Il se tapota une narine.

— Avons-nous une indication sur les personnes qui représenteront le Palais ? s'enquit von Behring.

— Nous nous en occupons. Pardonnez-moi si les circonstances m'obligent à une certaine réserve.

— Je comprends.

La discussion se prolongea pendant une dizaine de minutes, au cours desquelles le grand chambellan offrit quelques conseils supplémentaires sur les plans de table et le menu. Puis il se leva et s'inclina.

— Votre Excellence, conclut-il.

L'audience était terminée.

— Je vous suis très reconnaissant pour vos judicieuses suggestions, dit von Behring.

Il se leva, s'inclina à son tour et se dirigea vers les doubles portes dorées qui s'étaient miraculeusement ouvertes à son arrivée. Sur le palier, un membre du personnel du palais se tenait près d'un sofa Louis XIV.

— Par ici, je vous prie, lança-t-il avec un geste du bras.

Il le conduisit vers un escalier. Von Behring était content d'en avoir terminé.

21

Herr Globocnik était étendu, les yeux fermés et les mains croisées sur sa poitrine, sur un lit à roulettes dans une des salles d'examen de l'Hôpital général. Une petite fenêtre en hauteur laissait filtrer une lumière pastel qui baignait la pièce. Liebermann, assis près de la tête de lit, observait son patient avec attention.

— Vous dites que vous avez tué Herr Bok dans la fabrique de pianos Gallus et fils.

— C'est bien ça.

— Le corps vient d'être identifié. Il s'agissait d'un Italien du nom d'Angelo Callari.

— On vous aura mal informé, Herr Doktor.

— J'ai parlé à l'inspecteur Rheinhardt au téléphone. Il était catégorique.

Sur l'oreiller, Globocnik fit non de la tête.

— L'inspecteur Rheinhardt a commis une terrible erreur.

Liebermann s'abstint de tout commentaire. Au loin, on entendait une fanfare et des sabots de chevaux. Globocnik renifla.

— Il y a une autre possibilité, qui expliquerait la faute de l'inspecteur. Le corps de Herr Bok a très bien pu être remplacé par celui du *signor* Callari.

— Qui aurait procédé à un tel échange et pourquoi ?

— Aucune idée. Mais on a vu des choses plus étranges et Vienne abrite des gens bizarres.

Liebermann appuya les coudes sur les bras de son fauteuil et joignit les mains sous son menton. La fanfare passa.

— Herr Bok est toujours en vie, je vous assure. L'inspecteur Rheinhardt lui a parlé.

Le silence était devenu assourdissant.

— Pourquoi faites-vous cela, Herr Doktor ? gémit Globocnik. Je ne comprends pas. Sommes-nous en train de jouer à un jeu psychologique ? Essayez-vous de me piéger ? J'ai confessé un crime grave, le plus grave de tous, et j'accepte mon châtiment. Ramenez-moi dans ma cellule au poste de police et laissez la justice suivre son cours. Je n'ai pas peur de la mort.

— Herr Bok est vivant, affirma Liebermann d'un ton serein.

— Non, il est mort.

Plusieurs secondes s'écoulèrent.

— Pour moi, il est mort.

Liebermann se redressa. Serait-ce la première brèche dans l'armure de Globocnik, révélatrice d'une conscience résiduelle, d'une connexion, même ténue, avec la réalité ?

— Donc pour vous, il est mort, répéta Liebermann d'une voix douce, tout en espérant que cela encouragerait son patient à s'ouvrir davantage.

Mais Globocnik se mordit la lèvre et renifla.

— Quelle est votre profession ?

— Je suis… je suis…

Pour Liebermann, cette hésitation signifiait que le cerveau fébrile de son patient s'apprêtait à fournir une nouvelle explication fantaisiste. Il s'empressa de le couper.

— Vous travaillez dans un bureau.

— C'est exact, admit Globocnik à regret.

— En tant que comptable ?

— Il n'y a pas d'affaire prospère sans un bon comptable.

— Je vous l'accorde. Et dans votre domaine, vous êtes très compétent. Il me semble que vous étiez employé par Herr Bok, qui est le propriétaire d'une fabrique de chemises à Favoriten.

— Il est exact que Herr Bok et moi-même avions des intérêts communs.

La formule grandiloquente amusa Liebermann.

— Herr Bok prétend que vous l'avez menacé. C'est vrai ?

— Je ne l'ai pas menacé, Herr Doktor, je l'ai tué.

— Il y avait un témoin, la secrétaire de Herr Bok, Fräulein Mugosa.

L'angoisse déforma brièvement les traits de Globocnik.

— Vous vous souvenez de cette femme, Fräulein Mugosa ?

Globocnik prit une profonde inspiration.

— Bok était un homme mauvais, il a toujours été comme ça. De naissance, j'imagine. Vous comprenez, c'est une question de moralité, de moralité personnelle.

22

Rheinhardt et Liebermann étaient assis au fond d'un café, près de l'université, dont la plus grande partie de la clientèle était composée d'étudiants, occupés à relire des cours ou à écrire des dissertations. Le soir tombait et le chef de rang, un Hongrois hagard et épuisé, allumait les lampes à gaz. Les flammes nues brillaient à travers la fumée des cigares et des cigarettes. Rheinhardt souleva un pot en cuivre et se versa un café turc.

— Callari a rencontré Kruckel dans une cave à bières, *Les Ours dorés*, près de Leopoldstadt. Ça te dit quelque chose ?

— Pas vraiment, répondit Liebermann. À Prague, il y a un édifice datant de la Renaissance qui s'appelle *Les Deux Ours*. Je suis passé devant il y a quelques années. Tu crois qu'il y a un lien ?

Rheinhardt haussa les épaules.

— Kruckel est un journaliste, un agitateur politique, et le principal représentant d'une confrérie socialiste du nom de Fraternitas. Callari a assisté à une réunion dans l'appartement de Kruckel.

Liebermann leva sa tasse et but une gorgée de son *Schwarzer*[1].

— Une difformité physique engendre un sentiment de mise à l'écart, de singularité par rapport à la majorité. Callari a dû être attiré par cette organisation œuvrant dans un esprit de fraternité.

— Il est arrivé à Vienne juste avant Noël.

1. Café noir.

— Donc, on peut supposer qu'il n'a pas eu assez de temps pour se faire des ennemis mortels ?

— Et s'il avait été poursuivi ? proposa Rheinhardt.

— Par des hommes qui voulaient récupérer leur argent ?

— J'ai entendu dire qu'en Italie du Sud certaines familles de criminels suivent un code d'honneur très strict. Et toute violation de ce code entraîne les châtiments les plus extrêmes.

Liebermann fit la moue.

— Si Callari avait été torturé, il aurait révélé à ses bourreaux où il avait caché les billets et tu ne les aurais pas retrouvés.

Le jeune médecin regarda une gravure ancienne accrochée à un lambris près de leur table. Elle représentait un cavalier sabre au clair à la tête d'une armée sur un pont. Il galopait furieusement vers une horde de guerriers enturbannés.

— La dernière charge de Zrínyi, dit Rheinhardt.

— Hein ?

— Zrínyi, le commandant hungaro-croate qui a attaqué les Ottomans au siège de Szigetvár. Tous les Hongrois sont morts après avoir infligé tant de souffrances à Soliman le Magnifique qu'il en a eu une attaque. Le chagrin l'a tué.

— Curieux.

— Quoi donc ?

— Je n'avais jamais remarqué cette estampe.

Ce brusque intérêt pour le tableau irrita Rheinhardt.

— Tu en es où avec Globocnik ? s'enquit-il.

Liebermann repoussait la cuticule d'un de ses ongles.

— J'ai fait des progrès, mais pas aussi rapides que ce que j'espérais.

— Et si tu t'expliquais ?

— Comme je te l'ai déjà dit, à mon avis, Herr Globocnik a reçu un choc psychologique qu'il est parvenu à surmonter en créant un système de défense complexe. Bien que modeste et sans grand intérêt en apparence, je le soupçonne d'être fier et intelligent. Et je tends à penser que le traumatisme qu'il a reçu portait atteinte à sa dignité et à sa réputation. Ses fantasmes au sujet d'un crime qu'il n'a pas commis servent deux objectifs : la restauration de l'estime de soi et la promesse d'une libération éternelle.

— C'est quoi, une libération éternelle ?

— Les criminels coupables d'homicide sont pendus. Globocnik est suicidaire et il veut mourir.

— Pourquoi ?

— Les raisons qui peuvent pousser un homme à vouloir quitter ce monde sont nombreuses.

Liebermann sourit.

— As-tu vu Fräulein Mugosa quand tu as rendu visite à Herr Bok ?

— Oui.

— Une jeune femme ?

— Oui.

— Assez séduisante, mais pas de façon conventionnelle ?

— C'est une assez bonne description.

— Portait-elle, par hasard, un bijou voyant ?

— Comme une bague avec une grosse pierre ?

— Je m'en doutais, ironisa Liebermann avant de revenir à la gravure. Je me demande pourquoi je ne l'avais pas remarquée auparavant. C'est tout de même une image assez frappante.

Le visage de Rheinhardt s'assombrit.

— Max, ça te dérangerait d'arrêter tes devinettes ? Qu'as-tu découvert ?

23

Eduard Autenburg parlait déjà depuis un certain temps. Il tapa le fourneau de sa pipe dans un cendrier et reprit :

— À l'avenir, il faut prévoir l'abolition totale des institutions existantes. En réalité, le concept même de gouvernement doit être peu à peu éradiqué. Les organisations gouvernementales seront remplacées par des consommateurs et des producteurs librement associés en collectifs. Bien sûr, nous voulons tous obtenir de meilleurs salaires et l'amélioration des conditions de travail. Mais ce que je propose est beaucoup plus radical. Ce ne sont pas les bas salaires qui posent problème mais plutôt les salaires en eux-mêmes. Il faudrait abolir le système salarial une fois pour toutes.

Della, enveloppée d'un cocon de fumée de cigarettes égyptiennes, était allongée sur un sofa.

— Et par quoi le remplacerais-tu ? demanda-t-elle.

— Par rien, répliqua Autenburg, une société parfaite n'a pas besoin d'argent.

Axl Diamant, qui se tenait près du feu, voulut intervenir et s'arrêta quand Della releva sa jupe pour examiner une de ses chaussures. Elle fit tourner sa cheville et frappa du talon sur le sol. Ses bas étaient rouge vif et seul un eunuque aurait été immunisé contre la courbe de son mollet. Eduard toussa, remplit de tabac le fourneau de sa pipe et ajouta :

— J'inclurai cette suggestion dans mon prochain pamphlet. J'imagine que ça va faire du bruit.

Diamant s'arracha à la contemplation du bas de Della.

— Toujours des mots. Franchement, à quoi ça sert ? Les beaux discours ne suffiront pas à améliorer les choses.

— En vérité, les mots sont très puissants, claironna Autenburg avant d'allumer sa pipe.

Diamant s'éloigna du feu, alla à la fenêtre et écarta les rideaux. Dans la rue, il vit deux juifs hassidiques, vêtus de longs manteaux et coiffés de grands chapeaux ronds en fourrure. L'un gesticulait tandis que l'autre hochait la tête.

— Qu'est-ce qu'on attend ?

L'haleine de Diamant se condensa en vapeur sur la vitre.

— On bavarde, on bavarde et rien ne change jamais, poursuivit-il. Pour protéger leurs intérêts, ils disposent de la force : la peine capitale, la police, l'armée… Alors pourquoi pas nous ?

Les juifs se mirent en marche, suivis par un chien galeux.

— Je ne suis pas troublé par la question morale, Axl, répondit Autenburg en tirant sur sa pipe. En théorie, je suis tout aussi engagé que toi dans les « actes de propagande par le fait ». Mais la précipitation est mauvaise conseillère.

— La complaisance aussi.

Autenburg défit un bouton de son gilet et changea de position.

— On risquerait de se faire prendre.

— Toute bataille exige un sacrifice.

Diamant se détourna de la fenêtre. Au-delà de la tête aux cheveux rares d'Autenburg, il vit Della qui pointait un pied vers le parquet d'un air distrait.

— Nous devons réaffirmer la vitalité du mouvement à Vienne et l'assumer avec fierté, prouver que nous valons ceux de Berne et de Paris.

— Rappelle-toi Hartmann, objecta Autenburg.

— Qui ?

— Lev Hartmann, de la Volonté du Peuple, qui a fait sauter le train du tsar. Après l'explosion, tout est devenu rouge. Aussi loin que le regard pouvait porter, un paysage de cauchemar, un bain de sang ! Or, l'air ne sentait pas le fer mais le sucre. Ce n'étaient pas les restes du tsar et de sa suite qui abreuvaient la terre, mais le jus de fruits en conserve. Le train était chargé de confitures destinées aux résidences impériales de Crimée.

Autenburg eut un rire silencieux.

— Quant au tsar, il était déjà descendu et, quand le train a explosé, il se trouvait en sécurité à Moscou.

— Et alors ?

Autenburg brandit sa pipe.

— L'échec de Hartmann n'a guère contribué à l'influence internationale de la Volonté du Peuple. Si tu veux affirmer notre pouvoir, alors tu dois t'assurer du succès des opérations. Les exploits inutiles, si hardis soient-ils, ne nous gagneront que le mépris de nos pairs et on nous traitera d'inconscients. L'incompétence n'a jamais inspiré la terreur et nous devons prendre garde au retentissement de nos actions sur le mouvement dans son ensemble.

— J'ai le droit de faire ce qui me semble juste ! rétorqua Axl avec colère.

— Non, lança Autenburg avec une fermeté inhabituelle. Tu n'aurais pas mon autorisation. Je ne t'ai jamais rien refusé, ajouta-t-il en lançant un coup d'œil à sa femme, parce que la foi dans l'égalité exige que nous transcendions les limites imposées par les préjugés. Cependant, dans le cas qui nous préoccupe, il y a un conflit d'intérêts. J'ai des responsabilités. Je dois répondre de mes décisions devant l'exécutif et en envisager les conséquences.

Della se redressa sur son sofa et tapota le siège près d'elle.

— Viens t'asseoir, Axl. Cesse de t'énerver.

Ses lèvres s'arrondirent autour de sa cigarette dont l'extrémité flamba. Puis elle fit la moue et souffla un filet de fumée.

Le jeune homme l'étudia un instant et l'expression de son visage changea. Un feu venait d'être remplacé par un autre.

24

Le Pr Seeliger traversa le canal du Danube, passant par la grande cage en métal du pont de Sophie, et pénétra dans l'espace vert du Prater. Il tenait une feuille bleue arrachée à un carnet de notes. Quelqu'un qu'il ne connaissait pas encore avait dessiné une carte où il avait marqué le lieu du rendez-vous. Arrivé dans une zone cultivée et divisée par des allées, il regarda à gauche, puis à droite, et se dirigea vers un lampadaire. Il vérifia sur la carte qu'il ne s'était pas trompé et consulta sa montre de gousset. Il avait dix minutes d'avance.

Il ôta son haut-de-forme, le coinça sous son bras et s'épongea le front avec un mouchoir. Malgré le froid, il transpirait. Il déboutonna son manteau pour se rafraîchir. Personne à proximité, seulement quelques silhouettes au loin.

La lumière commençait à décliner et de gros nuages gris s'étaient répandus dans le ciel. Le Pr Seeliger avait une vue dégagée sur le toit circulaire de la Rotonde, construite pour l'exposition universelle de 1873. Malgré ses trente et un ans d'âge, elle possédait la plus grande coupole jamais réalisée et elle surpassait par la taille les merveilles de l'Antiquité. Cependant, sur le plan esthétique, la Rotonde ne présentait aucun attrait, elle paraissait venue d'un autre monde, comme un chapiteau en fer construit par les envahisseurs géants d'une autre planète. Cela rappelait au Pr Seeliger *La Guerre des mondes*, un roman terrifiant écrit par un auteur anglais du nom de H. G. Wells. La traduction en allemand venait juste de sortir. La pensée de Martiens à tentacules logeant à l'intérieur de la Rotonde accentua son malaise. Les quatre premières voitures à moteur fabriquées dans l'Empire y étaient exposées. Seeliger était allé les voir. Une rafale de vent lui apporta des cris et des échos incongrus de musique d'orgue de Barbarie venant du parc d'attractions.

Le Pr Seeliger se raidit en apercevant la silhouette d'un homme qui avait surgi de derrière une rangée d'arbres. Il portait un parapluie et ne semblait pas pressé. Maintenant, il souriait. Il frisait la quarantaine et présentait bien, pas du tout la canaille que Seeliger attendait.

— Bonjour, professeur Seeliger.

L'homme s'inclina et le professeur remit son chapeau.

— Vous êtes ?

— Gerd Kelbling.

Ôtant la feuille de papier bleu de sa poche, Seeliger l'agita.

— Qu'est-ce que ça veut dire ?

— N'est-ce pas assez clair ? Soit vous coopérez, soit vous allez en prison.

L'allemand de Kelbling était parfait, avec une accentuation un peu irrégulière. Le Pr Seeliger, qui n'était pas habitué à l'impertinence, bomba le torse.

— J'espère que vous avez considéré les risques que vous courez en proférant pareilles menaces à l'encontre d'un homme d'influence.

Le sourire de Kelbling s'élargit.

— C'est parce que vous avez des amis haut placés que je ne doute pas de votre collaboration. Vous avez travaillé dur pour gagner la confiance de représentants officiels du Palais, de juges et de généraux. Vous ne voudriez tout de même pas qu'autant d'efforts, des années de flatteries et de servilité, de léchage de bottes et de flagorneries, soient réduits à néant ? Et comment réagirait votre femme si vos manigances étaient révélées alors que votre nomination est sur le point d'être soumise à l'approbation de l'empereur ? Elle serait inconsolable.

— Vous… vous lui avez été présenté ? bégaya Seeliger.

Kelbling ignora l'interruption.

— Je me demande parfois qui de vous deux est le plus ambitieux.

Le professeur recula d'un pas. Une nouvelle rafale de vent leur apporta des hurlements et autres évocations de tourments éternels. Seeliger ouvrit la bouche et il n'en sortit aucun son. Il se tenait là, bayant aux corneilles comme un idiot.

— Je sais tout, susurra Kelbling.

Du bout de son parapluie, il traça un cercle dans les airs, comme pour mettre en évidence l'étendue universelle de sa science.

Seeliger avala sa salive.

— Exprimez-vous clairement, je vous prie.

Kelbling feignit la déception.

— Herr Professor ! J'espérais que vous m'épargneriez ces détails, qui impliquent brutalité et indélicatesse. Mais ce sera comme vous voulez.

De l'index, il appuya sur la poitrine de Seeliger.

— Vous, monsieur, vous êtes un voleur. Du même genre, en réalité, que les coupe-jarrets qui opèrent sur les places de marché. Cela fait plus d'un an que vous détournez des fonds des universités. Empochant un peu d'argent ici, un peu d'argent là, une petite fortune. Je comprends que ce n'est pas vraiment votre faute. Elle revient bien sûr à votre épouse, qui en veut toujours plus, une femme au train de vie dispendieux. Nous avons tous commis ce genre d'erreur. Et puis, elle est tellement ambitieuse pour Danuta et Gabriela !

Kelbling s'interrompit pour contempler une montgolfière rouge flottant au-dessus du parc d'attractions et reprit :

— Je me demande ce qui se passerait si le recteur était informé de vos malversations ? Vous imaginez le scandale. La presse s'en donnerait à cœur joie. Votre femme serait hors d'elle-même, hystérique. Ce serait trop dur pour elle, elle finirait dans un de ces asiles d'aliénés, Am Steinhof, sans doute.

— Que voulez-vous ?

La voix de Seeliger était dépourvue d'émotion, un procédé mécanique produisait du langage à sa place.

— C'est évident. Vous avez la réputation d'être un des hommes les plus intelligents de Vienne. Pourquoi m'obliger à énoncer à voix haute ce que j'attends de vous ?

25

La Glorietgasse était une rue élégante, respectable, à proximité des jardins de Schönbrunn, ce qui en rehaussait la valeur. Comme d'autres bâtiments du voisinage, le numéro 9 était peint en jaune, dans une respectueuse imitation du palais adjacent. Fleur de soufre, primevère, citron, vénitien, les façades de la Glorietgasse présentaient toutes les nuances de jaune. La plupart du temps, l'occupante du numéro 9, la comédienne Katharina Schratt, rentrait tard le soir. Cependant, il fallait qu'à sept heures trente précises elle soit prête à recevoir Sa Majesté pour le petit déjeuner. L'emploi du temps de François-Joseph était réglé à la minute près, à cause de sa fonction et aussi de sa nature ponctuelle.

Katharina était obligée de se lever quand il faisait encore nuit, de faire sa toilette, de s'habiller, se maquiller, et surveiller l'ordonnancement du repas : le linge immaculé, les croissants et le délicieux café dont elle avait le secret. Quand François-Joseph apparaissait, le sourire de bienvenue était également compris dans ses obligations. Après le petit déjeuner, le couple quittait la villa, traversait la Maxingasse et pénétrait dans les jardins de Schönbrunn par une entrée discrète. D'après la rumeur, distraire l'empereur commençait à éprouver les nerfs de l'actrice.

Pendant sa visite, l'équipage de l'empereur François-Joseph était stationné près du numéro 9, au coin de la rue. Il s'agissait d'une vacance de l'étiquette, d'une simple démonstration de discrétion : le véhicule royal et son cocher étaient faciles à reconnaître. D'habitude, des gens s'arrêtaient et attendaient d'apercevoir l'empereur à son retour. Ce matin-là, devant le petit attroupement, il y avait un jeune homme dont le physique avantageux était gâché par une balafre de duel.

Diamant pensait à Della, à l'intensité de ses baisers et à sa capacité de le rendre fou de désir. Il n'était pas supposé la désirer ainsi, de cette façon possessive et jalouse. C'était contraire aux principes du mouvement, mais il ne contrôlait plus ses émotions, il la voulait tout à lui, il voulait la posséder, comme une propriété privée, comme des biens meubles.

Qu'est-ce qu'elle lui trouvait, à Autenburg ? Elle affirmait qu'il était un grand intellectuel. Peut-être que ç'avait été vrai, mais plus maintenant. Il lui arrivait de se ridiculiser. Cette histoire idiote sur Hartmann et la confiture. De quoi parlait-il ? La Volonté du Peuple avait fini par triompher puisqu'ils avaient réussi à assassiner Alexandre II.

— Ce ne sera pas long, maintenant, dit une femme à sa jeune compagne. Dieu le bénisse.

Diamant se représenta le régicide avec une précision photographique : la première détonation aveuglante, le traîneau impérial dérapant dans des jets de glace. Le tsar sautant hors du véhicule et contemplant le carnage, des soldats cramponnés à leurs blessures par shrapnel, certains déjà morts. Grinevitski jetant la bombe, un autre éclair de lumière, puis le tsar rampant à quatre pattes tout en laissant une traînée de sang sur la neige, ses entrailles sortant de son abdomen déchiré. Le cœur de Diamant battit plus vite, il se sentait excité.

Des exclamations étouffées le ramenèrent à la réalité.

François-Joseph, Sa Majesté impériale et apostolique, par la grâce de Dieu empereur d'Autriche, roi de Hongrie et de Bohème, de Dalmatie, de Croatie, de Slavonie, de Galicie, de Lodomérie et d'Illyrie, etc., descendait la rue. Il portait une casquette à visière et un uniforme bleu ordinaire. Il ressemblait davantage à un soldat de deuxième classe à la retraite qui se rendait à une réunion de son régiment qu'à un demi-dieu.

Margrave de haute et basse Lusace et d'Istrie, comte de Hohenembs, de Feldkirch, de Bregenz, de Sonneberg, etc.

Tout cela dans un homme sans trait distinctif, produit d'un millier d'années de consanguinité. Et à l'évidence, il était mortel. Sans ses médailles et les symboles du pouvoir, il ne restait qu'un vieil idiot épris d'une actrice. Sans ses « héritages inaliénables », la corne de licorne et la coupe d'agate qu'on considérait comme le Saint Graal, il n'était rien. Une fois, Diamant avait lu que l'empereur écrivait ses télégrammes sur de vieux bouts de papier pour faire des économies. Un barbon avare, un misérable radin.

Grand prince de Transylvanie, seigneur de Trieste, de Kotor et de la Marche de Windisch. Grand voïvode de la voïvodie de Serbie, etc.

Un policier s'avança et leva la main pour signifier aux personnes qui s'étaient rassemblées près de la calèche qu'elles ne devaient pas s'approcher.

— Dispersez-vous ! ordonna-t-il.

François-Joseph se retrouva soudain aux côtés de l'officier. Diamant entendit la réprimande sévère que lui adressa l'empereur.

— Il n'y a aucune raison de ne pas laisser ces braves gens saluer leur souverain.

Le policier sembla rétrécir. Il balbutia des excuses en s'inclinant si bas qu'il fut sur le point de tomber le nez par terre.

Ce serait tellement facile, une bombe comme celle de Grinevitski ferait très bien l'affaire. Même un poignard suffirait ! D'un bond, on pouvait atteindre l'empereur. François-Joseph sourit à ses sujets et agita la main comme un automate avant de monter dans sa voiture.

Appuyé à un arbre, un gentleman à la barbe pointue observait la scène. Son chapeau à larges bords était rabattu sur ses yeux et il serrait une canne contre lui. Le temps que la calèche se soit éloignée et que les gens aient fini d'acclamer le souverain, le gentleman avait disparu. Diamant ne l'avait pas remarqué. Le jeune homme était trop occupé avec ses projets.

26

L'officier adjoint du commissaire Brügel tendit à Rheinhardt une enveloppe cachetée et aboya :

— Lisez-la tout de suite, inspecteur.

Rheinhardt prit son coupe-papier et sortit de l'enveloppe un ordre rédigé en caractères gothiques dont la sophistication s'accordait mal avec la simplicité du message :

Favoriten. Mon bureau à quatorze heures trente pour discuter du rapport.
Brügel

Rheinhardt affronta l'officier imbu de lui-même :

— Je vous serais très reconnaissant d'informer le commissaire que je me présenterai dans son bureau à l'heure indiquée.

L'officier adjoint ricana, hocha brusquement la tête au lieu de s'incliner et sortit en coup de vent en claquant la porte.

Haussmann s'arrêta d'écrire.

— Monsieur, pourquoi vous montrez-vous toujours aussi civil avec lui ?

— Parce que, répliqua Rheinhardt du ton désabusé d'un sage, cela ne me coûte rien et les gens prompts à la colère ne font pas de vieux os.

— Le commissaire semble en excellente santé.

— Il y a toujours des exceptions, Haussmann.

Au lieu d'aller déjeuner, le policier mangea quelques *Zimsterne*, des sablés à la cannelle en forme d'étoile. Plus l'heure approchait, plus il consultait sa montre.

Le commissaire Manfred Brügel s'assit derrière un bureau sous le portrait de François-Joseph en tenue d'apparat. Physiquement, les deux hommes n'étaient pas très différents et partageaient un goût commun pour les favoris. En louchant un peu, Rheinhardt avait l'impression de voir double. Le bureau de Brügel était recouvert de photographies de la scène de meurtre à Favoriten : les trois chaises, le corps défiguré, une vue plongeante sur le sol de la fabrique. Brügel consulta le rapport de Rheinhardt.

— Angelo Callari, selon vous ?

— Oui, monsieur.

Brügel s'empara d'un cliché du visage déformé.

— Comment pouvez-vous en être sûr ?

— Nous n'en sommes pas absolument certains, il n'avait pas de papiers. Cependant, à mon humble avis, cet homme est le même que celui qui est arrivé à Vienne il y a quelques mois et qui se faisait appeler Tab.

Le commissaire fit la grimace, comme s'il était brusquement affligé d'un tic douloureux du zygomatique.

— Des pieds palmés, la parole d'une prostituée…

— Les marques de coups de cravache sur son corps, la cravache que nous avons retrouvée, l'entretien avec Herr Kruckel…

Brügel hocha la tête à regret.

— Et le propriétaire ?

— Il est représenté par un agent, un Slovène difficile à localiser.

— Vous avez contacté nos collègues à Rome ?

— J'ai envoyé trois télégrammes aux services de la Sûreté.

— Et… ?

— Nous attendons toujours la réponse. Les Italiens ne sont jamais très pressés.

La mine sévère de Brügel s'éclaira d'une lueur de complicité, puis il s'assombrit de nouveau et grommela :

— En ce qui concerne Kruckel…

— Il a été autrefois un chroniqueur politique influent.

— Son nom m'est familier.

Brügel prit le pamphlet de Fraternitas et étudia l'image du travailleur grimpant vers le phare. Puis il lut la légende « Rien à perdre, tout à gagner » et feuilleta la brochure.

— Un torchon séditieux. Mais oui, Kruckel ! Quand je n'étais qu'un cadet de la police, je me souviens d'avoir lu des articles signés Clement Kruckel, un jeune agitateur. Cela faisait longtemps que je n'étais pas tombé sur une de ses diatribes.

— Il n'est plus publié dans la presse influente. Ses opinions sont considérées trop extrêmes par ceux qui partagent ses sympathies socialistes.

Le commissaire écarta le libelle avec dédain et se concentra sur la photographie des trois chaises vides.

— Vous indiquez dans votre rapport qu'un jury d'honneur s'était peut-être rassemblé dans la fabrique de Gallus et fils.

— Le Dr Liebermann a émis cette hypothèse.

Brügel émit un grognement.

— Vous ressentez toujours le besoin de le consulter ?

— Il est remarquablement intuitif et…

— Il nous a apporté une aide précieuse à plus d'une occasion, je sais, vous ne cessez de me le rappeler.

L'index du commissaire tambourina un rythme obsessionnel. À l'évidence, il ressassait quelque chose. Son expression morose devint de plus en plus renfrognée et il finit par grommeler :

— Ça ne va pas, Rheinhardt.

— Pardon, monsieur ?

— Ça ne va pas du tout.

L'index du commissaire se figea en l'air.

— Trois semaines. Cela fait trois semaines que vous travaillez sur cette affaire et, pour autant que je puisse en juger, vous n'êtes arrivé à rien.

— J'ai identifié la victime, monsieur.

— Non, inspecteur.

La paume de Brügel s'abattit sur le rapport.

— Certes, le mort se faisait appeler Angelo Callari, mais vous ignorez qui il était vraiment et ce qu'il faisait à Vienne. Où sont vos suspects ? Pourquoi avez-vous trouvé autant d'argent sous le matelas de Callari ? Qui le lui a donné ? Si Callari était un factieux, toute négligence est coupable !

Brügel, les joues marbrées de rose, respirait avec difficulté. Il fit de nouveau claquer sa main sur le dossier, se renversa sur sa chaise et eut un geste en direction de François-Joseph.

— Rheinhardt ! Rappelez-vous le terrible destin de notre impératrice adorée !

Le commissaire brandit le cliché du visage méconnaissable de Callari.

— Quel genre de personne dispose d'une grande quantité d'acide ?

— Un scientifique ? avança Rheinhardt. Quelqu'un qui travaille dans un laboratoire ?

— Réfléchissez, mon vieux !

— Un chimiste ?

— De quoi avez-vous besoin pour fabriquer des explosifs ?

— D'acide, murmura Rheinhardt.

Le commissaire se saisit du rapport.

— Il va falloir que je transmette ça aux services du Renseignement.

Rheinhardt était accablé. Le commissaire avait un caractère impossible, il était irascible, excessif et prompt à la critique, mais, dans le cas présent, Rheinhardt comprenait sa mauvaise humeur.

Oui, songea-t-il, *il a raison. J'ai fait preuve de négligence coupable.*

27

La voiture bringuebala sur un tronçon de rue accidenté. Liebermann soupira.

— Je regrette d'avoir à t'imposer ça.

— On dirait que tu m'emmènes me faire arracher une dent. Je vais juste être présentée à ta famille.

Elle sourit et Liebermann fut soulagé de constater qu'elle plaisantait.

— Oui, sans doute.

Liebermann tira le rideau et regarda par la fenêtre. Les réverbères, les portes d'entrée, les cariatides, les frontons défilaient. Il vit un homme portant une contrebasse sur son dos.

— Nous sommes presque arrivés, Amelia.

— Pour tout t'avouer, j'attendais cette soirée avec impatience.

— Vraiment ?

— Je suis assez curieuse de nature. Ce sera intéressant de rencontrer tes parents, je pourrai observer quels traits t'ont été transmis par la voie du plasma germinatif.

Liebermann se tourna vers son amoureuse et posa la main sur son bras.

— Peut-être devrais-tu éviter ce genre de commentaires au dîner.

Ils descendirent bientôt devant un édifice de la Concordiaplatz, avec de hautes fenêtres oblongues. Liebermann paya le cocher et lui donna un gros pourboire, tel un homme condamné pour qui l'argent n'avait plus d'importance. Le cocher ôta sa casquette et lui souhaita bonne chance avant de faire claquer les rênes. Le cheval s'éloigna. Ses sabots résonnèrent sur les pavés.

Ils pénétrèrent dans l'immeuble et grimpèrent un grand escalier où brillaient des cristaux de mica. Ils foulèrent le carrelage en damier du palier du premier étage et s'arrêtèrent devant des portes en chêne sculpté. Liebermann appuya sur un bouton en ivoire. Une clochette tinta. Un domestique tchèque les introduisit dans un long couloir. Il accueillit « Herr Doktor Maxim » avec chaleur et prit leurs manteaux et le chapeau d'Amelia. À leur droite, un autre serviteur ouvrit une porte. On entendait des voix qui se turent presque aussitôt. Liebermann murmura :

— Ça va ?

— Oui, bien sûr, répliqua Amelia, mais pour la première fois, Liebermann surprit une lueur d'appréhension dans ses yeux.

— Viens.

Liebermann lui pressa la main et la conduisit dans un grand salon. À l'exception de Daniel, son jeune neveu, toute la famille s'était rassemblée pour l'occasion. Le cercle de visages attentifs, composé de Mendel, son père, Rebecca, sa mère, sa sœur aînée Leah, son beau-frère Joseph et sa sœur cadette Hannah, s'était figé. Et quand il se retourna pour présenter Amelia, il en comprit la raison. Il était tellement distrait et angoissé qu'il n'avait pas fait attention à l'apparence de sa fiancée. Comme de coutume elle était vêtue avec simplicité, mais elle se tenait sous un lustre, et ses cheveux qu'elle n'avait pas relevés brillaient de tous leurs feux, cascade d'un roux flamboyant mêlant l'or et le cuivre. Ils paraissaient animés d'une vie propre, attiraient irrésistiblement l'attention. Toute la pièce paraissait éteinte en comparaison. Hannah en était bouche bée. Liebermann fut obligé de rompre le charme.

— Bonsoir.

Sa main accomplit un tourniquet inutile et absurde, qu'il regretta aussitôt.

— Je vous présente Amelia Lydgate.

Joseph haussa les sourcils.

— Mademoiselle Lydgate, dit Mendel en s'avançant. Je suis le père de Maxim. Bienvenue chez nous.

Il s'inclina et baisa la main d'Amelia.

— Permettez-moi de vous présenter mon épouse, Rebecca, nos deux filles, Leah et Hannah, ainsi que mon gendre, Joseph.

Mendel souriait d'un air emprunté. Quant aux femmes, elles se levèrent et s'assirent, improvisant des salutations gracieuses tout à fait nouvelles pour Liebermann. Il supposa que c'était dû à la nationalité anglaise d'Amelia.

Quand tout le monde fut installé, Mendel s'adressa à son invitée.

— Maxim m'a dit que vous veniez de Londres.

— Oui, d'un village au nord de la capitale, répliqua Amelia.

— Londres est une très belle ville. Je m'y suis rendu à plusieurs reprises pour mes affaires. Quand Maxim était plus jeune, je l'emmenais souvent avec moi, à l'époque où j'espérais l'intéresser à l'industrie textile. En pure perte. Comment s'appelle votre village ?

— Highgate.

— Je crains de n'en avoir jamais entendu parler.

— Il est situé en haut d'une colline et, par temps clair, on a une vue plaisante sur Londres et la Tamise. Il abrite de nombreuses auberges et il paraît que l'air y est très sain. Notre grand poète, Coleridge, est enterré dans l'église locale. Mon père pense que son œuvre philosophique a été sous-estimée.

Mendel ne savait pas trop quoi répondre. La seule poésie qu'il avait lue pour son plaisir était celle de Goethe.

— Votre père est anglais, n'est-ce pas ?

— Oui, Samuel Lydgate, un professeur de sciences dans une école réputée.

— Et votre mère ?

— Greta est allemande.

— Cela explique votre maîtrise de la langue.

— J'ai quand même un petit accent, je crois.

— À peine perceptible.

Ça se passe bien, songea Liebermann. Tandis que les menus bavardages se poursuivaient, son attention fut attirée par une énorme menora, un chandelier à sept branches, qui se dressait fièrement sur une crédence. Il ne l'avait jamais vue auparavant et se dit que son père l'avait achetée il y avait peu. Que, consciemment ou inconsciemment, son père lui ait accordé cette place prééminente n'avait pas grande importance. Si le vieil homme était d'un naturel courtois, il n'aimait pas les compromis, et accepter le mariage de son fils avec une « gentille » en représentait un de taille.

— Vous étudiez la médecine ? demanda Leah.

— C'est une tradition familiale.

— Ah oui ! dit Mendel. Maxim m'a parlé de votre grand-père. Il soignait un membre de la famille royale, il me semble ?

— Il avait été invité en Grande-Bretagne par le prince consort et il fut nommé médecin de la reine Victoria.

La famille de Liebermann échangea des coups d'œil approbateurs.

— Il nous a laissé ses journaux, poursuivit Amelia. Ils sont très intéressants, surtout ses écrits spéculatifs sur les maladies du sang.

Liebermann s'apprêtait à empêcher Amelia de s'étendre sur le sujet quand sa jeune sœur le devança.

— Mademoiselle Lydgate, s'écria Hannah, où avez-vous acheté ces boucles d'oreilles ? Ça fait longtemps que je cherche les mêmes, les perles sont magnifiques.

Une fois la conversation orientée dans la bonne direction, l'atmosphère se détendit. On servit un apéritif, on changea de place et, Dieu merci, Amelia cessa d'être au centre de l'attention.

Liebermann se pencha vers Hannah.

— Excuse-moi de t'avoir négligée ces derniers temps.

— Ce n'est pas grave, Maxim, je sais que tu es très occupé.

— Je vais bientôt t'inviter à sortir, je te le promets. Julius Epstein doit donner un concert à la Bösendorfer Saal.

— Vraiment ?

— Liszt et Chopin.

— Ce serait formidable.

— J'achèterai des billets.

Hannah donna un rapide baiser à son frère et se tourna vers Amelia.

— Elle est très belle.

— Merci.

— Et ses cheveux… on dirait qu'ils sont en feu.

— Pour un compliment, il sonne plutôt bizarre.

Hannah se mit à rire.

— Elle semble bien s'entendre avec papa.

Mendel et Amelia, assis côte à côte, étaient engagés dans une discussion animée. Liebermann et Hannah écoutèrent.

— Les rouleaux sont-ils de circonférences différentes ? demanda Amelia.

— Oui, répondit Mendel. Il y a cette taille… (Il traça un petit cercle en l'air) et cette autre (Il en dessina un beaucoup plus grand).

— Puis-je vous faire une suggestion ?

— Je vous en prie.

— Si vous placez les petits rouleaux de tissu dans les grands… (Elle mima la manœuvre), vous diminuerez les coûts de transport par deux.

— Pourquoi n'y ai-je pas pensé avant ? s'exclama Mendel en frappant dans ses mains.

Le silence se fit.

— De quoi parlez-vous, père ? s'enquit Leah.

— Mlle Lydgate a un grand esprit pratique et elle m'a indiqué quelques mesures pour faire des économies. Ce qui conduirait à une augmentation des marges de profit, surtout en ce qui concerne le convoyage.

Le maître d'hôtel apparut et annonça que le dîner était servi.

Mendel offrit son bras à Amelia.

— Et si nous poursuivions cet entretien passionnant autour d'une soupe au poulet ?

— Volontiers, dit Amelia.

À cet instant, Liebermann regarda sa mère. Elle avait à peine prononcé un mot de toute la soirée et elle fixait Amelia d'un œil suspicieux.

28

Pour les couples en train de valser, la statue de la Justice à l'entrée ne présentait aucun intérêt. Du trône de l'allégorie, un escalier grandiose dégringolait en cascade. La dernière marche, un vaste demi-cercle en pierre, ressemblait à un bassin rempli par une chute d'eau. De chaque côté de la salle se dressait une double rangée d'arcades qui mettait en valeur l'élévation du plafond de verre. Les membres d'un orchestre, positionnés le long de hauts balcons parallèles, jouaient la valse *Verdicte* d'Eduard Strauss. On avait l'impression vertigineuse que la musique tombait des cieux : des mélodies d'un éden à l'image de Vienne, où des cafés célestes bordaient des chemins conduisant à la porte du paradis. Le bal des juristes était une des fêtes mondaines qui réunissaient la crème de la crème. En plus des professions juridiques et de celles qui leur étaient apparentées, il y avait divers secrétaires et fonctionnaires, des politiciens, des chambellans, le personnel dirigeant des services de la Sûreté, de riches philanthropes, et même quelques membres de la petite aristocratie. Les hommes étaient en queue-de-pie et gants blancs, et les femmes arboraient des robes délicieuses. Tandis que les couples tournoyaient, les diamants, les rubis et les émeraudes reflétaient la lumière de centaines de lanternes vénitiennes. Les danseurs virevoltaient dans une galerie miniature d'étoiles crépitantes.

Le grand chambellan se tenait sous la colonnade la plus basse, près de l'escalier. Il s'entretenait avec un homme aussi réactionnaire que lui et qui arborait lui aussi une écharpe couverte de croix et de médailles.

— Je suppose que vous n'êtes pas fâché de vous retirer, dit le grand chambellan.

— Je vous le confirme, grand chambellan, répondit le juge Weeber, bien que je sois la proie de sentiments mitigés. Une sensation de perte peut-être ? Une impression de décalage… Le drame va me manquer, les empoignades, la compagnie de mes estimés collègues. Ma femme prétend que je ne saurai plus quoi faire de moi.

— Vous avez des projets ?

— Les voyages, je suppose. J'ai toujours eu envie de visiter les vieux champs de bataille du sud-est. On y trouve encore des squelettes de chameaux ottomans et des os d'hommes qui ont combattu là-bas. Et puis il y a le piano, bien sûr. Je n'étais pas mauvais quand j'étais jeune. J'attends avec impatience de renouer avec Carl Philipp Emanuel Bach.

Le juge leva les bras et promena ses doigts sur un clavier imaginaire.

— Vous jouez, grand chambellan ?

— Malheureusement non.

— Dommage.

— Eh oui.

Le grand chambellan se pencha vers son compagnon.

— Un agent des services du Renseignement est venu au palais hier. Ils ont reçu un rapport du bureau de la Sûreté.

Il indiqua du menton le commissaire Brügel, qui se tenait avec deux généraux sous l'arcade en face d'eux.

— Vous avez entendu parler du meurtre de Favoriten ?

— Oui.

— Ils soupçonnent que la victime a été exécutée par un jury d'honneur.

Le juge pinça les lèvres et se racla la gorge.

— Nous n'avions pas connu ce genre d'affaire depuis longtemps.

— Grâce à vous, dit le grand chambellan en levant sa flûte de champagne.

— Vous êtes trop bon, grand chambellan, je ne faisais que mon travail, répliqua le juge en feignant l'embarras.

L'autre se pencha plus près.

— Les services du Renseignement recommandent la prudence.

Weeber hocha la tête.

— Je suis toujours vigilant. Les vieilles habitudes ont la vie dure.

La valse *Verdicte* s'acheva. Les deux hommes se séparèrent. Les applaudissements et les bravos fusèrent.

— Georg, mon cher ami.

Une femme s'approcha. Son corps d'une extrême minceur était enveloppé de brocart noir et son cou disparaissait sous des bouillons de dentelle. Son apparence avait quelque chose de surnaturel et dégageait un soupçon du charme de la sorcière. Ses yeux étonnamment jeunes et pleins de vie brillaient dans un visage ridé.

— La prochaine danse est pour nous.

Elle fixa le grand chambellan et parvint à sourire tout en le fusillant du regard. Voilà une femme qui ne souffrait pas la contradiction. Le grand chambellan capitula en s'inclinant profondément tandis que flottaient au-dessus d'eux les premières mesures de la valse suivante.

29

— Bien, par quoi va-t-on terminer ?

Liebermann exécuta un trille pour renforcer son petit doigt de la main gauche.

Rheinhardt fouilla dans les partitions et choisit le *Schwanengesang* de Schubert qu'il posa sur le pupitre.

— *Atlas*, bonne idée, dit Liebermann.

Le jeune médecin déclencha une tempête dans les graves du Bösendorfer et Rheinhardt se mit à chanter. Les genoux à peine pliés, il semblait possédé par les sentiments qu'exprimaient le texte et les harmonies, tout son corps répondait à la poésie de Heine. Instigateur de la révolte des Titans contre Zeus, Atlas, après sa défaite, était condamné à porter le poids de la voûte céleste sur ses épaules. Les coups du Destin pleuvaient, écrasants, dévastateurs, implacables. Rheinhardt s'appuya au piano à queue, s'y cramponna à deux mains, tel un pugiliste renvoyé dans les cordes. L'angoisse solitaire d'Atlas avait acquis une grandeur symphonique. La tonalité obsédante de Schubert composait une prison dont aucun interprète ne pouvait s'échapper, et Rheinhardt s'efforçait en vain de se libérer de liens invisibles. La partie médiane du lied offrait un bref répit, avant le retour des tourments et de la terreur. Quand Liebermann atteignit les dernières mesures, l'adieu d'Atlas, Rheinhardt paraissait essoré par l'émotion.

Les deux hommes passèrent au salon et reprirent leurs places habituelles, devant le feu. Liebermann servit du cognac et offrit un cigare à Rheinhardt. Il y eut un silence méditatif, rompu par Liebermann :

— Ce morceau représente un défi pour n'importe quel chanteur, même le plus aguerri. Il exige une voix au registre étendu et une puissance hors du commun. Je te l'ai entendu interpréter à plusieurs reprises, Oskar, mais jamais aussi bien.

Rheinhardt se tapota le ventre.

— J'ai trop mangé. À mon avis, mon corps résonne mieux quand je suis plus lourd.

— Enfin, Oskar, tu n'espères tout de même pas que je vais accepter une explication aussi absurde.

— Non, je voulais juste éprouver ta patience. Tu n'as pas résisté longtemps.

Liebermann se tourna vers son compagnon et eut un petit geste de la main, comme pour chasser des moustiques invisibles.

— Tu as choisi *Atlas* parce que tu as la sensation de porter un fardeau insoutenable. Bien sûr, tu es inspecteur, et la légèreté n'est pas ton lot. Tu es chargé d'assurer notre sécurité, de combattre la criminalité, et, ce soir, tu te sens épuisé.

Liebermann tira sur son cigare.

— Je me demande ce qui pèse le plus lourd sur un officier de police. Un homme qui se bat sans cesse avec les notions du bien et du mal a sûrement des problèmes de conscience. Voilà, c'est ça, tu te sens coupable de quelque chose.

— Max, tu as tout à fait raison !

— Atlas a été puni par Zeus, et le bureau de la Sûreté a un Zeus à sa tête, le commissaire Brügel. Laisse-moi deviner, tu as négligé un élément important, commis une erreur professionnelle, peut-être, et le commissaire Brügel t'a menacé de te retirer l'affaire Favoriten. Il l'a confiée à un autre inspecteur, c'est ça ?

Rheinhardt poussa un soupir.

— Pire que ça. Il a envoyé mon rapport aux services du Renseignement. S'ils s'en mêlent, ce sera horrible.

— Pourquoi ?

— Je devrai coopérer avec eux et je n'apprécie guère leurs méthodes. Ils estiment toujours que la fin justifie les moyens.

— Et tu as quelque chose à te reprocher ?

— Oui, l'acide.

Une pluie d'étincelles s'échappa de l'âtre.

— Tu comprends, si on peut l'utiliser pour défigurer quelqu'un, on peut aussi s'en servir pour fabriquer des explosifs.

— Je vois.

— Le commissaire Brügel dit que je me suis montré imprévoyant et, pour une fois, je suis d'accord avec lui.

Liebermann fit tomber la cendre de son cigare dans le cendrier.

— Les services du Renseignement t'ont déjà contacté ?

— Non, mais ils ne vont pas tarder.

Rheinhardt écrasa son cigare, en alluma un autre et ajouta d'un ton plus serein :

— Haussmann surveille *Les Ours dorés*. Il fait une liste de clients qui n'ont rien de très mystérieux : des politiques, des femmes qui s'habillent en homme, des mystiques, des excentriques… S'il fallait tous les interroger, on n'en finirait pas. Je n'ai pas le temps. Cette ville est un véritable asile d'aliénés.

Liebermann sourit.

— Tu ne m'apprends rien.

30

Le salon de Vala Feist sentait vaguement l'œuf pourri. Son humble demeure était prise entre les quatre grosses tours rondes des réservoirs à gaz, une usine de produits chimiques et le canal du Danube. Il lui avait fallu des années avant de trouver un endroit aussi bien situé et, à moins que n'interviennent des changements majeurs, elle ne bougerait jamais du troisième arrondissement. Si, au début, les miasmes l'avaient dérangée, elle n'y prêtait plus attention. Elle s'était immunisée contre les mauvaises odeurs, ce qui n'était pas plus mal dans la mesure où elle passait beaucoup de temps à parcourir les égouts.

Razumovsky avait fait de louables efforts pour dissimuler sa répulsion, mais Vala avait remarqué la palpitation répétée de ses narines. Bien que les vapeurs malsaines aient contrarié l'intérêt de son visiteur pour le thé et le gâteau aux noix qu'elle lui avait préparés, elles n'avaient en rien diminué sa libido. Il suggéra distraitement qu'ils pourraient coucher ensemble « en souvenir du bon vieux temps ». Vala était d'accord. Elle le conduisit dans la chambre, ferma les lourds rideaux, ménageant une fente pour laisser passer une faible lumière poussiéreuse. Après s'être déshabillée, elle s'assit sur une chaise. Razumovsky s'agenouilla devant elle pour lui ôter ses derniers vêtements : ses bas de laine rêche. Puis il lui embrassa les orteils. Quand elle enleva les épingles de son chignon et secoua la tête, il arrangea sa chevelure grise autour de son visage et la regarda comme si elle était à nouveau jeune et désirable. Il lui fit l'amour comme d'habitude, avec lenteur et en silence. Elle s'autorisa à croire à sa légende et son esprit se remplit d'images de sorcières nues lors d'un sabbat avec le diable. Cela la conduisit à l'orgasme. Elle gémit de plaisir.

Le soleil d'hiver déclinait dans un ciel pommelé. Ils s'attardèrent sur le lit plus d'une heure, fumant des cigarillos et discutant de choses et d'autres. Puis ils se rhabillèrent et se rendirent à la cave.

Vala alluma une lampe à paraffine. La flamme vive et dansante éclaira un vaste espace, large et profond. Plusieurs matelas étaient alignés le long d'un mur, ainsi qu'un portant où étaient accrochées des tenues diverses : costumes, robes et uniformes militaires. Sous la penderie étaient rangées des chaussures et des bottes de toutes les tailles. Un robinet au bout d'une conduite d'eau gouttait dans une bassine.

— As-tu eu des invités cette année ? demanda Razumovsky.

— Non, ç'a été très tranquille.

— Eh bien, ça ne va pas durer.

Elle eut une drôle de sensation dans l'estomac.

Razumovsky se dirigea vers une série d'étagères lourdement chargées. Chacune était remplie de pots en verre et de bidons. Il étudia les étiquettes écrites à la main : acide sulfurique, acide nitrique, glycérine, mercure, potasse, chlorure de méthylène. Il ouvrit une boîte rouillée en métal qui contenait de la mèche grise.

— De la meilleure qualité, dit Vala.

— Je te fais confiance, ironisa Razumovsky.

Il referma le couvercle et inspecta des coupes en zinc emboîtables, une rangée de boîtes de conserve vides et une série de petits tuyaux en fer. Un peu plus loin, il trouva plusieurs baquets et une pile de petits blocs de béton.

— Cela m'étonnerait que notre ami suisse trouve quoi que ce soit à redire, même en tenant compte de son esprit tatillon.

— C'était la bonne décision, non ? Callari.

— Oui, absolument. L'Okhrana[1] a déjà contacté le Pr Seeliger.

— Comment tu sais ça ?

— Kruckel l'a fait suivre.

Vala hocha la tête.

— Notre ami suisse, quand me rendra-t-il visite ?

— Très bientôt, je lui ai déjà écrit.

Il se saisit d'un petit tuyau en fer, le brandit et fit mine de le jeter.

Ils échangèrent un regard complice. Razumovsky se mit à rire.

— Le bon vieux temps me manque.

31

Bok caressa sa moustache à la gauloise.

— Bien, Herr Doktor, que puis-je faire pour vous ?

Liebermann étudiait la machine à calculer.

— C'est une Brunsviga ?

— Oui.

1. Police secrète russe.

— Le dernier modèle, si je ne me trompe ?

— Vous ne vous trompez pas.

— N'est-il pas extraordinaire qu'un procédé mécanique, un assemblage de rouages et d'engrenages, puisse remplacer un cerveau humain ?

— Oui, sans doute.

— À l'avenir, il est possible qu'une partie de notre travail soit prise en charge par des automates.

— J'y ai déjà pensé.

— Vous imaginez un monde sans emplois ? Cela risque d'enchanter les uns et de désespérer les autres.

— Herr Doktor ?

Bok retira ostensiblement sa montre du gousset de son gilet.

— Ne devions-nous pas discuter de Herr Globocnik ?

— C'est ce que nous faisons.

— Excusez-moi ?

— C'est bien la machine qui le remplace, non ?

Bok se renfrogna et remit sa montre dans sa poche.

— J'ai acheté la Brunsviga pour ma secrétaire et je ne le regrette pas. Fräulein Mugosa accomplit la tâche de Globocnik et bien davantage.

— Je ne doute pas qu'elle soit très capable.

Liebermann brossa un cheveu de son pantalon.

— Pour tout vous dire, j'espérais parler à Fräulein Mugosa.

— Désolé, mais c'est impossible, elle est à la maison.

— À la maison ?

Bok toussota.

— Sa maison, enfin, son appartement.

— Quand reprendra-t-elle le travail ?

— Cet après-midi.

— Elle est malade ?

— Pardon ?

— J'avais supposé qu'une indisposition justifiait son absence.

— Fräulein Mugosa est en excellente santé.

— Vous lui avez donné sa matinée ?

— Pas exactement.

— Alors pourquoi n'est-elle pas là ?

— Herr Doktor, vous comprendrez, du moins je l'espère, que je suis un homme occupé. Si vous désirez parler de Globocnik, alors…

— Oui, bien sûr, le coupa Liebermann. Veuillez m'excuser.

Bok grommela quelque chose d'incompréhensible et déclara à haute voix :

— Avez-vous découvert ce qui ne va pas chez lui ?

— Le cerveau est beaucoup plus complexe qu'une Brunsviga, Herr Bok. Quand l'esprit déraille, impossible d'ouvrir la boîte crânienne, comme le boîtier de cette machine, afin d'y verser quelques gouttes d'huile. Si seulement un traitement psychiatrique était aussi facile ! Vous êtes marié, Herr Bok ?

— Hein ?

— Êtes-vous marié ?

— Oui, mais ma femme et moi nous sommes récemment séparés.

— Une période difficile…

— Je vous remercie de votre compassion, Herr Doktor, cependant, je préférerais que vous la réserviez à vos patients qui en ont plus besoin que moi. Alors… en quoi puis-je vous aider en ce qui concerne Globocnik ?

Liebermann joignit les mains.

— Un homme solitaire, n'est-ce pas ?

— Oui.

— Bon employé.

— Assez bon.
— Et toujours en train de renifler.
— Il reniflait beaucoup.
— Les nerfs, peut-être ?
— Allez savoir.
Liebermann se pencha vers son interlocuteur.
— Il me semble que vous avez maigri.
— Pardon ?
— Votre gilet…
Liebermann pointa du doigt la taille de Bok pardessus le bureau.
— Il est froissé avec des plis horizontaux, signes d'une tension antérieure. Et vous avez sorti votre montre sans difficulté.
Bok pinça le tissu du gilet et tira dessus.
— Oui, j'ai perdu un peu de poids.
— Pourquoi, à votre avis ?
— Je… je ne sais pas.
— Avez-vous pratiqué davantage d'exercice, ces derniers temps ?
Le visage rubicond de Bok s'enflamma.
— Je fais chaque jour une petite marche, je n'ai rien changé à mes habitudes, et avec tout le respect…
— J'oubliais Herr Globocnik.
Liebermann ôta ses lunettes, les nettoya avec un mouchoir et les remit sur son nez.
— Ah ! c'est mieux comme ça.
— Eh bien ?
Liebermann pinça les lèvres et s'abîma dans une profonde réflexion. Après quelques secondes, il sourit.
— Je vous remercie, Herr Bok.
— Pardon ?
Le jeune médecin se leva.
— Votre aide a été inestimable.
Bok était indigné.

— Et Globocnik ?

— Quoi, Globocnik ?

— Ne devions-nous pas discuter de sa crise ?

— D'où tenez-vous cela ?

— Vous êtes son thérapeute !

Liebermann prit son astrakan sur le portemanteau et le posa sur ses épaules.

— Bien le bonjour, Herr Bok. Et merci encore de m'avoir consacré un temps précieux.

Bok resta assis et émit des protestations étouffées. Liebermann s'empressa de quitter le bureau avant que la colère et la stupéfaction de son interlocuteur ne se dirigent contre lui.

Le jeune médecin traversa la fabrique, conscient qu'il était surveillé par les employées de Bok. Elles paraissaient fatiguées et sous-alimentées. L'une d'elles avait un œil au beurre noir. Le bruit incessant des machines à coudre et l'air saturé de vapeur d'eau contribuaient à une atmosphère insalubre. Avant de sortir, il se retourna. Il fut frappé par l'efficacité de la chaîne de production, tout en ayant conscience que ce travail répétitif était mauvais pour l'âme. Ces femmes n'exerçaient aucun savoir-faire en dehors des gestes particuliers qu'exigeait une tâche spécifique. Elles n'éprouvaient aucun plaisir en relation avec le résultat de leur ouvrage, aucun sentiment de fierté ni de satisfaction. Il se rappela sa remarque désinvolte sur les machines qui à l'avenir prendraient la place des hommes. Après tout, une telle évolution ne serait peut-être pas nécessaire si les humains étaient réduits à l'état de machines. Et tout ça pour la poursuite du profit ! Il espérait que les usines textiles de son père ne ressemblaient pas à ce triste tableau. Dehors, il cligna des yeux à cause du soleil. Le ciel était bleu. Il alluma une cigarette, traversa la cour remplie de caisses vides et se dirigea vers les portes en fer grandes ouvertes.

— Excusez-moi.

La femme avec l'œil au beurre noir l'avait suivi. Elle portait un corsage aux manches retroussées et une jupe marron tissée dans un chanvre grossier. Ses cheveux n'avaient pas été brossés depuis longtemps et s'étaient agglutinés en mèches semblables à des queues de rat.

— Vous êtes le médecin de Lutz ?

— C'est exact.

— Pourriez-vous lui donner ça, je vous prie ?

Elle tendit une poignée de monnaie qui devait s'élever à une dizaine de couronnes.

— Volontiers.

— Je lui devais de l'argent. Un bon ami, Lutz, très gentil avec moi.

L'argent changea de main. Liebermann compta les pièces et les glissa dans sa poche.

— Vous vous appelez ?

— Dagna.

— Je le lui remettrai cet après-midi.

— Merci.

Elle regarda par-dessus son épaule avant de poursuivre.

— Le jour de sa crise, je l'ai vu sortir dans tous ses états du bureau de Bok.

— Il devait être très… malheureux.

Dagna baissa la voix.

— Il a vraiment essayé de tuer Herr Bok ?

— Je l'ignore.

— Cela ne ressemble pas à Lutz. Mais s'il a eu une crise, je suppose que c'est possible.

Liebermann offrit à la femme une cigarette qu'elle plaça derrière son oreille.

— Pour plus tard. Pauvre Lutz, c'était tellement embarrassant.

— Dans quel sens ?

— Eh bien ! il a réagi comme un bébé.

— Pardon ?

— Il s'est pissé dessus.

Elle eut un geste de la main pour désigner ses vêtements.

— Son costume gris était couvert de taches sombres.

— Même sa veste ?

— Sa veste, son pantalon… affreux. Comment va-t-il, ce pauvre Lutz ? J'ai eu un oncle qui a été interné, quand j'étais jeune. Il n'a plus revu la lumière du jour.

La porte de la fabrique s'ouvrit et une femme passa la tête.

— Dagna ! Reviens vite ! Dépêche-toi !

— Excusez-moi, dit Dagna, si je me fais prendre à bavarder, ça me coûtera cher et vu ce que je suis payée…

Elle souleva sa jupe et courut vers la fabrique. Liebermann tira sur sa cigarette et exhala un nuage de fumée qui matérialisa la lumière du soleil.

32

Eduard Autenburg et Axl Diamant marchaient de conserve dans une rue, à une certaine distance l'un de l'autre. Comme si un phénomène physique, une répulsion magnétique, les séparait. Les ombres des deux hommes diminuaient et s'allongeaient tandis qu'ils passaient à proximité de vieux réverbères rouillés. L'air commençait à sentir le moisi et le poisson.

— Je ne peux plus attendre ! s'exclama soudain Diamant.

— Tu ne dois pas agir seul, tu comprends ? C'est interdit, lança Autenburg en regardant droit devant lui.

— Pourquoi suis-je toujours obligé de me soumettre à ta volonté ? s'écria Diamant sur le ton d'un enfant boudeur et pleurnichard.

— Parce que nous sommes un collectif.

— J'en ai assez de tes tergiversations.

— Peu importe ce que nous ressentons, toi et moi. Ce qui compte, c'est la cause.

Autenburg se demanda comment leur relation en était arrivée là. Diamant avait été son protégé. Un an plus tôt, ils étaient des compagnons inséparables, des âmes sœurs. Maintenant, ils se chamaillaient à tout propos. Autenburg avait conscience de la frustration du jeune homme.

— Nous sommes en guerre, poursuivit-il d'un ton sec. Une armée implique des généraux et des fantassins, une chaîne de commandement, de la discipline.

— J'ai bien entendu ? ricana Diamant. Tu nous vois comme une armée ? Tu oublies qu'une armée attaque ses ennemis !

— C'est ce que nous faisons.

— Avec des pamphlets ?

— Les mots sont puissants.

— On ne peut les comparer à un fusil.

— Le mouvement est toujours actif et il accomplit des grandes choses.

— Jamais à Vienne. Le moment est peut-être venu pour toi de céder ta place.

Autenburg eut un rire sans joie.

— À un homme plus jeune, je suppose ?

— Pourquoi pas ?

— Tu es ridicule.

— Qu'y a-t-il de ridicule là-dedans ?

Autenburg éluda la question.

— Si la décision est prise d'entamer une campagne d'« actes de propagande par le fait » à Vienne, je proposerai ton nom, accompagné de la recommandation appropriée. Cependant, tant que je n'aurai pas reçu de réponse claire, tu dois te montrer patient.

— Tu ne t'es jamais demandé pourquoi un tel message ne nous est jamais parvenu ? Ils pensent que nous ne sommes pas assez bons !

Alors que les deux hommes tournaient dans l'Obere Weissgerberstrasse, un chat effrayé traversa une flaque de lumière et disparut dans une ruelle sombre. Diamant grommela :

— Ici, je perds mon temps.

— Va donc à Berne.

— Je veux parler à Méphistophélès.

Autenburg jeta un regard courroucé à Diamant.

— Pas si fort.

— Je veux lui parler.

— On ne contacte pas Méphistophélès, c'est lui qui te contacte.

— Je ne te crois pas.

— À ton aise.

Ils étaient arrivés devant l'immeuble d'Autenburg.

— Qui est-il ? s'écria Diamant, les yeux agrandis par le désespoir.

— Pas ici ! dit Autenburg en lui faisant signe de se taire.

— Tu l'as vu ?

— Oui, bien sûr.

— À la fabrique ?

Autenburg hocha la tête.

— Et maintenant, il est où ?

— Je l'ignore, personne ne le sait. Ça suffit !

— Non !

— Axl…

— Qu'est-ce que tu vas faire, hein ? Comment as-tu l'intention de m'arrêter ?

Dressé sur ses ergots, il postillonnait de colère.

— Regarde la vérité en face, Eduard. Tu vieillis, tu n'es plus l'homme que tu as été, tu t'es ramolli, et pas seulement sur le plan politique.

En un instant, les doigts d'Autenburg serraient le cou de Diamant. Malgré ses efforts, cela produisit peu d'effet. Le jeune homme sourit, attrapa les poignets de son adversaire et se dégagea. Autenburg recula de quelques pas.

— Soit tu acceptes mon autorité, soit tu pars, tu ne peux pas agir seul. Et si tu menaces de recommencer…

— Je t'écoute.

— Je signalerai ton comportement.

— Je t'en prie, va rapporter à Méphistophélès.

— Prends garde, Axl.

Autenburg tira sur son manteau et remit sa cravate droite, puis il murmura :

— Pas un mot de tout ceci à Della. Elle n'aime pas qu'on se dispute.

Diamant secoua la tête.

— Tu ne la comprendras jamais.

33

Le club des femmes à l'université ne comptait pas beaucoup de membres. Elles se réunissaient au dernier étage, qui donnait sur la cour. Elles avaient prétexté la nécessité de s'entraider et d'échanger des idées concernant les méthodes de travail. En réalité, elles s'intéressaient surtout aux droits des femmes, à l'égalité des sexes et au sujet délicat de la physiologie de la reproduction.

Amelia Lydgate appréciait la compagnie de ses camarades, qui partageaient les mêmes engagements envers la vie de l'esprit. La plupart envisageaient de se marier et d'avoir des enfants, mais aucune n'aurait accepté que ses ambitions intellectuelles soient mises en péril par sa famille.

Quelques mois plus tôt, la présidente du club avait invité Raissa Adler à leur faire un exposé. Adler, qui avait étudié la biologie à Zurich et était mère de deux enfants, n'en demeurait pas moins active au cœur du mouvement. Quand Amelia avait parlé à Max de la visite de Raissa, elle avait appris à sa grande surprise qu'il connaissait son mari, Alfred Adler, lui aussi un adepte de Freud. Max avait ajouté : « Alfred a une très belle voix. Je l'ai accompagné au piano à une soirée. »

Le monde était petit, même dans une grande ville comme Vienne.

Clarimonda, une étudiante en chimie, lut un extrait d'un pamphlet qu'une femme distribuait dans la rue. Il concernait « la nouvelle femme » et aurait pu être intéressant si l'auteur anonyme n'avait été préoccupé par la liberté sexuelle plutôt que par l'égalité en général. Il était suggéré que le mâle politiquement éclairé devait encourager son épouse à prendre autant d'amants qu'elle en avait envie. Quand Clarimonda eut terminé sa lecture, elle jeta un coup d'œil circulaire pour susciter les commentaires.

— Je ne peux m'empêcher de penser que ce pamphlet est l'œuvre d'un homme, dit Lorne, une étudiante en littérature classique.

— C'est aussi mon impression, renchérit Amelia.

— Son approche est plutôt limitée, continua Lorne.

— Et même obsessionnelle, répliqua Amelia d'un ton réprobateur.

— La question sexuelle est importante, déclara Clarimonda, mais pas à ce point. Pour la majorité des femmes, l'émancipation n'est pas synonyme de poursuite effrénée de gratifications sensuelles.

— On pourrait même avancer, dit Lorne en regardant par-dessus ses lunettes, que cette conception de la femme est assez méprisante. Elle est considérée comme une créature dominée par des instincts primaires et consumée par des appétits dévorants.

— Et même démesurés, précisa Amelia.

— Oui, incontrôlables, acquiesça Clarimonda.

— Il évoque la femme du futur et pourtant sa vision est enracinée dans le passé, reprit Lorne. Il attaque les conventions et les traditions qui ont mené à notre domination, tout en renforçant les préjugés les plus dégradants et obsolètes.

Il y eut un murmure sonore, comme le bourdonnement d'une ruche.

Hedy, qui avait depuis peu rejoint l'association, leva le doigt en rougissant.

— Il ne s'agit pas tant de la femme du futur, dont nous savons, je crois, à quoi elle ressemblera : à nous.

Le problème, c'est l'homme du futur. Comment sera-t-il ?

Il y eut un long silence, puis on entendit la voix de Clarimonda.

— Perdu.

34

Bien qu'il lui en coutât, Axl Diamant avait décidé de ne plus fréquenter *Les Ours dorés*. Il refusait d'être distrait de son objectif. Il avait maintenant sa table dans une cave à bières près de l'église Saint-Léopold. Le propriétaire était un Ruthénien qui portait une tunique de paysan, un gilet informe et un chapeau aux bords ramollis. Il arborait une barbe si longue qu'il pouvait en coincer l'extrémité dans sa large ceinture en cuir. Diamant commanda un bol de *kapuśniak*, une soupe au porc et au chou servie avec de la crème aigre. C'était bourratif. Le temps qu'il boive la moitié d'une bouteille de *horilka*[1], ses lèvres étaient engourdies.

La clientèle fumait la pipe et jouait au tarot. Les voix ne s'élevaient que quand quelqu'un avait gagné. À dix heures dix entra un musicien plutôt négligé, une balalaïka sous le bras, un instrument à trois cordes en forme de triangle avec un manche étroit. Le musicien se percha sur un tabouret, serra les genoux et posa les pieds sur une caisse. Puis il se concentra et se mit à jouer. Certains clients exprimèrent leur approbation. Cela sonnait comme

1. Vodka ukrainienne.

un air folklorique. La première partie était mélancolique, mais la seconde, dans le ton relatif majeur, gagnait en vitesse à chaque retour de la mélodie. Le musicien adopta une position penchée ; de temps à autre il regardait le plafond, les traits crispés, ce qui lui donnait l'air d'un gnome ratatiné. Sa main droite était si rapide qu'elle devint floue tandis qu'il exécutait un *accelerando* surhumain. Quand il plaqua les derniers accords, il ne fut salué que par quelques applaudissements, un manque d'enthousiasme immérité. Un homme lui jeta une pièce que le musicien attrapa au vol avant de remercier dans plusieurs langues. Après avoir interprété deux morceaux supplémentaires, une autre chanson folklorique et la berceuse de Brahms, il sauta de son tabouret et récolta quelques pièces volantes. Quand il sortit, un vent froid s'engouffra dans la pièce, faisant vaciller les flammes des lampes à huile qui flambèrent de plus belle.

Les parties de cartes se terminèrent et, en une heure, les tables se vidèrent. Puis le propriétaire s'écria :

— Terminez vos verres, on ferme !

Diamant n'était plus très assuré sur ses jambes, ce qui ne l'alarma pas outre mesure. La marche jusqu'à Schönbrunn serait longue.

Dehors, dans la nuit fraîche et claire, les étoiles scintillaient gaiement. Diamant traversa le canal, descendit la Rotenturnstrasse et passa devant la cathédrale. Dans la Kärtnerstrasse, il tomba sur un groupe de noceurs dont un des membres, un homme bruyant et imposant, secouait une bouteille de champagne. Quand il fit sauter le bouchon devant son entrejambe, un jet de liquide mousseux retomba en fontaine dans le caniveau. Ses compagnons hurlaient de rire. Diamant fut submergé par l'impulsion irréfléchie d'arrêter les fêtards et de les prévenir du cataclysme qui s'annonçait.

Quand vous vous réveillerez demain, tout aura changé, tout sera différent.

L'élan était si irrépressible qu'il hâta le pas.

Dans les rues de Mariahilf, les gens se raréfiaient et, bientôt, il se retrouva seul. Il s'arrêta sur un pas de porte et sortit une dague de la poche de son manteau. Il dégaina la lame et en testa le tranchant avec le doigt. Il y vit son reflet, celui d'un jeune homme balafré, un visage plutôt ordinaire, mais qui serait bientôt reproduit par tous les journaux de la terre. À la pensée d'atteindre une notoriété mondiale, il ressentit un frisson érotique. Diamant préféra ne pas s'attarder sur la signification de ce phénomène convulsif assez surprenant. Il rengaina sa dague et se remit en route.

Était-il prêt à mourir pour la cause ? Il s'était déjà résigné à une issue fatale. Cependant, il entretenait quelque espoir de fuite. Après avoir poignardé l'impératrice, Lucheni était parvenu à disparaître de la scène de son triomphe et, s'il n'avait pas été arrêté par deux cochers et un marin, il serait en sécurité dans un confortable refuge alpin. Diamant supposa que si aucune des personnes rassemblées près de l'attelage royal ne le prenait en chasse, avec un peu de chance il pourrait gagner les bois.

Diamant arriva au numéro 9 de la Glorietgasse au petit jour. Il imagina Katharina Schratt profondément endormie dans son lit, naviguant dans un rêve de fards et de feux de la rampe. Puis il l'évoqua apprenant la nouvelle de l'assassinat de l'empereur, sa réaction grandiloquente, son effondrement, sa main saisissant une nappe immaculée, la vaisselle du petit déjeuner tombant sur le parquet, l'argenterie, les tasses de porcelaine… Elle jouerait son rôle comme si elle se trouvait devant une salle comble au théâtre impérial. En réalité, elle serait en secret soulagée d'être enfin libérée de la lourde obligation de distraire le vieil homme.

Il consulta sa montre et se demanda pourquoi il avait pris le chemin de la Glorietgasse à l'instant où il avait été prié de quitter la cave à bières. Il soupçonnait que l'*horilka* avait influé sur sa décision. L'attelage royal n'apparaîtrait pas avant plusieurs heures et il se dit qu'il allait se promener dans Meidling. Il erra dans les ruelles, fumant, s'arrêtant de temps à autre pour regarder une vitrine. Une prostituée échevelée, qui semblait perdue, lui offrit de soulever ses jupes derrière une tannerie « pour une couronne seulement ». Bien sûr, il déclina la proposition. Un peu plus tard, alors qu'il flânait dans une rue obscure éclairée par un seul réverbère, il crut entendre des pas derrière lui. Il se retourna, prêt à réprimander la putain pour son obstination, mais il ne vit que les pavés. Quand cela se reproduisit et qu'il se retourna pour la deuxième fois, il découvrit un gentleman qui se tenait à quelques pas derrière lui. Un homme bien habillé, une canne à la main. D'où sortait-il ? Il lui rappelait quelqu'un…

— On se connaît ? demanda Diamant.

Le gentleman secoua la tête.

— Nous n'avons jamais été présentés, mais vous m'avez croisé à plusieurs reprises.

— Oui…

— Ça va vous revenir. (L'homme s'approcha et ôta son chapeau.) Comme ça ?

— Je vous ai vu aux *Ours dorés*.

L'homme sourit.

— Ça vous est revenu.

Il était encore plus rapide que le joueur de balalaïka. Sa main trancha la gorge de Diamant et l'assassin en puissance étouffa aussitôt dans son sang. Une seule pensée lui vint à l'esprit : *Après tout je ne changerai pas le cours de l'histoire*.

Troisième partie

L'HÔTEL *BEATRIX*

35

— Elle est un peu bizarre, si vous voulez mon avis, dit l'agent de police.

Il ne remplissait pas son uniforme et son casque à pointe était un peu trop grand.

— Je crois qu'elle est dérangée.

Il désigna la femme dépenaillée qui se tenait sous un lampadaire isolé. Ses traits inexpressifs, son attitude abandonnée la faisaient ressembler à une grande poupée de chiffon.

— Dans quel sens ?

— Je ne comprends pas toujours ce qu'elle raconte.

— Vous croyez qu'elle souffre de maladie mentale ?

— Je l'ignore, monsieur. Elle s'appelle Geralyn Uhe.

— Merci, sergent. Ce sera tout.

Le jeune homme claqua les talons et Rheinhardt rejoignit la prostituée.

Son manteau était déboutonné et le bas de sa robe n'arrivait pas jusqu'à ses bottes. On voyait ses bas jaunes déchirés. Une épaisse couche de maquillage recouvrait son visage pour dissimuler les boutons autour de sa bouche et une petite croûte voletait au-dessus de son sourcil droit. Elle ne portait pas de chapeau. Ses cheveux fauves s'empilaient tellement haut qu'on aurait dit le bouquet foliacé couronnant les ananas.

— Bonjour, Fräulein Uhe, lança Rheinhardt en sortant un carnet et un crayon. Je vous remercie de m'avoir attendu. Je suis l'inspecteur Oskar Rheinhardt du bureau de la Sûreté et j'aimerais vous poser quelques questions.

La femme hocha la tête.

— Où habitez-vous ?

— 119, Wihelminen Strasse.

— Ottakring ?

— Oui, une petite pension.

Sa diction était lente et pénible, comme si la prononciation de chaque syllabe lui coûtait.

— Je vais y rester une semaine ou plus longtemps, je sais pas encore.

Malgré le froid, elle transpirait à grosses gouttes qui faisaient fondre son fond de teint. Elle se gratta la main avec des ongles semblables à des griffes : un brusque accès d'activité, comme un chien démangé par une puce. Quand elle eut terminé, sa main était enflammée.

— Que faisiez-vous à Meidling ?

Elle haussa les épaules.

— Comme d'habitude. Mais j'ai rien gagné.

— Cela ne me surprend pas si on considère les circonstances. Pourquoi avez-vous choisi de passer la nuit ici, un endroit peu recommandable ?

— Je sais pas vraiment, j'avais rien prévu.

Elle eut un geste languide et cligna des yeux.

— J'ai marché un moment et je me suis retrouvée dans les rues derrière la tannerie.

— À quelle heure avez-vous découvert le corps ?

— Aucune idée, j'ai vendu ma montre.

Elle recommença à se gratter.

— Bien sûr, j'ignorais qu'il était mort. J'ai pensé qu'il s'était cogné la tête en tombant. Quand je me suis rapprochée et que j'ai vu tout ce sang…

— Vous avez dû avoir peur.

Fräulein Uhe parut embarrassée.

— Pas vraiment.

L'agent avait raison, elle était bizarre. Rheinhardt griffonna quelques notes.

— Vous n'avez pas touché le corps, j'espère ?

— Pourquoi j'aurais fait ça ?

— Excusez-moi.

Rheinhardt lui sourit.

— Puis-je vous demander de me montrer ce que vous avez dans les poches ?

La femme retourna ses poches et les laissa pendre de son manteau qu'elle ouvrit pour montrer qu'elle n'en avait pas d'autres. Une odeur particulière émanait de ses vêtements, une senteur douce, malsaine.

— Et après, qu'avez-vous fait ?

La femme remit ses poches à l'endroit.

— Je suis allée au poste de police de l'Hufelandgasse. D'abord, ils m'ont pas crue. (Elle marqua une pause et toussa.) Je l'avais déjà croisé.

— Pardon ?

— Le mort, je l'avais vu à la tannerie.

— Vous lui avez parlé ?

— Il était pas intéressé. Il voulait pas discuter.

— Qu'a-t-il dit exactement ?

— « Va-t'en »… et il a ajouté des injures.

— Hmm. Vous avez rencontré quelqu'un d'autre à la tannerie ?

Fräulein Uhe se mordit la lèvre et fronça les sourcils. Elle réfléchissait.

— Je vous écoute, insista Rheinhardt.

— Eh bien, j'ai cru apercevoir…

— Oui ?

— Non, rien, une ombre. Parfois je vois des choses qui existent pas. J'ai un problème avec mes yeux. Je peux partir ? Je suis très fatiguée.

— Vous êtes sûre que ce n'était qu'une ombre ?

Fräulein Uhe éluda la question.

— Ils ne m'ont pas remerciée au poste de police de l'Hufelandgasse. J'ai pourtant fait de mon mieux pour les aider.

Rheinhardt trouva quelques pièces au fond de sa poche et les montra à Fräulein Uhe dont les yeux s'agrandirent.

— Si je vous offre ce petit cadeau comme témoignage de ma reconnaissance, me promettez-vous de le dépenser à prendre un bon petit déjeuner plutôt qu'à acheter de l'opium ?

Elle regarda autour d'elle, comme un enfant désobéissant qui cherche à éviter le regard sévère de ses parents.

— J'ai vraiment faim.

— Je veux bien le croire.

Rheinhardt écrivit le nom et l'adresse d'une pension pour femmes, arracha la page de son carnet de notes et la tendit à Fräulein Uhe.

— Après vous être restaurée, je vous suggère de vous rendre dans cet établissement où on vous donnera un lit, des soins médicaux, et quelques bons conseils.

Fräulein Uhe prit les pièces et se dépêcha de s'en aller, craignant peut-être que Rheinhardt ne change d'avis. Il fit signe à un de ses agents de laisser passer la jeune femme et il la regarda disparaître au coin d'une rue. Irait-elle manger un bon déjeuner comme il le lui avait recommandé ? Des œufs et des saucisses, un café crème, du pain chaud, des croissants et de la confiture de prunes ? L'estomac de Rheinhardt gargouilla à cette idée. À moins qu'elle ne retourne à une vie tellement chaotique et sordide que même un lupanar ne voudrait pas d'elle. C'était le plus probable.

Rheinhardt se dirigea vers le photographe de la police qui s'était déjà mis au travail avec son assistant. Les éclairs de magnésium illuminaient le corps. De la fumée restait suspendue dans l'air. Une voiture dépassa Rheinhardt, s'arrêta, la portière s'ouvrit à la volée et Haussmann sauta sur le pavé avec une aisance déconcertante.

— Bonjour, monsieur, dit-il en se mettant au garde-à-vous.

Rheinhardt sortit sa montre dont il tapota le verre.

— Un problème avec le premier fiacre, monsieur, une roue brisée, ç'aurait pu mal tourner.

— Le terme d'hyperbole vous est-il familier, Haussmann ?

— Oui, monsieur. Une exagération utilisée pour faire de l'effet.

— Voilà. J'espère que vous ne souriez pas, Haussmann.

— Non, monsieur, je m'en voudrais.

Ils baissèrent les yeux sur le cadavre. Une plaie béante avait été pratiquée avec un instrument tranchant sur toute la longueur de la gorge au niveau du larynx. On voyait la trachée ouverte. L'homme avait saigné abondamment. Le sang s'était coagulé sur la chaussée.

— J'ai fini, dit le photographe en sortant de sous son drap noir. Pauvre gars. Si jeune.

Le photographe et son assistant rassemblèrent leurs affaires et grimpèrent dans le fiacre qui les attendait. Le cocher fit claquer son fouet. Le photographe salua par la fenêtre. Quand le bruit du roulement des roues eut diminué, Rheinhardt se tourna vers Haussmann.

— Eh bien ?

— Jeune. La balafre d'un duel. Sans doute un étudiant.

— C'est bien ce que je pensais.

Rheinhardt s'accroupit et tira sur l'écharpe. Elle était imbibée de sang à moitié séché et ne vint pas facilement. Il découvrit une étiquette tout juste lisible.

— Boegal ! Le fournisseur des universités.

Rheinhardt tâta le manteau et en sortit un livre. *Das Wesen des Christentums*, L'Essence du christianisme.

— Un étudiant en théologie ?

Rheinhardt lut :

— « Dieu est l'homme, l'homme est Dieu. » Pas sûr.

Il examina la tranche.

— Ludwig Feuerbach. Cela ressemble à une critique du christianisme.

Il lut une autre phrase.

— « La religion est le rêve de l'humanité. » Notre ami le Dr Liebermann ne contredirait pas l'auteur. « Le Christ n'a pas accompli de miracles et il n'était pas tel qu'on nous le décrit dans la Bible. »

Rheinhardt tendit le livre à Haussmann qui le glissa dans une enveloppe.

— Tiens, tiens.

Rheinhardt avait découvert une dague.

— On dirait qu'il se méfiait, monsieur.

— Je le pense aussi.

Haussmann s'accroupit à son tour et examina la victime avec attention.

— Qu'est-ce que vous fabriquez, Haussmann ?

— J'ai déjà vu ce visage.

— Où ?

— C'est une des personnes que j'ai suivies, un de ceux qui fréquentaient *Les Ours dorés*.

— Comment s'appelait-il ?

— Je ne m'en souviens pas, il y en avait beaucoup. Cependant, je me rappelle son adresse. Obere Weissgerberstrasse, dans le troisième arrondissement, près du canal. Son nom figure dans les rapports.

Un bruit de sabots leur fit lever la tête. Le fourgon mortuaire était arrivé.

36

Les sourcils en broussaille de Herr Düsterbehn lui donnaient l'air d'une chouette et sa barbe avait grand besoin d'être taillée. C'était un petit homme irritable et discourtois. Peut-être était-il dans un mauvais jour, mais Rheinhardt penchait plutôt pour une nature désagréable.

Rheinhardt lui montra la photographie.

— Oui, c'est lui.

— Depuis combien de temps Herr Diamant logeait-il chez vous ?

— Depuis octobre.

— Un étudiant ?
— Oui.
— En philosophie ?
— Qu'est-ce que j'en sais ?

Rheinhardt remarqua le sourire en coin de Haussmann. Tout en remettant le cliché dans sa chemise en carton, Rheinhardt fusilla son assistant du regard.

— Herr Diamant avait une cicatrice de duel, poursuivit-il.

— Il avait le don de s'attirer des ennuis.

Düsterbehn se frappa la poitrine.

— Et maintenant qu'est-ce que je vais faire ? lança-t-il d'une voix rageuse.

— Pardon ?

— Ça tombe mal. Il va falloir que je trouve un autre locataire et que je me débarrasse des affaires de Diamant, ses livres, ses vêtements… Ça vaut sans doute une ou deux couronnes.

Cette pensée l'avait réconforté.

— Vous n'êtes pas autorisé à toucher aux objets appartenant à Herr Diamant, Herr Düsterbehn.

— C'est ma maison, je fais ce qui me plaît.

— Dans le cas contraire, je me verrai dans l'obligation de vous inculper pour entrave à la justice.

Cette menace ne sembla pas le troubler.

— Vous ne trouverez pas ce que vous cherchez sous le lit de Diamant ou dans son panier à linge sale, inspecteur !

— Parce que vous savez ce que nous cherchons ?

Le propriétaire jura dans sa barbe et pointa la fenêtre du doigt.

— Vous vous êtes trompé d'adresse.

— Excusez-moi ?

— Allez parler à Autenburg et à sa femme.

— À qui ?

— Autenburg.

Il fit la grimace, comme s'il avait été pris d'une subite rage de dents, puis Rheinhardt crut entendre un moulin à café en train de moudre et il comprit que le propriétaire riait.

— Pour quelle raison devrions-nous nous entretenir avec ces personnes ?

Düsterbehn se leva de son fauteuil avec difficulté et alla se servir un verre de schnaps.

— Les gens sont idiots, inspecteur. Le génie est restreint et la bêtise sans bornes.

Düsterbehn avala la liqueur cul sec.

— Mon médecin prétend que c'est bon pour la santé. L'air est vicié, ici, près du canal.

Il réintégra son fauteuil en traînant les pieds. Un coucou sonna. Chaque heure était accompagnée par la compression d'un soufflet miniature et l'apparition d'un oiseau de facture grossière par une petite porte à deux battants. Düsterbehn leva la tête. Son visage exprima un plaisir naïf. Quand le coucou se tut, Rheinhardt s'était ressaisi.

— Expliquez-nous, à propos d'Autenburg.

— Le garçon ne cessait de traverser la rue. Et parfois il ne rentrait pas.

— Il restait là-bas toute la nuit ?

— Oui, et vous ne croirez jamais ce qu'ils faisaient.

— Qui ?

— Le garçon et la femme d'Autenburg. Ils ne tiraient même pas les rideaux, ils s'en fichaient.

Rheinhardt tortilla une extrémité de sa moustache.

— Herr Autenburg était-il conscient de ce qui se passait ?

— Bien sûr. Ils dormaient tous sous le même toit.

— Et Herr Autenburg n'y voyait pas d'inconvénient ?

— Peut-être que le problème vient de là et qu'à la fin…

— C'est-à-dire ?

— L'accumulation du ressentiment, de la colère. Il y a des limites à ce qu'un homme peut supporter. Hier, je les ai vus dehors, ils se disputaient.

— Autenburg et sa femme ?

— Non, Autenburg et Diamant. Autenburg a essayé d'étrangler le garçon. Il n'a pas été loin, il n'est pas assez costaud, mais il a essayé.

— Ils vous ont vu ?

— Non. Je n'avais pas allumé la lumière et ils étaient trop occupés à se quereller.

— Vous avez entendu ce qu'ils disaient ?

Le logeur secoua la tête. Rheinhardt sortit un formulaire de la poche intérieure de son manteau.

— Vous êtes absolument certain que l'altercation dont vous avez été le témoin opposait Autenburg et Diamant ?

— Oui.

— Alors vous devez faire une déclaration officielle.

— Maintenant ?

— Maintenant !

Düsterbehn maugréa à voix basse, puis claironna :

— J'ai besoin d'un autre schnaps.

37

Liebermann était sûr que Globocnik n'opposerait pas de résistance à l'hypnose. Il était forcément sensible à la suggestion, car, après tout, sa maladie représentait un cas extrême d'autosuggestion, une distorsion volontaire de la réalité. Globocnik était étendu sur son lit à roulettes et Liebermann, assis juste derrière lui.

— Vous êtes prêt ? demanda Liebermann.

— Je suis prêt, renifla Globocnik. Même si je ne comprends pas très bien où vous voulez en venir.

— Détendez-vous.

— Je suis détendu.

Liebermann se renversa sur son siège.

— Vous voyez cette petite tache au plafond ?

— Oui.

— J'aimerais que vous vidiez votre esprit et que vous vous concentriez sur ce point.

— Très bien.

Globocnik fronça les sourcils.

— Contentez-vous de fixer la tache, poursuivit Liebermann, bientôt vous sentirez vos paupières s'alourdir.

Liebermann ralentit le débit de sa voix et en gomma les intonations.

— Elles sont de plus en plus lourdes…

Globocnik cligna des yeux.

— Vos membres sont de plus en plus pesants, vos jambes, vos bras… À chaque respiration, vous vous relâchez davantage.

Liebermann poursuivit sur le même ton, répétant des phrases lénifiantes, observant les petits signes annonciateurs d'un état somnambulique. Globocnik était un excellent sujet pour l'hypnose. Il battait des paupières et luttait pour rester éveillé.

— Abandonnez-vous, murmura Liebermann, oui, c'est cela, je vais compter jusqu'à trois et, à trois, vous plongerez dans une profonde léthargie, un sommeil sans rêves, mais vous entendrez ma voix et répondrez à mes questions. Un, deux…

Les yeux de Globocnik étaient réduits à deux fentes brillantes.

— Trois.

Liebermann laissa s'écouler quelques secondes.

— Quand avez-vous vu Fräulein Mugosa pour la première fois ?

Des lignes parallèles se creusèrent sur le front de l'employé.

— En novembre.

— À la fabrique ?

— Elle travaillait à la chaîne de fabrication. Les cols.

— Elle vous plaisait ?

— Je la trouvais…

Les muscles autour de la bouche de Globocnik se crispèrent.

— Détendez-vous, vous êtes en sécurité, vous pouvez parler en toute liberté.

— Je pensais qu'elle était très belle.

Liebermann se garda de l'interrompre.

— Les vagues de ses cheveux, la couleur et la forme de sa bouche, ses yeux sombres et mystérieux…

Globocnik avait adopté le ton d'une prière.

— … personne d'autre n'avait remarqué ces qualités, comme si elle était invisible.

— Vous lui avez parlé ?

— C'était impossible. Je n'avais jamais connu de femme et elle était si harmonieuse, si gracieuse. Je l'admirais de loin, cherchant des excuses pour m'attarder dans l'usine. J'étais si malheureux. Je reconnaissais mes tourments grâce aux œuvres de Goethe et d'autres grands poètes. Le désir ardent qui m'enivrait était terrible et délicieux. J'étais très affligé, aucun espoir de bonheur, je ne connaîtrais jamais la douceur de ses étreintes. Et puis un miracle est arrivé. J'étais dans la cour en train de fumer quand elle est sortie et m'a demandé une cigarette. Elle m'a souri et nous avons bavardé. Elle m'a dit que j'étais sûrement très intelligent pour m'occuper des livres de comptes, elle a ajouté qu'elle aimait bien la coupe de mon costume. Je me sentais comme un géant. Elle suggéra que l'on se retrouve au *Café Schwarzenberg*, le dimanche suivant. Je ne pouvais pas croire que les dieux m'avaient accordé une telle faveur. Ce fut le premier de nombreux rendez-vous.

— Vous avez fait l'amour ?

— Oui, le 13 décembre 1903, entre neuf et dix heures. Cette heure m'a transformé. Je suis devenu un homme.

— Fräulein Mugosa vous a-t-elle jamais demandé de l'argent ?

— Je l'ai aidée à régler quelques dettes, déclara l'employé avec emphase, et, sa garde-robe étant assez rudimentaire, je lui ai acheté une robe chez Taubenrach et un chapeau chez Habig's. Elle était comme un bouton soudain épanoui en fleur.

Globocnik s'assombrit.

— Mais les fleurs sont voyantes dans un monde morne et décoloré. Les gens veulent les cueillir et les posséder.

— Herr Bok a commencé à s'intéresser à elle ?

À la mention du nom de Bok, Globocnik commença à s'agiter. Liebermann le rassura. Quand l'employé se fut calmé, Liebermann répéta sa question. Aucune réponse.

— Que s'est-il passé quand Herr Bok l'a remarquée ? insista Liebermann. Vous devez répondre à toutes mes interrogations avec franchise.

— Herr Bok était un homme mauvais, répliqua Globocnik, retombant dans ses défenses habituelles. Il l'a toujours été. De naissance, je suppose. C'est une question de moralité, de moralité personnelle.

— N'ayez pas peur, Herr Globocnik, il ne vous arrivera rien.

Liebermann plaça ses doigts sur les tempes du patient et appuya doucement.

— En même temps que la pression augmente, vos souvenirs remontent de l'obscurité et se clarifient.

Globocnik voulut se libérer, mais Liebermann appuya plus fort.

— Elle est devenue distante, murmura Globocnik. Un grenat est apparu à son doigt. « Où as-tu trouvé ça ? » lui ai-je demandé. « Je l'ai acheté », a-t-elle répondu. Je savais qu'elle mentait. C'était une bague chère. Nous étions assis sur un banc dans le Stadtpark…

— Et alors ?

Globocnik gémit et renifla.

— Elle a prétendu que nous ne pouvions pas continuer, qu'il s'agissait d'une erreur regrettable. Je l'ai implorée, je me suis agenouillé, je lui ai embrassé les mains : « Milica, Milica, Milica, je t'en prie, tu es toute ma vie, tu es mon soleil et les étoiles, ne me quitte pas. » Mais elle était insensible à mes supplications. Il l'avait pervertie, il avait pollué son esprit, durci son cœur de fille de la campagne. Une proie facile pour un homme comme Bok, il l'avait corrompue et souillée. Il a toujours été un homme mauvais. De naissance, j'imagine…

Liebermann pressa de nouveau les tempes de Globocnik.

— Revenez en arrière : que s'est-il passé après votre entrevue au Stadtpark ?

— J'étais malade de désespoir. Je n'ai pas dormi, je suis resté à fumer toute la nuit, à arpenter ma chambre, à taper sur mon matelas, à pleurer dans mon oreiller. Le matin, je me suis rendu au travail. Quoi faire d'autre ? J'espérais qu'elle aurait changé d'avis. Elle n'était pas à la chaîne de fabrication et, quand je suis entré dans le bureau, je l'ai trouvée assise à ma place. Herr Bok m'a ordonné de m'asseoir. Il m'a annoncé qu'il avait décidé d'investir dans une machine à calculer et qu'il n'avait plus besoin de mes services.

L'employé reproduisit les rugissements de Bok tandis qu'il revivait l'épisode.

— « Je vous donne un préavis très court mais soyez assuré, Globocnik, que je me montrerai généreux. » J'étais pétrifié. « Allons, Globocnik, soyez raisonnable. En amour comme à la guerre, tous les coups sont permis. » Je regardai Milica, mais elle se détourna. « Qu'est-ce que vous lui avez fait ? » demandai-je. J'étais persuadé qu'il avait exercé sur elle une influence pernicieuse, une manipulation habile, ou peut-être qu'il la faisait chanter. Je devais la sauver. Elle n'avait que moi. « Ne soyez pas ridicule, Globocnik. » Là, notre conversation s'est envenimée. « Sortez d'ici avant que je me fâche ! » s'est-il écrié. Il s'est levé, m'a attrapé par le col de ma chemise et m'a soulevé de terre. « Espèce de petite vermine. » Il était écarlate et me postillonnait dans la figure. Alors qu'il s'apprêtait à me frapper du poing, je me suis saisi du coupe-papier pour le poignarder. Je voulais le tuer, mais quelque chose m'en a empêché. Un instant plus tard, il m'avait donné un coup de pied dans le ventre. J'avais le souffle coupé et je ne pouvais plus bouger. Il a alors déboutonné sa braguette… C'est un homme mauvais…

— Non, intervint Liebermann, rappelez-vous. Soyez fort, Herr Globocnik !

— Il a vidé sa vessie, soupira Globocnik. Il m'a pissé dessus. Là, j'ai vu Milica…

— Poursuivez.

— Elle… elle souriait. Je me suis relevé et j'ai couru. J'ai traversé la fabrique, la cour. Je courais pour m'éloigner de mon humiliation. Peu importait la direction que je prenais, je brûlais de honte.

Liebermann relâcha la tête de Globocnik. Il posa ses mains sur ses genoux et dit d'une voix douce et posée :

— Écoutez-moi, Herr Globocnik, vous n'avez pas à fuir votre mortification parce que, dans ce que vous m'avez rapporté, il n'y a rien d'avilissant pour vous. Ce sont Herr Bok et Fräulein Mugosa qui se sont déshonorés.

L'employé soupira et déclara d'une voix hésitante :

— Il n'y a rien d'avilissant pour moi.

— Rien du tout.

— Rien du tout, répéta Globocnik en écho.

— Quand vous vous réveillerez, vous vous souviendrez de chaque détail de ce dont nous avons parlé aujourd'hui. Cet épisode va vous faire de la peine, mais c'est une douleur dont vous pourrez vous distancier.

— … une douleur dont je pourrai me distancier.

On frappa discrètement à la porte. Liebermann alla ouvrir sur la pointe des pieds. Le visage d'une infirmière apparut.

— Que se passe-t-il ?

— Téléphone. Un policier du nom de Rheinhardt, il dit que c'est urgent.

— Prenez son numéro, je viens tout de suite.

L'infirmière hocha la tête et se retira. Liebermann referma la porte. Il réintégra son siège, observa son patient, réfléchissant à la cruauté humaine ordinaire qui était dispensée sans retenue. Jusqu'où irait-elle ?

38

Liebermann et Rheinhardt étaient assis en face d'Eduard et de Della Autenburg. La table qui les séparait était couverte de plumes, de bouteilles d'encre et de papiers. Il y avait aussi plusieurs publications académiques et un exemplaire jaunissant de la *Neue Freie Presse*. Dans la bibliothèque bien fournie où ils avaient pris place, Haussmann avait préféré rester debout, les mains derrière le dos, près d'un aspidistra, posé sur un haut guéridon.

Rheinhardt ouvrit son carnet de notes.

— Dans quel domaine travaillez-vous, Herr Autenburg ?

— Je suis éditeur. Surtout d'ouvrages d'histoire et de philosophie.

— Ce doit être intéressant.

— Certes, mais de plus en plus précaire sur le plan économique.

— Ah bon ?

— Je ne peux m'empêcher de penser que de nos jours, avec les sièges à bon marché à l'Opéra, les nouvelles attractions dans le Prater et les journaux disponibles pour rien dans les cafés, les gens n'achètent plus autant de livres.

— Cela me désole d'entendre ça. À mon avis, rien n'est plus réconfortant et instructif que de passer une soirée chez soi, dans un fauteuil confortable, avec un livre. Tenez, je parlais à un écrivain pas plus tard qu'avant-hier. Clement Kruckel.

— Le journaliste ?

— Vous le connaissez ?

— Nous nous sommes rencontrés à plusieurs reprises. J'ai toujours eu envie de publier certains de ses premiers écrits. Ils sont incisifs et très amusants. À mon humble avis, son esprit est plus aiguisé que celui de Kraus.

Il rit et redevint sérieux.

— Bon, je suppose que vous ne vous êtes pas déplacés jusqu'ici pour discuter des cafés littéraires de Vienne. Qu'est-ce qui vous amène, inspecteur ?

Rheinhardt eut un sourire poli.

— J'ai cru comprendre que Herr Kruckel était devenu très actif dans le domaine de l'éducation.

— Il a toujours accordé beaucoup d'importance à ce que l'homme de la rue soit bien informé sur le plan politique.

— Le nom de Fraternitas vous évoque-t-il quelque chose ?

— Oui, c'est la société de Kruckel.

— Avez-vous assisté à une de ses réunions ?

— Non, nous ne sommes que des connaissances.

Della adressa un regard à son mari qui signifiait : « Que se passe-t-il ? » Autenburg haussa les épaules et pinça les lèvres. Tout en griffonnant sur son carnet, Rheinhardt lâcha :

— *Les Ours dorés*.

— Pardon ?

Autenburg semblait de plus en plus perplexe.

— Vous connaissez cet établissement ?

— Très bien. C'est une cave à bières conviviale, dans Leopoldstadt, qui n'est pas du goût de tout le monde mais qui attire une clientèle intéressante.

Rheinhardt se tourna vers Della.

— Vous vous y rendez aussi ?

— Eduard travaille dur, répondit-elle. Nous n'avons pas l'occasion d'y aller très souvent.

Della était une femme élancée, plus jeune qu'Autenburg, avec une poitrine généreuse, un long cou et d'épais cheveux châtains. Elle ne cessait de vous adresser des regards en coin, comme pour vous faire comprendre qu'elle brûlait de vous parler en privé.

Rheinhardt tapota son carnet de son crayon.

— L'un de vous connaît-il un Italien du nom de Tab ?

Ils se regardèrent, secouèrent la tête et revinrent à leur interlocuteur.

— Tab n'était pas son vrai nom, poursuivit Rheinhardt. En réalité, il s'appelait Angelo Callari. Il avait rencontré Herr Kruckel aux *Ours dorés* et assisté à une réunion de Fraternitas dans l'appartement de Kruckel.

— Désolé, ce nom ne me dit rien, déclara Autenburg d'un air étonné.

Liebermann sentit qu'on lui faisait du pied. En face de lui, Della lui adressait des regards enflammés tout en suggérant de ses yeux fuyants un lieu de rendez-vous imaginaire.

Liebermann toussa et croisa les jambes pour mettre son pied à l'abri. Il avait déjà fait son diagnostic.

— Parlez-moi d'Axl Diamant, lança Rheinhardt.

— Nous le connaissons très bien, il vit de l'autre côté de la rue.

— Et quelle est la nature de vos relations ?

— Je rencontre souvent des jeunes gens prometteurs et, dans la mesure du possible, je m'efforce de les guider, de leur offrir des possibilités de s'améliorer. J'ai aidé Axl dans la rédaction de ses essais et je l'ai autorisé à utiliser ma bibliothèque. Une fois, j'ai même payé la production et la distribution d'un pamphlet polémique qu'il avait écrit.

— Ça traitait de quoi ?

Autenburg eut un geste désabusé et parut mal à l'aise.

— J'espère que vous comprendrez, inspecteur, que ma femme et moi fréquentons un milieu où tous les sujets sont considérés dignes d'intérêt. Nous ne nous posons pas de limites particulières.

— Ça traitait de quoi ? répéta Rheinhardt d'un ton glacial.

— Eh bien, ce texte était une critique de l'Église, enfin, des intérêts de l'Église à préserver les valeurs familiales traditionnelles. Axl proposait des solutions de remplacement intéressantes à l'ordre social actuel, une approche plus communautaire, par exemple en ce qui concernait l'éducation des enfants.

— Vous en avez une copie ?

— Je crains que non. Della ?

— J'ai donné le dernier exemplaire il y a déjà un certain temps.

Rheinhardt était sur le point de poursuivre quand il fut interrompu par Liebermann qui se pencha vers Autenburg.

— Vous vous rongez les ongles.

— Sans doute, dit Autenburg en examinant ses mains.

— Depuis longtemps ?

— Oh oui ! cela remonte à l'enfance.

— Je ne le pense pas, c'est beaucoup plus récent.

— Pardon ?

— Vos doigts ne sont ni scarifiés ni déformés. Des années de cette mauvaise habitude peuvent détruire le lit des ongles et provoquer des infections. De plus, l'alignement de vos dents est parfait.

— Excusez-moi ?

Les autres s'attendaient que Liebermann s'explique, mais il s'adressa à Rheinhardt sur un ton plein de déférence :

— Je vous prie de me pardonner cette interruption, inspecteur.

Un muscle à peine visible se crispa au coin de la bouche de Rheinhardt qui tortilla sa moustache et reprit :

— Quand avez-vous vu Axl Diamant pour la dernière fois, Herr Autenburg ?

— Hier soir.

— Où ça ?

— Devant cet immeuble. Nous nous étions rendus à une causerie passionnante sur *Der moderne Kapitalismus* en deux volumes de Sombart.

— Qui ?

— Werner Sombart, un économiste.

— Savez-vous où Herr Diamant s'est rendu, après que vous vous êtes séparés ?

— Il est rentré chez lui. Enfin, je le suppose. Peut-être a-t-il changé d'avis, mais j'étais moi-même dans l'escalier de cet immeuble avant qu'il ait rejoint le trottoir d'en face. Pourquoi me posez-vous toutes ces questions ?

Liebermann toussa et leva le doigt.

— Encore une chose, Herr Autenburg, souffrez-vous de maux d'estomac plus prononcés qu'à l'accoutumée ?

Désarçonné, Autenburg balbutia :

— Eh bien… oui… j'ai des problèmes de ce genre, mais…

— Se ronger les ongles et souffrir de l'estomac ont tendance à aller de pair. Si vous arrêtiez les ongles, les brûlures diminueraient.

La méfiance de l'éditeur avait été éveillée et il répliqua d'un ton sec :

— Merci pour vos conseils, Herr Doktor, je suis certain qu'ils me seront d'une grande utilité.

Liebermann adopta l'attitude hautaine de celui qui se situe au-dessus des soucis quotidiens pour se réincarner dans un règne hippocratique raffiné, où l'expression de la gratitude des patients n'est pas nécessaire, et même un peu ennuyeuse.

— Vous avez terminé, Herr Doktor ? s'enquit Rheinhardt, qui à son tour considérait Liebermann avec une certaine suspicion.

— Oui, j'ai fini.

Rheinhardt nota quelque chose.

— Frau Autenburg, avec tout le respect que je vous dois, quelle est la nature de vos relations avec Herr Diamant ?

— Nous sommes amis, répliqua Della.

Rheinhardt se renfrogna.

— Ne serait-il pas plus approprié de… ?

— Ça suffit, inspecteur !

Autenburg frappa la table du poing.

— Vous nous avez fait espionner ?

Rheinhardt poussa un soupir.

— Je n'ai pas l'intention d'embarrasser Frau Autenburg, mais pour des raisons évidentes, je suis malheureusement dans l'obligation de clarifier les sentiments qui la lient à Herr Diamant.

— Je crains que vous ne confirmiez les préjugés que j'ai toujours entretenus envers la police, s'énerva Autenburg. Nous vivons dans un pays libre, où les citoyens sont autorisés à faire ce qui leur plaît dans leur foyer, dans la mesure où ils ne portent pas atteinte aux intérêts des autres. Je me trompe ?

— Croyez-moi, Herr Autenburg, vos arrangements domestiques, si peu orthodoxes soient-ils, n'intéressent en rien le bureau de la Sûreté.

— Tant mieux.

— Cependant…

Autenburg prit une profonde inspiration, mais sa tentative de se calmer échoua lamentablement.

— Le monde change, inspecteur. Les femmes ne sont plus prêtes à accepter les inégalités du passé. Un être humain ne devrait pas être traité comme une possession, la propriété n'a aucune légitimité dans une société civilisée et éclairée. Ce que vous appelez nos arrangements domestiques peu orthodoxes représente un pas vers l'avenir.

— Je ne voulais pas vous offenser, répliqua Rheinhardt.

Liebermann, qui tambourinait sur le bras de son fauteuil, s'arrêta.

— À propos de vos ongles…

— Quoi ? gronda Autenburg.

— Vous pensez vraiment que nous pouvons vivre à notre guise ? Qu'il nous suffit d'ignorer nos instincts primitifs ? Après tout, nous sommes des animaux, des singes sophistiqués. Et dans le royaume animal, le mâle de l'espèce monte la garde auprès de sa compagne et combat ses concurrents. Réprimer l'instinct exige une énorme quantité d'énergie psychique qui peut produire de l'angoisse.

— Quelle stupidité, Herr Doktor ! Chaque fois que nous reculons le moment d'aller dormir ou de prendre un repas, nous refusons de plier devant des impératifs biologiques et il ne se passe rien de préjudiciable.

— Ce n'est pas tout à fait la même chose. Une épouse n'est pas comparable à un ragoût de bœuf.

Haussmann éclata de rire et Rheinhardt se tourna vers lui.

— Haussmann !

L'agent de police baissa la tête.

— Herr Autenburg, hier soir, reprit Rheinhardt, quand vous vous êtes séparé de Diamant… comment cela s'est-il passé ?

L'éditeur caressa la pointe de sa barbe à la Van Dyke.

— Nous discutions d'un point de philosophie, nous n'étions pas du même avis, et alors ? Nous passons notre temps à avoir des polémiques de ce genre.

— Des polémiques ou des querelles ?

— Nous nous sommes querellés en hommes de conviction. Comment voulez-vous rechercher la vérité sans en débattre ?

— Vos désaccords sont-ils fréquents ?

— Oui, bien sûr.

— Ah, les débats idéologiques ! intervint Liebermann. À moins que vous ne vous soyez affrontés sur un tout autre sujet.

— Pardonnez-moi, mais je trouve vos interruptions de plus en plus impénétrables, Herr Doktor.

— Je me permets d'insister, vos ongles ne sont pas ceux d'un homme à l'aise avec ses arrangements domestiques.

Autenburg ignora Liebermann et s'adressa à Rheinhardt.

— Que voulez-vous ?

Rheinhardt retira une photo de sa poche et la fit glisser sur la table en évitant les obstacles.

— Le corps d'Axl Diamant a été découvert tôt ce matin. La gorge tranchée.

Della poussa un cri étouffé et Autenburg secoua la tête.

— Il s'attirait toujours des ennuis. Je savais qu'un drame dans ce genre finirait par arriver.

Rheinhardt referma son carnet.

— Hier soir, avant de vous séparer, vous avez essayé de l'étrangler.

Autenburg ouvrit la bouche sans parvenir à prononcer un mot.

— Nous avons un témoin. Herr Düsterbehn, qui habite en face. Il a déjà fait une déposition.

Autenburg recouvra sa voix.

— M'accuseriez-vous du meurtre d'Axl Diamant ?

Rheinhardt rangea son carnet.

— Je vais vous demander de nous accompagner au poste de police de Schöttenring.

Della se leva et s'écarta de son mari.

— Eduard, tu n'as pas fait ça ?

— Bien sûr que non ! s'écria Autenburg.

Della porta la main à son front et amorça une chute en spirale pour finir en position allongée, les bras et les jambes écartés. Son ample poitrine se soulevait et s'abaissait, la chair menaçant d'échapper au tissu qui l'enserrait.

— Peut-être devrais-tu t'occuper d'elle ? dit Rheinhardt à l'intention de son ami.

— Oui, sans doute, répondit Liebermann sans enthousiasme excessif.

Liebermann, Rheinhardt, Autenburg et Haussmann sortirent dans l'Obere Weissgerberstrasse. Un homme en manteau long se précipita vers eux, la main levée.

— Inspecteur Rheinhardt ?

— Oui.

— Agent Plücker de la Rudolfsgasse, monsieur.

Il claqua les talons et reprit son souffle.

— Un message urgent de Schöttenring.

Rheinhardt prit l'homme à part.

— Vous devez vous rendre sans délai à l'hôtel *Beatrix*, dit l'agent.

Il tendit à Rheinhardt un bout de papier avec une adresse à peine lisible – Thurngasse, neuvième arrondissement –, que Rheinhardt empocha.

— Que se passe-t-il ? demanda-t-il.

— Ah ! désolé, j'allais oublier, ça m'est sorti de la tête, j'ai couru parce que j'avais peur de ne pas vous rattraper à temps. (L'agent regarda par-dessus son épaule avant de murmurer :) Un homme tué par balle, monsieur.

Rheinhardt fit signe à Liebermann de le rejoindre.

— Je suppose que tu es occupé, là maintenant ?

— Oui, on m'attend à l'hôpital. Tu as un problème ?

39

Quand Rheinhardt sortit de la voiture, il jeta un coup d'œil à la façade à balconnets, aux pilastres et à la décoration rococo. L'effet d'ensemble était assez sinistre. Le stuc craquelé suggérait le visage ridé d'une vieille duchesse. Cette impression de délabrement était renforcée par le hall de réception, béant, poussiéreux et dominé par un lustre en cristal qui diffusait une lumière parcimonieuse. Une amphore d'imitation romaine avait été remplie de fleurs artificielles, ce qui ne les empêchait pas de pencher vers le sol. Les tiges ne supportaient pas le poids des pétales en soie. Debout devant le comptoir de la réception se tenaient deux hommes, un individu sémillant aux cheveux ondulés et à la fine moustache et un agent du poste de Schöttenring.

— Agent… ?

Rheinhardt reconnaissait le policier trapu, mais il avait oublié son nom.

— Schwacke, monsieur.

L'agent se tourna vers son élégant compagnon, qui dégageait un parfum entêtant, un mélange de lilas et de massepain.

— Je vous présente le directeur de l'hôtel, Herr Okolski.

L'homme soigné de sa personne s'inclina avec force ronds de jambe.

— Feliks Okolski. Pour vous servir, inspecteur.

Il zézayait légèrement.

— Je m'appelle Rheinhardt et voici mon assistant, Haussmann.

Le directeur réitéra une révérence surchargée de fioritures et s'écria :

— Quelle horrible tragédie !

De la poche de poitrine de sa veste, il tira un mouchoir rouge qu'il secoua pour le déplier, libérant ainsi de nouvelles fragrances. Puis il s'épongea le front, un acte purement ornemental vu qu'il ne transpirait pas.

— Je n'arrive pas à croire que ce crime atroce se soit produit dans mon hôtel.

— Les meurtres surviennent n'importe où, Herr Okolski.

— Oui, mais dans *mon* hôtel, vous avouerez…

Rheinhardt jeta un coup d'œil à Haussmann qui une fois de plus tentait sans succès de dissimuler un accès de gaieté.

— La victime était un de vos clients ?

— Oui. Il s'appelle… Peut-être vaudrait-il mieux utiliser le temps passé ? Il s'appelait Gerd Kelbling.

— Que savez-vous de lui ?

— Très peu de choses, je suis désolé. Il a fait sa réservation il y a un certain temps et, pour autant que je m'en souvienne, ses exigences étaient très précises. Il voulait la suite numéro 4 du deuxième étage et refusait les autres, bien qu'elles soient toutes identiques. Il l'a réservée pour trois mois et a réglé la note deux semaines avant son arrivée. Il ne parlait à personne et n'a pas commandé de repas. En réalité, je ne l'avais jamais vu avant aujourd'hui.

— Trois mois ?

— Nos tarifs sont très compétitifs, les pièces spacieuses, et notre restaurant sert un *bryndzové halušky* délicieux. Nous avons un nouveau chef slovaque. Je l'ai volé à l'*Impérial* et c'est incroyable ce qu'il peut faire avec un petit morceau de fromage de chèvre et du bacon.

Rheinhardt se força à sourire.

— Je suis certain que votre cuisinier est très doué, mais revenons-en au sujet qui nous préoccupe.

— Bien sûr, inspecteur.

Okolski souligna sa bonne volonté d'un coup de mouchoir décoratif.

— Depuis combien de temps Herr Kelbling résidait-il au *Beatrix* ?

— Neuf semaines.

Une femme de chambre apparut et balança un torchon sur son épaule. Rheinhardt attendit qu'elle passe.

— Quand avez-vous découvert le corps ?

— Il y a deux heures environ. Nous avons entendu un « bang » retentissant.

Okolski tapa dans ses mains, craignant que Rheinhardt ne sous-estime le volume de l'explosion.

— Et j'ai décidé d'enquêter en personne avec l'aide de Herr Bajramovic.

— Qui ?

— Herr Bajramovic, notre portier.

— Où est-il ?

— Dans la cuisine, où il boit un remontant. C'est peut-être un peu tôt pour ça, mais il adore le cognac, et j'ai pensé que sa collaboration dans ces moments difficiles devait être récompensée. Pour être honnête, sans ses encouragements, je n'aurais peut-être pas osé monter l'escalier.

Il replia son mouchoir et le remit dans sa poche de poitrine, laissant dépasser un triangle rouge impeccable.

— Certains des clients sont imprudemment sortis sur les paliers et j'ai dû me montrer très ferme.

Je leur ai ordonné de rentrer dans leurs chambres et d'attendre mes consignes. Au deuxième étage, nous avons trouvé une porte grande ouverte, celle de la suite numéro 4. Herr Bajramovic et moi-même sommes entrés et…

Okolski frissonna.

— Vous n'avez vu personne quitter précipitamment les lieux ?

— Non.

— Et les clients ? Ont-ils remarqué quelqu'un ?

— Je l'ignore, il faudra leur demander, inspecteur.

— Je suppose que vous avez grimpé cet escalier, en face de nous ?

— Oui.

— Il y en a d'autres ?

— Celui de l'autre côté du bâtiment, plus un escalier de service. Une fois que l'assassin était descendu au rez-de-chaussée, il pouvait se diriger vers l'arrière de l'hôtel et utiliser une des deux sorties. Je suppose qu'il a utilisé celle qui traverse les réserves.

— Bien, montons à l'étage, dit Rheinhardt.

Okolski, arborant un air d'importance, prit la tête du petit groupe et ouvrit la porte de la suite numéro 4. Rheinhardt donna ses instructions à Schwacke :

— Seuls ceux de Schöttenring sont autorisés à passer.

L'agent claqua les talons et se mit au garde-à-vous tandis que les autres pénétraient dans la pièce. Un corps était étendu sur le dos entre une chaise et un sofa, les bras en angle droit de chaque côté de la tête.

— Il commence à faire sombre, remarqua Okolski, je vais m'occuper de l'éclairage.

Rheinhardt et Haussmann se penchèrent sur le cadavre : quarante et quelques années, brun, des cheveux qui commençaient à grisonner et une barbe soignée. Il ne portait pas de bagues. Okolski revint.

— Toutes les lampes sont allumées. Avant de partir, voulez-vous que je vous fasse apporter quelque chose ? Une pâtisserie, peut-être ?

Le haussement de sourcils réprobateur de Haussmann donna la force à Rheinhardt de résister.

— Voilà une offre généreuse, Herr Okolski, que nous regrettons de devoir refuser.

— Bien sûr, bien sûr.

Okolski s'inclina et s'éclipsa. La victime était vêtue d'une chemise blanche tachée de sang à l'endroit du cœur. Rheinhardt s'agenouilla et tint un petit miroir sous le nez de l'homme. Il ne se forma aucune condensation.

— Vous aviez peu de chances, monsieur, observa Haussmann.

— Je sais, soupira Rheinhardt, qui retira le miroir et fouilla le cadavre.

Il trouva un billet de tram et le tendit à son assistant.

— Vous me faites un plan de la suite, s'il vous plaît ?

— Oui, monsieur.

Rheinhardt se releva avec difficulté et se dirigea vers un joli secrétaire, avec des pieds contournés. Il abaissa le battant, découvrit de la papeterie fournie par l'établissement et une enveloppe contenant cent couronnes en billets. La porte juste à côté donnait sur une grande chambre. La garde-robe sentait fort, car toute une boîte de boules de naphtaline avait été déversée sans précaution dans la penderie. Un tiroir au fond de l'armoire contenait des sous-vêtements, quelques cravates, des boutons de col et des boutons de manchettes. Un parapluie était accroché à la barre du portant. En entrant dans une seconde chambre plus petite, Rheinhardt fut surpris par le côté pompeux du décor : des rideaux en velours, des embrasses à glands dorés et un lit à colonnes qui se détachait sur une tapisserie allant du sol au plafond, peuplée de chevaliers, de dames en guimpe et de licornes rampantes. Le couvre-lit était un peu froissé et il y avait un léger creux sur l'oreiller. Sur le mur face à la tapisserie trônait un tableau à l'huile d'exécution sommaire, le portrait d'un homme aux cheveux bouclés et aux yeux fous. Une plaque en métal intégrée à la partie inférieure du cadre disait : « Bolko le Petit, roi de Schweidnitz, dynastie des Piasts ». Les tiroirs de la commode étaient vides, à l'exception d'une demi-sphère en caoutchouc noir de la taille d'une tasse à thé, attachée à un morceau de tuyau flexible.

Haussmann réapparut, levant son carnet, et il s'appuya au chambranle de la porte.

— Seulement deux chambres, lança-t-il, laconique.

— Ah ! Pourquoi un célibataire ne possédant pratiquement rien paierait-il une suite pour trois mois ?

— Il attendait quelqu'un ?

— Et pourquoi exigeait-il la numéro 4 ?

Haussmann se dirigea vers la fenêtre et regarda à travers les voilages.

— Peut-être que d'ici on voit quelque chose de particulier ?

Rheinhardt ne semblait pas convaincu.

— Que pensez-vous de ça, Haussmann ?

Rheinhardt, qui tenait la demi-sphère en caoutchouc, étira le tuyau.

— Eh bien, ça ressemble à un instrument médical, du genre qu'on utilise pour endormir un patient grâce à une anesthésie inhalatoire.

Rheinhardt plaça la demi-sphère sur son visage, prit une ou deux inspirations et l'ôta.

— Ça ne couvre ni le nez ni la bouche. Un masque d'anesthésie serait plus grand et d'une forme différente.

— Un dispositif pouvant servir à un chimiste ?

— Peut-être…

Des voix leur parvinrent et Rheinhardt sortit de la pièce. Il tomba nez à nez avec le photographe et son jeune assistant, qui ployait sous la charge du matériel. Ils s'absorbèrent dans la contemplation du cadavre.

— Deux le même jour ? Je suis bien content qu'il vous revienne de l'annoncer au commissaire, inspecteur.

— Merci, grommela Rheinhardt en tournant les talons. C'est juste ce que j'avais envie d'entendre.

40

Razumovsky se tenait à un coin de rue en face de l'Opéra. Il consulta sa montre de gousset, puis il admira la perspective vers l'ouest : des bâtiments élevés, de part et d'autre d'un boulevard, qui disparaissaient dans un lointain brumeux. Les dômes et les réverbères des musées d'Art et d'Histoire naturelle surgissaient comme un mirage exquis, un royaume magique se matérialisant à l'extrémité d'un canyon. Il remit sa montre en place et leva les yeux vers le ciel nuageux. Deux statues de chevaux ailés, sur l'Opéra, semblaient prêtes à s'élancer dans les airs. Il y avait beaucoup de circulation, surtout des tramways qui bringuebalaient. Sur les trottoirs, les gens s'affairaient : des hommes en chapeau melon, des garçons tirant des charrettes à bras, des femmes avec des capes balayant le sol et des livreurs poussant des chariots surchargés de caisses et de boîtes. Trois employés municipaux, vêtus de longs manteaux et de casquettes à visière, déroulaient un tuyau embobiné autour d'un tambour suspendu entre deux roues en bois. Quand ils eurent libéré une longueur de tuyau suffisante, le responsable des éboueurs, un homme de belle prestance, ouvrit l'embout et un jet d'eau balaya les pavés. Du crottin glissa vers une bouche d'égout et des gouttes furent projetées sur le bas du pantalon de Razumovsky. Il recula, rajusta ses gants et remit son écharpe à motifs orientaux en place. Il était important qu'elle soit visible.

Un des hommes coiffés d'un chapeau melon sortit du flot des passants.

— Vous avez quelque chose pour moi ? demanda-t-il à Razumovsky qui lui tendit une feuille de papier.

— Rendez-vous à cette adresse. Vous y trouverez un cellier très bien approvisionné.

L'homme glissa la feuille dans sa poche et regarda en direction de l'Opéra.

— Puisque je suis ici, je pourrais tout aussi bien assister à une représentation.

— Oui, pourquoi pas ?

L'homme toucha le rebord de son chapeau.

— Bonne journée.

Razumovsky hocha la tête et l'homme s'éloigna d'un pas pressé. Deux musiciens avec des étuis à violon sautèrent par-dessus le jet d'eau. L'éboueur leur montra le poing avec bonne humeur. Quand Razumovsky chercha le fabricant de bombe du regard, il avait déjà disparu.

41

— Au travail ! s'exclama le Pr Mathias.

Il se saisit d'une scie à os, posa les dents de la lame sur le sternum et son bras entreprit un mouvement de va-et-vient. Rheinhardt se détourna.

— Saviez-vous que c'est le premier Joseph que je préfère ? dit Mathias d'un ton détaché. Un empereur magnifique.

— Ah bon ? Je croyais qu'il buvait, avait des faiblesses coupables pour les armes à feu et des conduites sexuelles inappropriées.

— Merveilleux ! Dommage qu'il ne soit resté que quelques années sur le trône.

Mathias reposa sa scie et ouvrit la cage thoracique du cadavre.

— On ne saura jamais ce qu'un homme de sa qualité aurait accompli s'il avait vécu plus longtemps. Il était syphilitique, non ?

— Oh, inspecteur, ne soyez pas si collet monté ! Un défilé de personnages hauts en couleur, n'est-ce pas un des plaisirs de l'histoire ?

— Je n'étais pas moralisateur, professeur, juste sarcastique.

— Une forme d'humour qu'il vaut mieux éviter, à mon avis, surtout quand on n'a pas de prédispositions naturelles.

Le vieil homme farfouilla dans le torse de Kelbling, un peu comme s'il était en train de chercher des chaussettes dans un tiroir. Le sang qui avait éclaboussé ses avant-bras avait aussi giclé sur ses lunettes.

— Vous connaissez l'histoire de Joseph et du jésuite, inspecteur ?

— Non.

Mathias s'empara du cœur endommagé de la victime, signala les dégâts et le plaqua sur la table.

— Comme vous vous en doutez, Joseph n'était pas féru de spiritualité. Les fondamentalistes et les querelles religieuses l'exaspéraient au plus haut point. Qu'un homme qu'il avait choisi pour occuper un poste important soit protestant ou non, il s'en moquait éperdument. Un jésuite, choqué par cette attitude, décida de passer à l'action afin de raviver l'engagement de l'empereur pour la congrégation la plus authentique. Il se déguisa en fantôme et parvint à pénétrer dans la chambre du monarque, où il entreprit de le terrifier. Joseph n'étant pas un homme impressionnable, il sonna ses serviteurs et leur ordonna de jeter le jésuite par la fenêtre.

— Il en est mort ?

— Je l'ignore.

Mathias haussa les épaules.

— Cependant, on peut le supposer.

Le vieil homme prit des pinces sur son chariot.

— Vous l'avez trouvée ? demanda Rheinhardt.

Mathias ignora la question.

— *Amore et timore.*

— Pardon ?

— « Par l'amour et par la peur », la devise de Joseph. Pas mal, si on estime qu'une devise se doit d'être à la fois instructive et allégorique. Je suis certain que votre ami le Dr Liebermann ne démentirait pas cette définition de la comédie humaine façonnée par l'amour et par la peur. C'est un peu comme extraire une dent…

Mathias déployait beaucoup d'efforts au-dessus du cadavre.

— Ah, voilà ! Tendez la main, inspecteur.

Rheinhardt obéit et Mathias posa la balle sur la paume du policier.

— Elle était logée dans la cinquième vertèbre thoracique, ajouta Mathias d'un air ravi.

Rheinhardt essuya la balle et l'observa à la lumière électrique.

— Quoi ? demanda Mathias.

— C'est bizarre… je crois que c'est la même.

— Je ne vous suis pas, inspecteur.

— Excusez-moi. Je pense qu'elle est identique à celle retrouvée dans la fabrique de pianos abandonnée.

— Ces projectiles sont tous plus ou moins semblables, non ?

— Pas celui-ci.

42

Rheinhardt, assis dans son fauteuil favori, fumait un cigare qui lui chatouillait le palais de notes de caramel et d'amande grillée. Il exhala une bouffée de fumée bistrée et tourna les pages de *La Gazette de la police*. Dans la rubrique « International », il lut que le Bureau des recensements des États-Unis était sur le point d'établir un registre d'empreintes digitales. *Intéressant*, songea-t-il. À l'évidence, ils étaient convaincus de l'utilité de la nouvelle méthode. Il fut interrompu dans sa lecture par l'*Élégie* de Suk en *ré* mineur, que sa fille aînée, Therese, jouait au piano ; un air triste qui flottait au-dessus de croches pointées monocordes. Le résultat défiait les catégories connues, empruntant à la marche funèbre et à la berceuse. Mitzi, sa cadette, perchée sur un tabouret, dessinait sa sœur au fusain. Il revenait à l'article, quand sa femme, Else, lui posa la main sur l'épaule. D'un léger mouvement du menton, elle lui fit comprendre qu'elle désirait lui parler en privé. Rheinhardt éteignit son cigare et la suivit. Dans le couloir, il admira sa silhouette. Le passage du temps et les kilos supplémentaires n'avaient pas altéré l'essentiel des formes de son épouse qui lui rappelaient un sablier. Il ressentit un bref élan de désir.

Quand ils pénétrèrent dans leur chambre, Else se retourna vers lui, les sourcils froncés.

— Que se passe-t-il ?

— Quelque chose cloche avec Mitzi.

— Elle est malade ?

— Pas du tout, mais elle n'est pas dans son assiette.

— Dans quel sens ?

— Elle est trop tranquille, renfermée, et je l'ai plus d'une fois surprise en train de pleurer.

— Tu l'as interrogée ?

— Oui, bien sûr, mais elle secoue la tête et répond que tout va bien.

— Une crise de son âge ?

— Je ne le pense pas.

— Très bien, je vais lui parler.

Else se pencha et l'embrassa sur la joue.

— Merci.

— Désolé de n'avoir rien remarqué, soupira Rheinhardt.

— Tu es très occupé en ce moment, c'est pas grave.

Elle sourit et, de ses doigts, lui peigna les cheveux en arrière.

De retour au salon, Rheinhardt bâilla et s'étira.

— J'ai besoin de prendre l'air. Viens, Mitzi, on va faire un tour.

Therese cessa de jouer.

— Et moi, alors ?

— Finis tes exercices. La prochaine fois, ce sera toi.

Mitzi posa son fusain et son carnet de croquis sur la table et glissa de son tabouret.

— On va où ?

— Nulle part en particulier, répondit Rheinhardt.

Dehors, le soir était clair et frais. Ils se promenèrent dans les rues adjacentes, parlant de sujets sans importance : un nouveau manège au Prater, la neige qui s'annonçait, une excursion au Kahlenberg repoussée depuis longtemps. Dans la Josephstädter Strasse, ils s'arrêtèrent pour regarder les innombrables volumes exposés dans la vitrine de la librairie Steckler.

— Je me demande combien de temps il faudrait pour lire tout ça, dit Mitzi.

— Une vie, répliqua Rheinhardt. Mais une vie intéressante.

Ses genoux craquèrent quand il les plia pour se mettre au niveau de sa fille. Pendant quelques secondes, il resta muet devant la perfection miniature de son visage. La fierté paternelle l'emplit de joie et l'émotion lui picota les yeux.

— Ta mère m'a dit que tu n'étais pas heureuse, ces derniers temps.

Il s'ensuivit un long silence et Rheinhardt changea de position pour soulager son dos.

— Tu ne feras rien, hein ? Tu n'arrêteras personne ? murmura Mitzi.

— Je suis certain que ce ne sera pas nécessaire.

— Il y a une fille, à l'école. Elle est plus grande que les autres. Elle s'appelle Tibelda.

— Et qu'est-ce qu'elle t'a fait, Tibelda ?

— Quand on est seules, elle me pince, elle me tire les cheveux et me dit des choses horribles.

— Pourquoi tu n'en parles pas à ta maîtresse ?

— Si tu rapportes, on se moque de toi.

Rheinhardt hocha la tête.

— Oui, c'est une situation difficile.

Un soldat passa. Il portait des documents scellés sous le bras. Il était pressé : tout, dans son attitude, suggérait l'urgence de sa mission.

— On t'a déjà embêté à l'école, papa ?

— Oui. Je sais que c'est difficile à croire, mais j'ai été plus petit que toi. Ce dont je me souviens, ma chérie, c'est que les voyous sont souvent des lâches. Ils intimident ceux qui ne savent pas se défendre. Quand j'ai compris ça, la solution à mes problèmes m'a paru assez simple.

À sa lèvre qui tremblait, il perçut la douleur et la confusion de sa fille.

— Regarde, je vais te montrer quelque chose. Je veux que tu imites mes gestes.

Il se redressa et se mit de profil.

— Il ne faut jamais faciliter les choses à ton adversaire. Moins tu t'exposes, moins il aura de place pour frapper.

Il serra le poing, tourné vers le haut, et le cala contre sa hanche. Mitzi l'imita.

— Bien, je vais décomposer le mouvement.

Il tendit son bras droit tout en pivotant vers la gauche.

— Le coup sera plus puissant si tu suis avec ton corps et, au moment de l'impact, tu tournes le poing. Tu vois ?

Mitzi reproduisit l'enchaînement.

— Excellent, et maintenant plus vite.

L'imitation de Mitzi était parfaite.

— Très bien, ma chérie.

Rheinhardt se carra en face de sa fille et ouvrit son manteau.

— Alors… tu imagines que je suis Tibelda et tu me frappes à l'estomac aussi fort que tu peux.

— Tu es sûr ?

— Oui.

— Et si ça fait mal ?

— Ce sera formidable.

Mitzi prépara son poing. Rheinhardt avait négligé de bander ses muscles abdominaux et, quand Mitzi frappa, il fut surpris par sa force et renversa la tête en éclatant de rire, le nez dans les étoiles.

— Mitzi, tu es une boxeuse naturelle ! C'était exceptionnel ! Surtout l'effet de torsion final. Demain, j'aurai un bleu.

Mitzi rit avec lui, éblouie par sa découverte.

— Pas très distingué, bien sûr, poursuivit son père, mais bon, nécessité fait loi, etc.

Il baissa la voix.

— Tu ne raconteras rien à ta mère, hein ? Elle risque de ne pas apprécier. Recommence et, cette fois-ci, tu vas essayer de me balancer à travers la vitrine de Herr Steckler.

Mitzi s'exécuta et Rheinhardt fit semblant de tituber.

— Tu y es presque arrivée.

Une voix posée lança :

— Bonsoir, monsieur.

Rheinhardt tourna la tête et se retrouva face à l'agent de police Schwacke.

— Ah…

Rheinhardt s'éclaircit la voix.

— Encore vous.

— Oui, monsieur, encore moi.

— Vous faites votre ronde ?

— Oui, monsieur.

— Je vous présente ma fille, Mitzi.

Schwacke salua, révélant la pointe aiguisée de son casque. Mitzi fit la révérence.

— Excusez-moi, monsieur, qu'est-ce que vous faites ?

— Ça ressemble à quoi ?

— Encourageriez-vous votre fille à vous donner des coups de poing dans le ventre ?

— Vous avez des enfants, Schwacke ?

— Non, monsieur, mais je suis fiancé.

— C'est un bon début. Voyez-vous, si vous aviez des enfants, je m'expliquerais volontiers. En l'occurrence, je ne pense pas que cela vaille la peine. Quoi de neuf ?

— Rien, monsieur. La soirée a été tranquille.

— Bien, bien. Espérons que ça continuera.

Schwacke s'inclina, claqua les talons et s'en alla, son sabre battant ses bottes.

— Je peux encore te frapper ? demanda Mitzi.

43

Rheinhardt arriva en retard. Liebermann l'accueillit avec chaleur et ils se dirigèrent droit sur le piano. L'un joua et l'autre chanta jusqu'à onze heures. Après cette heure, tous les musiciens amateurs de Vienne étaient contraints au silence. Ils finirent par un lied de Schubert inspiré du *Ihr Bild*, « Son image », de Heine, un poème amer sur un homme pleurant devant un portrait de son ancienne amante. *Quel génie*, songea Liebermann tandis qu'il attaquait l'introduction en *si* bémol, transposition sonore du regard d'une personne accablée par le chagrin. La voix de baryton de Rheinhardt, qui avait adopté une pose figée, rendait sensible la cruelle réalité du bonheur perdu.

Ich stand in dunkeln Träumen...

J'étais plongé dans de sombres rêveries…

À part une brève modulation en *sol* bémol majeur, l'air était d'une mélancolie poignante. Pour Liebermann, les phrases musicales en écho contrastaient avec la situation misérable du poète, tandis qu'il se rappelait les jours heureux s'estompant dans son souvenir.

Rheinhardt investit les derniers vers d'un désespoir intolérable :

Und ach, ich kann es nicht glauben,
Daß ich dich verloren hab!

Hélas ! je ne puis croire,
Que je t'ai perdue !

Liebermann plaqua les derniers accords et les deux hommes attendirent que les notes s'éteignent. Une légère réverbération, comme un parfum de l'essence du lied, s'attardait dans l'atmosphère.

Ils pénétrèrent dans le salon, allumèrent des cigares, et Liebermann servit du brandy dans des verres en cristal. Quelques minutes s'écoulèrent, puis Rheinhardt changea de position et se racla la gorge.

— Au fait, pourquoi t'es-tu focalisé sur les ongles d'Autenburg ? Où voulais-tu en venir ?

Liebermann fit tourner l'alcool dans son verre et en but une gorgée.

— Je pense que Frau Autenburg aurait fasciné Krafft-Ebing. Je suis certain que, si on avait demandé son diagnostic à ce célèbre psychiatre, il lui aurait trouvé une place dans son *Psychopathia sexualis*, du côté des cas 189 et 190.

— Qu'ont-ils de spécial ?

— Ils abordent la pathologie de nymphomanes célèbres.

Rheinhardt ne put dissimuler son agacement.

— Max, je t'ai posé une question sur les ongles d'Autenburg.

— Je sais. L'onychophagie d'Autenburg est à l'évidence liée à la délinquance sexuelle de sa femme. On imagine très bien le pauvre homme assis dans sa bibliothèque, tourmenté par les grincements du lit et les gémissements de son épouse, torturé par la vision de son corps pâle et nu se tordant sur un drap froissé, les cheveux en désordre…

— Max ! Tu n'es pas obligé d'entrer dans les détails. Je peux très bien me figurer la scène.

— Toujours le même problème avec ces socialistes et ces anarchistes ! s'exclama Liebermann d'un ton méprisant. Ils préconisent l'égalité des sexes, puis ils vont trop loin et ils compensent comme ils peuvent. Il est impossible de transgresser les normes de la tolérance naturelle sans en payer le prix fort sur un plan émotionnel. Autenburg se ronge les ongles parce que, en réalité et quoi qu'il prétende, il ne parvient pas à réprimer ses sentiments. Il ne supporte pas l'idée d'un homme jouissant avec sa femme. Il ne l'autorisait à coucher avec Diamant que pour prouver son engagement envers un idéal politique.

Liebermann se frappa la tempe de l'index.

— Le projet chimérique de cet intellectuel se passait ici, dans sa tête. Le vrai Autenburg, l'être humain de chair et de sang doté d'un cœur et de sentiments, se détestait de céder ses droits conjugaux à un homme plus jeune. Qui plus est un ancien protégé. D'où l'expression d'une haine de soi par un acte d'agression orale inconvenante.

— Tu veux dire se ronger les ongles ? Ça me semble assez peu inconvenant.

— Un doigt a la même forme que l'organe reproducteur masculin.

— Allons, Max !

— Son onychophagie est symbolique.

Rheinhardt poussa un soupir.

— Donc il se punissait pour son indulgence coupable ?

Liebermann haussa les épaules.

— Quelque chose comme ça.

— Je t'ai entendu employer les mêmes termes à plus d'une occasion.

Liebermann regarda au loin. Rheinhardt croisa les jambes, se renversa en arrière et fixa le plafond.

— Ne serait-il pas envisageable qu'Autenburg se soit rongé les ongles parce qu'il était angoissé ?

— Cette observation ne serait pas fausse, mais elle manquerait de pertinence, car elle ne nous apprendrait pas grand-chose sur Autenburg.

Dans l'âtre, une flamme lécha une bûche rougeoyante et s'en détacha. Elle flotta un instant comme un feu follet dans des marais et disparut.

— Si ton jugement sur Autenburg est juste, dit Rheinhardt, quelles conclusions devons-nous en tirer ? Que, pour finir, sa frustration a trouvé une issue plus banale ? Qu'il a cessé de se ronger les ongles et suivi Diamant au cœur de la nuit dans l'intention de le tuer ?

— Tu as dit que Diamant portait une dague. Donc il s'attendait à une agression. Et puis il y a cette tentative de strangulation.

— Qui a échoué. Tu penses vraiment qu'Autenburg aurait pu maîtriser un jeune et athlétique duelliste ?

— À moins qu'il n'ait assailli Diamant par-derrière.

— Et sans un bruit ? Autenburg ?

— Une approche furtive n'était pas indispensable si Diamant avait trop bu. Nous savons qu'il passait pas mal de temps dans les caves à bières.

Rheinhardt examina cette possibilité en exhalant un rond de fumée qui se dilata et se défit en rubans transparents. Il posa son cigare et tendit le bras pour prendre une serviette en cuir dont il fit jouer les verrous. Puis il en retira une liasse de photographies qu'il tendit à Liebermann.

— Ah ! le nouveau meurtre.

Le jeune médecin étudia les clichés.

— Il s'appelait Gerd Kelbling, précisa Rheinhardt en récupérant son cigare. Il avait réservé une suite au *Beatrix* pour une période de trois mois et voyageait léger. Cependant, nous avons trouvé une enveloppe dans un secrétaire qui contenait une importante somme d'argent, cent couronnes en billets.

— Qui était-il ?

— On ne le sait pas encore. Le directeur de l'hôtel n'a rien pu m'apprendre : il ne l'avait jamais vu.

— Un autre homme sans qualités…

— Voilà une réflexion intéressante. La balle que le Pr Mathias a extraite de la colonne vertébrale de Kelbling est d'un poids et d'une taille identiques à celle qui a tué Callari.

— Tu en es sûr ? Je croyais que la détonation et l'impact provoquaient d'importantes déformations.

— Oui et, dans la plupart des cas, il est impossible d'en tirer des conclusions significatives. Mais ces balles sont spéciales, à tel point qu'après avoir étudié les registres militaires nous devrions être en mesure de déterminer leur provenance.

— Donc il s'agirait du même assassin ?

— Exactement.

— Qu'est-ce qui relie notre Italien itinérant à ce gentleman ?

Liebermann étudiait avec attention un gros plan du visage de Kelbling.

— Les deux étaient en possession de beaucoup d'argent, fit remarquer Rheinhardt.

— Ce n'est pas très éclairant.

— Je te l'accorde. Il faut enquêter en profondeur sur Kelbling.

— Si Callari a été condamné par un jury d'honneur, alors rien ne nous empêche de supposer que le mobile pour le meurtre de Kelbling était également politique.

Rheinhardt se tourna vers son ami.

— Bizarre, hein ? Callari et Kelbling, Autenburg et Kruckel, Della et Diamant, *Les Ours dorés*. Comme les anneaux d'une chaîne.

— Sauf qu'ils ne vont pas très bien ensemble.

Rheinhardt fut distrait par un fil sur l'accoudoir de son fauteuil. Il s'en saisit, l'observa, et Liebermann prit conscience que son ami tenait un long cheveu roux. Les yeux du policier s'agrandirent.

— J'ai une nouvelle importante, j'ai failli oublier, dit très vite Liebermann.

Rheinhardt lâcha le cheveu.

— Je suis parvenu à tirer au clair la *pseudologia fantastica* ou mythomanie de Herr Globocnik. Il a fini par s'apaiser et, quand il s'est senti plus à l'aise en ma présence, j'ai eu recours à l'hypnose. Bien sûr, j'ai rencontré quelques résistances, mais elles ont été surmontées grâce à la technique de la pression. Tu te rappelles ? Je l'ai déjà utilisée devant toi.

Rheinhardt acquiesça.

— J'avais raison, poursuivit Liebermann. Le problème venait d'un souvenir refoulé d'humiliation.

Liebermann raconta l'histoire de la romance avortée de Globocnik avec Fräulein Mugosa et, quand il en arriva à l'épisode où Bok avait vidé sa vessie sur l'employé éconduit, Rheinhardt fut saisi par la colère.

— Dieu du ciel ! On se demande ce que l'avenir réserve à l'humanité. Quelle ordure ! Un homme capable d'un acte aussi méchant et pervers… Les animaux ne tombent pas aussi bas.

— Tu viens de résumer mon sentiment, Oskar. Il s'agit d'un geste d'une cruauté gratuite, accompli avec une totale désinvolture. Et ce n'est pas tout : quand Globocnik a regardé l'horrible Mugosa, elle souriait, se réjouissant de son avilissement.

— Et Globocnik, il est guéri ?

— Inutile de te dire qu'il lui faudra du temps avant de récupérer. Certes, il a été brutalement rappelé à la réalité, mais il va mieux dans la mesure où il ne cherche plus à échapper à la douleur grâce à un fantasme d'homicide. Cependant, il y a un petit problème…

— Ah bon ?

Liebermann hésita et parut embarrassé.

— Max ?

Rheinhardt avait étiré le « a » qui était monté dans les aigus.

— Quand je me suis rendu à l'hôpital aujourd'hui, eh bien, on m'a appris qu'il s'était échappé.

— Doit-on s'inquiéter ?

Liebermann eut un sourire gêné.

— Non, enfin, pas encore.

— Tu n'es pas très rassurant.

Le jeune médecin tira sur son cigare et souffla un nuage de fumée.

— Qu'est-ce que tu penses du brandy ?

44

Au petit matin, Rheinhardt fut réveillé par un appel téléphonique de Schöttenring.

— Qu'est-ce qu'ils voulaient ? demanda Else.

— Je n'ai pas compris. Quelque chose à propos de Haussmann et d'une tapisserie. L'agent de garde n'est pas très calé pour les messages. Je dois me rendre au *Beatrix*.

En sortant de chez lui, Rheinhardt acheta une saucisse à un vendeur ambulant. La viande fumante exhalait une odeur épicée qui le fit saliver. Il tartina la saucisse de moutarde et l'avala en quelques secondes. Le vendeur sourit.

— C'est bon ?

— Très bon, répondit Rheinhardt.

— Le sel vient de Sečovlje, des marais salants. Vous trouverez pas de meilleures saucisses à Ljubljana.

Rheinhardt se lécha les doigts.

— Vous avez sûrement raison.

Puis il salua distraitement.

Josefstadt et Alsegrund étaient des quartiers voisins et il lui fallut peu de temps pour rejoindre la Thurngasse. Rheinhardt pénétra dans le hall de réception du *Beatrix*, où Herr Okolski l'informa que Haussmann était déjà arrivé et l'attendait dans la suite numéro 4.

— J'espère que c'est important, Haussmann, grommela Rheinhardt tandis qu'ils entraient dans la deuxième chambre. J'ai avalé mon petit déjeuner à toute vitesse.

— Je le pense, monsieur.

Se rappelant le message embrouillé du sergent de service, Rheinhardt regarda en direction de la tapisserie.

— Bon, de quoi s'agit-il ?

Haussmann grimpa sur le lit et souleva la tringle dont les tenants étaient fixés au mur. Il y avait un trou dans la cloison qui ressemblait à la fente d'une boîte aux lettres en plus large. Rheinhardt ôta son chapeau et se gratta la tête.

— Il vous suffisait de me le signaler.

— Ce n'est pas tout.

Haussmann glissa la main dans l'orifice et en tira un tuyau en caoutchouc qui tomba jusqu'aux oreillers.

— Résumons : vous avez découvert un trou et un tuyau. Vous croyez vraiment que cela valait la peine de me déranger ?

La réponse de Haussmann fut inattendue. Il s'assit, le dos au mur. Puis il montra la demi-sphère en caoutchouc et le segment de tuyau que Rheinhardt avait dénichés dans la commode. Enfin, il inséra le petit tube dans le grand.

— Ça correspond parfaitement, monsieur.

Il couvrit son oreille droite avec la demi-sphère.

— C'est un appareil d'espionnage. Vous pouvez entendre ce que disent les gens du dessus.

Rheinhardt en resta bouche bée.

— Qui sont-ils ?

— Aucune idée, je n'ai pas encore demandé le registre au directeur. J'ai préféré rester discret jusqu'à votre arrivée.

— Quand avez-vous découvert l'usage de cet ustensile ?

— Tard hier soir, monsieur.

— Vous l'avez utilisé ?

Haussmann hocha la tête.

— J'ai entendu un homme et une femme. Plutôt aisés, je crois. Mais ce matin, ils n'ont pas parlé de grand-chose. Ils doivent se rendre à un concert. L'*Ouverture pour une fête académique* ?

— Du Brahms, Haussmann.

— Ils ont aussi discuté d'un doyen. C'est tout. L'autre bout de ce tuyau débouche dans leur chambre. Quand j'ai écouté hier soir, ils ronflaient.

Haussmann sauta du lit avec agilité et attendit les instructions. Rheinhardt prit son jeune collaborateur par les épaules et le secoua affectueusement.

— Bravo, Haussmann, excellent travail ! Qu'est-ce qui vous a donné l'idée de guigner derrière la tapisserie ?

— Elle bougeait, monsieur, ce n'était pas normal. Je suppose que cela venait du trou dans le mur qui provoquait un courant d'air. On monte à l'étage ?

— Oui, Haussmann, on ne va pas se gêner.

45

Une femme de chambre hongroise leur ouvrit. Tout d'abord, elle se montra méfiante, mais quand elle comprit qu'elle avait affaire à des officiers de police, elle changea d'attitude.

— Je vous en prie, messieurs, entrez, asseyez-vous. Je vais prévenir le *férfi*[1] que vous êtes ici.

Deux minutes plus tard, un homme grand et distingué pénétrait dans la pièce. Il avait une cinquantaine d'années. Son front très dégagé, car il commençait à perdre ses cheveux, était parsemé de taches de rousseur. Il portait des lunettes cerclées de métal et arborait une bande étroite de poils roux partant du haut du menton pour rejoindre une barbe en pointe. Le tout ressemblait à une ancre. Ses manches de chemise bouffantes, sa cravate en soie bleue, son gilet fermé par de petits boutons d'argent en imposaient.

Rheinhardt et Haussmann se levèrent et s'inclinèrent.

— Bonjour, Herr… dit Rheinhardt.

1. « Homme » en hongrois.

— Pr Waldemar Seeliger.

L'homme salua d'un brusque mouvement de tête.

— Je suis l'inspecteur Rheinhardt du bureau de la Sûreté et voici mon assistant, Haussmann. Nous sommes désolés de vous déranger.

— C'est à propos du meurtre ? s'enquit Seeliger.

— Oui, en quelque sorte.

— Je regrette de vous décevoir, inspecteur, mais je ne peux pas vous aider. Hier, j'ai donné des cours toute la journée, ma femme rendait visite à sa sœur et mes enfants étaient à l'école. Je suis rentré tard et je me suis couché aussitôt.

— Votre épouse est avec vous ?

— Non, vous l'avez manquée de peu. Elle organise une soirée à l'université pour une œuvre de charité. Un concert. Il se déroulera ce soir et elle ne sera pas de retour avant cet après-midi.

Rheinhardt jeta un coup d'œil au salon et remarqua deux malles près de la fenêtre.

— Vous vivez ici ?

— Un arrangement temporaire, expliqua Seeliger. Notre maison à Wieden pâtit de poutres dégradées et d'un mur instable. Nous logeons ici en attendant la fin des travaux. Pas très pratique, mais qu'y pouvons-nous ? Ma bibliothèque me manque. Par chance, mes enfants adorent l'hôtel, ils vivent ça comme une aventure. Okolski, le directeur, est un homme charmant, toujours content de rendre service : nous n'avons pas à nous plaindre.

Les mains derrière le dos, Seeliger releva le menton.

— Ce sera tout, inspecteur ? Une journée bien remplie m'attend.

L'universitaire tendit le bras en direction de la sortie. Impassibles, Rheinhardt et Haussmann ne bougèrent pas d'un pouce.

— Inspecteur ?

Pas de réponse.

Irrité, Seeliger tira sur les poignets de sa chemise.

— Où est votre chambre, Herr Professor ?

— Pardon ?

— Nous aimerions visiter votre chambre.

— Pourquoi ?

— Je vous en prie.

Seeliger poussa une exclamation désapprobatrice.

— Très bien, je me soumets à vos exigences. Vous cherchez quoi ? L'arme du crime ? Vous perdez votre temps, vous ne trouverez rien, et j'espère bien qu'après ça vous me présenterez des excuses.

Les poches sous les yeux de Rheinhardt semblèrent s'alourdir.

— La chambre, professeur…

La suite numéro 8 était identique à la 4. Seeliger conduisit les policiers jusqu'à la deuxième chambre, jumelle de celle de l'étage inférieur, et qui paraissait plus petite parce qu'elle contenait davantage de meubles. En plus d'un lit à colonnes et d'une commode, il y avait une grande garde-robe et une coiffeuse, couverte d'objets de toilette féminins : une brosse à cheveux, des épingles, du khôl, des bouteilles de parfum, des pots de maquillage et des flacons d'onguent. À l'évidence, la femme de Seeliger était coquette. De nombreux livres jonchaient le plancher. Un étui pour cor anglais traînait dans un coin.

— Vous en jouez ? demanda Rheinhardt.

— J'en jouais, répondit Seeliger, maintenant je n'ai plus le temps, ma technique laisse à désirer.

— On a toujours du temps pour la musique, professeur.

— Tout dépend, vous savez…

Rheinhardt s'adressa à son assistant.

— Haussmann, vous voulez bien débarrasser cette zone ?

Le jeune policier s'agenouilla et roula le tapis persan.

— Mais qu'est-ce que vous faites ? protesta Seeliger.

— On se facilite la tâche pour bouger le lit.

— Dites donc…

— Patience, professeur, patience !

Rheinhardt et Haussmann tirèrent le lit à colonnes pour l'éloigner du mur et observèrent avec intérêt une ouverture pratiquée dans la plinthe, un peu comme un trou de souris, en demi-cercle et taillée grossièrement. Rheinhardt se mit à quatre pattes et regarda.

— Il est là, dit l'inspecteur en redressant la tête.

— Qu'est-ce qui est là ? s'enquit Seeliger qui s'agitait derrière lui pour tenter d'apercevoir quelque chose.

Rheinhardt sortit son couteau de poche, ôta un clou du plancher et tira un long tuyau de la cavité. Puis il se releva et agita le tuyau avant de l'enrouler autour d'une colonne. Le professeur pâlit, recula en titubant et se dirigea vers la coiffeuse. Là, il s'assit et contempla son visage dans le miroir.

— Bien, dit Rheinhardt. Je suppose que vous comprenez la signification de notre découverte ?

L'universitaire changea de position.

— Non, qu'est-ce que c'est ?

— Allons, professeur…

Seeliger se ressaisit et croisa le regard de Rheinhardt dans la glace.

— J'ignore ce dont vous voulez parler.

— Puisque vous le prenez comme ça…

Rheinhardt se rapprocha de la coiffeuse.

— C'est un appareil destiné à espionner vos conversations. L'autre extrémité de ce tube communique avec la suite numéro 4, où le corps a été découvert hier.

— Vos hypothèses sont très… fantaisistes, inspecteur.

Rheinhardt alla se placer derrière Seeliger.

— Pourquoi quelqu'un s'intéresserait-il à vos conversations privées, aux secrets et aux confidences que vous pourriez partager avec votre femme sur l'oreiller ?

Seeliger demeura silencieux.

— La seule raison qui me vient à l'esprit, c'est l'utilisation de ces informations à des fins scélérates. Par exemple le chantage. Qu'en pensez-vous, Haussmann ?

— Je partage vos déductions, monsieur.

— Et maintenant… (Rheinhardt tortilla une des pointes de sa moustache) l'individu qui selon toute probabilité faisait chanter le bon professeur est mort.

— Difficile de nier, monsieur, que c'est troublant.

— Très troublant.

Rheinhardt s'adressa de nouveau au reflet de Seeliger.

— Que voulait-il ?

Seeliger se raidit.

— Seriez-vous en train de m'accuser de meurtre ? Cet entretien est terminé, je vais prendre les conseils d'un juriste.

— Ce serait inconsidéré de votre part.

— Tout à fait irréfléchi, lança Haussmann en écho.

— Songez aux apparences.

Rheinhardt prit un des pots de crème de beauté de Frau Seeliger et étudia l'étiquette.

— À quoi ça vous servirait, des conseils ?

Il reposa le pot sur la coiffeuse.

— Bien entendu, nous allons enquêter avec zèle sur vos affaires, vos occupations, vos finances, vos fréquentations. Une image va bientôt se dessiner. Bien sûr, si vous coopérez, vous pourriez nous éviter tous ces tracas. Et rappelez-vous que nos juges sont toujours mieux disposés envers ceux qui se montrent prêts à accélérer les investigations. Si j'en crois mon expérience, ceux qui dissimulent, retardent, ou font obstruction à la justice suscitent peu de sympathie.

— Je n'ai jamais rencontré l'homme de l'étage du dessous. Je ne l'ai jamais vu.

Seeliger n'avait plus qu'un filet de voix.

— Il s'appelait Gerd Kelbling, lui apprit Rheinhardt.

Seeliger avala sa salive avec difficulté et se cacha le visage dans les mains.

— Dieu du ciel, gémit-il, je ne suis pas un assassin, je ne l'ai pas tué, j'ignorais qu'il était là.

Rheinhardt, qui ne retirait aucun plaisir de son triomphe, posa la main sur l'épaule de l'universitaire accablé.

— Si vous nous racontiez ce qui s'est passé ?

Seeliger retourna sa chaise pour faire face à Rheinhardt qui s'assit sur le lit.

— Je ne sais pas très bien par où commencer, balbutia le professeur.

Il desserra sa cravate et défit le bouton du haut de son gilet. Son grand front brillait de transpiration.

— J'ai des dettes. Voilà qui devrait vous amuser. Je suis physicien, excellent avec les chiffres… J'ai mis au point un système pour gagner à la roulette et, au début, cela n'a pas mal fonctionné. Pour finir, j'ai beaucoup perdu. Ma femme est très ambitieuse. Elle veut que nos filles fassent de beaux mariages. Mais cela coûte cher… les bals, les robes, les villes d'eaux.

Seeliger défit un autre bouton d'argent.

— Je suis responsable de la gestion d'un grand nombre de bourses d'études qui sont accordées par le biais du département des sciences à l'université. C'est ma femme qui a suggéré que j'emprunte un peu d'argent sur ces fonds afin de faciliter mes spéculations. Mes investissements n'ont pas été très heureux et j'ai bêtement continué à profiter de ma situation privilégiée. Un jour, j'ai reçu une lettre anonyme, une menace à peine voilée, qui me donnait des instructions pour rencontrer une personne sur le Prater. L'homme s'est présenté sous le nom de Gerd Kelbling. Il savait tout. J'ai d'abord cru que ma femme s'était montrée indiscrète. Elle est très proche de sa sœur et elles bavardent, comme toutes les sœurs. Mais mon épouse a été catégorique : elle n'avait soufflé mot de nos ennuis à personne.

Seeliger regarda le tuyau et fit la grimace.

— Qui était Gerd Kelbling ? demanda Rheinhardt.

— Pour moi, un étranger.

— Et qu'est-ce qu'il voulait ?

— Des documents.

— Quels documents ?

— Je ne suis pas libre de le révéler. Comprenez-moi, inspecteur, je ne suis ni évasif ni réticent à collaborer avec vous, mais je ne peux pas me montrer plus précis. J'ai travaillé à un projet pour le ministère de la Guerre et j'ai juré le secret.

— Vous pouvez le prouver ?

— Je suis en contact avec un haut fonctionnaire qui vous confirmera ce que je vous dis. Si sa parole ne vous suffit pas, vous pouvez monter plus haut au ministère. Enfin, si vous obtenez les autorisations nécessaires.

— Avez-vous fourni à Kelbling les documents qu'il réclamait ?

— Nous nous sommes de nouveau rencontrés sur le Prater. Hier matin, je lui ai remis des copies de documents falsifiés.

— Ne craigniez-vous pas que Kelbling ne vous démasque et ne continue de vous faire chanter ?

— Il aurait fallu qu'il soit un mathématicien hors pair, qu'il s'y connaisse en balistique, en chimie et qu'il maîtrise certains aspects de l'ingénierie.

— Kelbling ou celui qui l'emploie aurait fini par comprendre.

— Peut-être, mais je me disais que, d'ici là, j'aurais remboursé l'argent que j'avais escroqué.

— Vous espérez un héritage ?

— Non.

Seeliger se massa le front.

— Je suis en train de mettre au point un autre système… pour les jeux de cartes, cette fois. Il est plus ou moins basé sur les observations de d'Alembert.

— Qui ?

— Jean Le Rond d'Alembert, un mathématicien français du XVIIIe siècle. Il a découvert le théorème fondamental de l'algèbre et le test du rapport des vraisemblances.

Rheinhardt ne put s'empêcher de lever les yeux au ciel.

— À votre avis, Kelbling travaillait pour qui ?

— Je l'ignore, il parlait un allemand parfait. Cependant, quelque chose dans la mélodie de la phrase n'était pas tout à fait en place. J'ai supposé qu'il espionnait pour une puissance étrangère.

Rheinhardt offrit un cigare à Seeliger qui l'accepta. Ils fumèrent un instant en silence.

— Vous savez, dit soudain le professeur, le rêve de ma femme, c'est qu'un jour nos filles épousent des archiducs et des princes. Aujourd'hui, ça m'étonnerait.

Rheinhardt se pencha vers lui.

— Si vous dites la vérité, toute la vérité, et que vous rendiez l'argent que vous avez détourné, vous échapperez à l'incarcération. Enfin, si tout se passe bien. Et oui, vos filles ne danseront jamais avec des archiducs.

— Hmm ! Repartir de zéro.

— Et loin de Vienne. Les écoles de province ont toujours besoin d'excellents professeurs de mathématiques.

Seeliger regarda au loin et essuya une larme d'un geste gauche. Ses yeux brillants étaient sur le point de déborder.

46

Des rayons de lumière obliques filtraient par de hautes fenêtres à petits carreaux, éclairant des éviers en métal, des paillasses et des placards vitrés contenant des appareils scientifiques : éprouvettes, fioles coniques, vases à bec et brûleurs à gaz. Un lapin dans une cage mangeait des feuilles de chou. Rheinhardt, assis sur une table de laboratoire, passa les doigts à travers les barreaux et gratta la tête de l'animal.

— Moi aussi, je mangerais bien quelque chose.

Devant Rheinhardt était posé un petit carré en bois, découpé dans la porte de la fabrique Gallus et fils qu'il avait emportée. L'empreinte sanglante – noire sur la peinture verte – était protégée par une lamelle de verre pour microscope. Près du carré en bois, il y avait un bout de carton blanc sur lequel était imprimée l'empreinte du pouce droit d'Eduard Autenburg.

Autenburg, qui n'avait pas manqué de manifester sa colère, avait eu de quoi être contrarié. On l'avait livré à lui-même dans une cellule et Rheinhardt ne lui avait rendu visite que pour faire rouler son pouce sur un support imprégné d'encre, puis sur un bout de carton. L'éditeur s'était fâché.

— Je croyais que j'avais été arrêté pour un interrogatoire. Regardez l'état de mes mains. J'exige de l'eau et du savon !

Autour des deux empreintes étaient éparpillées des feuilles de *La Gazette de la police*, des pages couvertes de diagrammes qui ressemblaient à une vue plongeante sur des formations de rivières. Un en-tête les qualifiait de « caractéristiques des crêtes ». Il y avait aussi bon nombre de médaillons ovales avec des motifs en tourbillon étiquetés « boucle », « spire » et « arche ». Une grosse loupe était posée sur la couverture en toile d'un livre intitulé *Fingerprint Directories*, « Les empreintes digitales », par Francis Galton.

Le lapin frétilla du museau et se réfugia au fond de sa cage.

— Mon petit ami, le mystère s'épaissit.

— C'est à moi que vous parlez, monsieur ?

Rheinhardt sursauta et vit son assistant debout derrière lui.

— Bon sang, Haussmann, vous m'avez fait peur ! On ne vous a jamais appris à frapper avant d'entrer ?

— La porte était grande ouverte.

— Ce n'est pas une excuse. Et je ne vous parlais pas, je m'adressais…

— Au lapin, monsieur, répondit Haussmann, très pince-sans-rire. Herr Autenburg recommence à s'agiter. Il m'a traité d'« instrument fourvoyé de l'oppression ».

— En ce qui concerne le fourvoiement, il n'a peut-être pas tort. Venez ici, Haussmann. J'aimerais que vous étudiiez ça avec attention, en utilisant cette loupe.

Haussmann s'empara de l'instrument qu'il positionna au-dessus des deux empreintes.

— Vous comprenez l'idée générale ? Ces exemples tirés de *La Gazette de la police* devraient vous aider.

— Je dirais que les deux sont des spires, monsieur.

— Bien. Maintenant, vous comptez les crêtes en partant du centre. Arrêtez-vous à dix heures, quand vous aurez atteint la cinquième crête, notez la fourche. Le terme technique est « bifurcation ». Comparez les deux.

— Elles semblent identiques.

— Comptez trois crêtes à partir du centre. À onze heures, la troisième crête est connectée à la quatrième par un petit pont. Qui s'appelle « pont ».

Haussmann allait d'un spécimen à l'autre.

— Là encore, elles sont similaires, monsieur.

— À six heures, vous atteignez la dernière crête. Vous voyez comment elle se divise et se referme plus loin ?

— Ah oui ! monsieur.

— Le terme technique est « îlot ».

Haussmann releva la tête et sourit.

— Les mêmes !

— Inutile que je continue, Haussmann. Vos conclusions corroborent-elles les miennes ?

— Autenburg se trouvait à la fabrique Gallus et fils.

— Ça ne fait aucun doute.

— Aucun doute, monsieur ?

D'un geste, Rheinhardt désigna les diagrammes et les illustrations.

— Les preuves sont accablantes. Chaque empreinte digitale est unique.

Ils se retournèrent en entendant frapper. Un agent se tenait sur le seuil de la porte.

— Vous voyez, Haussmann, dit Rheinhardt, lui, il a frappé. Une coutume universellement répandue chez les gens civilisés.

L'agent s'avança. Il était nouveau, et très nerveux.

— Inspecteur Rheinhardt ?

— Oui.

— Des gens vous attendent dans votre bureau, un homme et une femme, quelque chose à propos d'un fou, ils sont bouleversés.

— Qui sont-ils ?

— Je l'ignore, l'officier de service n'a pas précisé.

— Qui les a introduits dans mon bureau ?

— Pas moi, monsieur.

Le jeune agent s'inclina si vite qu'on aurait dit un poulet qui picore et il rebroussa chemin. Sa disparition fut suivie de l'écho de ses pas qui se précipitèrent en une course.

— Il est loin, monsieur.

Rheinhardt releva la tête, croisa le regard de son assistant et poussa un très gros soupir.

47

Rheinhardt découvrit Herr Bok et Fräulein Mugosa assis devant son bureau. À son arrivée, ils bondirent de leurs sièges. Herr Bok portait un long manteau à revers en velours et il se cramponnait à une canne. Il semblait prospère, mais son air de saine respectabilité était gâché par la fluorescence bleu-violet qui entourait son œil droit. Sa compagne pinçait les lèvres et fronçait les sourcils.

— Inspecteur Rheinhardt, beugla Bok, vous m'aviez laissé entendre que Globocnik avait été hospitalisé.

— C'était vrai lors de notre dernier entretien.

— Cela ne l'est plus.

— Calmez-vous, Herr Bok, je vous en prie.

Rheinhardt agita la main pour tenter de leur faire regagner leurs chaises.

— Cet homme est dément. Et dangereux. Regardez mon œil !

— Au beurre noir, il me semble.

— Il m'a pris par surprise, sinon…

Bok resserra son poing sur un ennemi invisible.

— Je vais prendre votre déposition.

— Ça servira à quoi, inspecteur ? Vous perdez un temps précieux. Vous devez sortir d'ici… (Il donna un coup de canne en direction de la fenêtre) et l'attraper.

Fräulein Mugosa sortit un mouchoir et se tamponna la joue.

— Il m'a insultée. Il m'a traitée de…

Un sanglot empêcha Rheinhardt d'entendre la fin de la phrase.

— Ne t'inquiète pas, ma chérie, intervint Bok, cela n'arrivera plus, n'est-ce pas, inspecteur ?

— Globocnik vous a attaqué ?

Bok et Fräulein Mugosa tapèrent du pied en même temps.

— Vous êtes sourd ou quoi ? s'écria Bok. Hier soir, Fräulein Mugosa et moi-même finissions notre comptabilité, nous avons quitté mon entreprise vers neuf heures. Nous traversions la cour quand Globocnik, qui s'était caché derrière des caisses, a jailli comme un diable de sa boîte. Il m'a donné un coup de poing et il a insulté Fräulein Mugosa. Avant que j'aie pu l'attraper, il est parti en courant, sautant et riant comme un damné. Il est fou à lier.

— Je croyais que le traitement de Globocnik avait été couronné de succès.

— On vous a mal informé, inspecteur, et cela ne me surprend pas. J'ai rencontré son médecin, un jeune insolent du nom de Liebermann. Il a pris rendez-vous avec moi pour me poser des questions idiotes. Et maintenant, qu'allez-vous faire à propos de Globocnik ? Vous devez réagir avec fermeté ! Nous voulons des garanties.

— Je regrette beaucoup, mais je ne peux vous en donner aucune.

— Hein ?

Au comble de la frustration, Bok leva sa canne avant de la reposer, mais son extrémité avait égratigné les phalanges de Rheinhardt.

— Vous représentez la police et il est de votre devoir de nous protéger. Si vous n'y parvenez pas, je me verrai dans l'obligation d'enregistrer une plainte au plus haut niveau.

Bok jeta un coup d'œil à Fräulein Mugosa qui lui adressa un sourire satisfait.

— Eh bien, inspecteur ?

— Je ne peux assigner un agent à votre seule protection. Nous n'en avons pas les moyens.

— Alors, vous devez enfermer ce gredin.

— Nous garderons l'œil sur lui.

— Ce n'est pas suffisant !

— Nous n'avons rien d'autre à vous proposer. Merci de nous avoir signalé cet incident, il sera noté dans nos registres.

Rheinhardt tendit la main et Bok la prit dans la sienne.

— Vous ne ferez rien de plus ?

— Non, pas pour l'instant.

Quand Bok voulut se dégager, Rheinhardt resserra son emprise.

— Inspecteur ?

Bok avait l'air inquiet. Fräulein Mugosa perçut la note d'angoisse dans la voix de son compagnon et se tourna vers lui. Le gros homme grimaça et laissa échapper un cri de douleur.

— Inspecteur ! Lâchez-moi ! Qu'est-ce que vous faites ?

Rheinhardt libéra Bok.

— Je vous disais adieu.

Bok leva un doigt.

— Ne me prenez pas pour un idiot, inspecteur. Vous l'avez fait exprès.

— Je ne vois pas de quoi vous voulez parler. Herr Bok, Fräulein Mugosa, je vous souhaite une bonne journée.

Rheinhardt s'inclina et claqua les talons. Quand Bok atteignit la porte, il hésita, déstabilisé, et se retourna vers l'inspecteur.

— Bonne journée, répéta Rheinhardt.

— Que se passe-t-il ? demanda Fräulein Mugosa.

— Rien, répondit Bok. Viens.

Il semblait perdu et ébranlé.

La porte se referma et Rheinhardt s'assit derrière son bureau. Il ouvrit un tiroir pour y prendre une souris en massepain, confectionnée par Mitzi avec l'aide de sa mère. Un cadeau. Il s'adressa au petit museau pointu :

— Je ne suis pas psychiatre. Cependant, il paraîtrait que le traitement de Herr Doktor Liebermann ait été très efficace.

Il mordit dans la souris et son palais fut envahi d'arômes de vanille, d'amande, d'abricot et d'une touche de citron. La douceur du massepain égalait celle de sa satisfaction quand il se rappelait le couinement affolé de Bok et sa sortie piteuse.

48

La pièce sans fenêtre au sous-sol du poste de police de Schöttenring était éclairée d'une ampoule nue. La lumière sinistre et insuffisante fatiguait les yeux et projetait des ombres vagues sous les trois chaises disposées en triangle. Sur le mur en face de la porte était accroché un portrait de l'empereur. Il s'agissait d'une photographie qui montrait une incarnation beaucoup plus jeune de Sa Majesté : des cheveux épais, un nez fort, des favoris se détachant sur la veste militaire très claire avec un haut col brodé. Le jeune empereur regardait au loin de ses yeux perçants et brillants. Une fois qu'il se rendait au bureau du grand chambellan au palais, Rheinhardt avait croisé François-Joseph par hasard, et il avait eu l'occasion d'étudier ce fameux regard. Les yeux de l'empereur étaient très clairs et très bleus. Cette expérience l'avait impressionné.

— Je veux parler au commissaire.

En entendant la voix d'Autenburg, Rheinhardt fut rappelé à la réalité.

— Vous m'avez soumis à un traitement indigne et je me plaindrai, tempêta l'éditeur.

— Asseyez-vous, Herr Autenburg, je vous en prie.

— J'ai l'intention de décrire par le détail votre attitude lamentable. Cela donnera une impression fâcheuse des services de la Sûreté.

— Je regrette que votre détention se soit passée en isolement. Je vous assure que telle n'était pas mon intention. Malheureusement, j'ai été fort occupé depuis votre arrestation. Les obligations de la police. Inutile de préciser que je suis très impatient de poursuivre notre entretien.

— Je veux voir ma femme. Pourquoi ne l'avez-vous pas autorisée à me rendre visite ?

— Je crains que votre femme n'ait pas demandé à vous voir, Herr Autenburg.

— Est-ce que… elle va bien ?

— Je l'ignore. Si vous désirez lui faire parvenir un message, on devrait pouvoir s'arranger.

— Elle ne s'est pas inquiétée pour moi ?

— Non, je suis désolé. Et maintenant, regagnez votre siège, Herr Autenburg, afin que nous reprenions notre conversation.

Autenburg s'assit sur sa chaise, grommelant des paroles inaudibles et soufflant comme un bœuf. Rheinhardt et Haussmann firent de même, mais avec plus de discrétion. Un grésillement dû à une baisse de tension électrique leur fit lever la tête, puis la lumière redevint normale.

Rheinhardt se pencha en avant.

— Herr Autenburg, la répétition des questions auxquelles vous avez déjà répondu ne manquera pas de vous énerver encore davantage, mais je suis dans l'obligation de vous les poser à nouveau. Avez-vous rencontré Angelo Callari, l'homme que j'ai déjà mentionné, qui se faisait appeler Tab et fréquentait *Les Ours dorés* ?

— Non, je ne connais pas ce… Callari.

— Ce nom ne vous est pas du tout familier ?

— Absolument pas.

— On a retrouvé son corps dans une fabrique de pianos abandonnée à Favoriten. Il avait reçu une balle en pleine tête avant d'être défiguré avec de l'acide.

Le visage d'Autenburg ne trahit aucune émotion.

— Vous êtes-vous déjà rendu à la fabrique de pianos Gallus et fils ?

— Jamais.

— Vous êtes sûr ?

— Sûr et certain. Qu'est-ce que j'aurais été faire dans une fabrique de pianos ?

— Et vous ignorez tout d'Angelo Callari ?

— Oui.

Rheinhardt se tourna vers son assistant.

— Vous entendez ça, Haussmann ?

— Oui, monsieur. Il affirme qu'il ne sait rien.

— Et il en est certain.

— Il se montre catégorique, monsieur.

Rheinhardt changea de position et se concentra sur Autenburg. Le grésillement reprit, mais les deux hommes ne se laissèrent pas distraire. Quand Rheinhardt s'adressa à l'accusé, il détacha chaque syllabe.

— Herr Autenburg, je vous prie de considérer votre situation avec la plus grande attention.

L'éditeur se mit à transpirer. Il ôta un mouchoir de sa poche, nettoya ses lunettes, fit mine de remettre en place une mèche de cheveux tout en s'essuyant le front d'un geste furtif. Quelques secondes après, son front luisait de plus belle.

— Herr Autenburg, dit Rheinhardt sur le ton de la confidence, nous pensons que vous étiez présent à la fabrique quand Callari a été tué.

— Ne soyez pas ridicule ! Vous avez des preuves ?

Rheinhardt fredonna tout en se renversant en arrière sur son siège.

— Vu la façon dont les choses se présentent, je parierais que vous allez vous retrouver accusé des meurtres d'Angelo Callari et d'Axl Diamant. À mon avis, vos chances d'échapper à la peine de mort sont nulles.

— Je n'ai assassiné personne !

— Auquel cas, vous feriez mieux de nous dire la vérité.

Rheinhardt avait élevé la voix et son avertissement résonna dans l'espace confiné.

— Je n'ai pas tué Diamant ! Il est exact que nous nous sommes querellés et j'ai été assez stupide pour le saisir par le cou. Mais il n'a jamais été en danger. C'était un homme vigoureux et un duelliste aguerri. Quant à moi, je ne suis pas le genre qui se bat. Je n'aurais jamais eu le dessus. C'est absurde de suggérer que j'aurais pu lui trancher la gorge, même si je l'avais voulu. Il avait d'excellents réflexes. Je l'ai vu s'en prendre à une bande de nationalistes et les assommer à tour de rôle. Ils n'ont rien compris à ce qui leur arrivait.

— Et Callari ?

— Je vous répète que je ne l'ai jamais rencontré.

— Herr Autenburg, je vous serais reconnaissant de cesser de me prendre pour un imbécile. Cela devient fastidieux.

Autenburg se claqua la cuisse.

— Je n'ai pas eu le plaisir de faire la connaissance du *signor* Callari. Quant à cette fabrique de pianos… Ça suffit, ces intimidations, inspecteur. Où est votre témoin ?

— Je l'ai en face de moi.

— Pardon ?

— Vous êtes mon témoin. Vous vous êtes trahi malgré vous.

Rheinhardt regarda la main d'Autenburg se lever vers sa bouche. Ses dents se refermèrent sur un ongle et il mordit dans la kératine à deux reprises, produisant un petit bruit sec.

— Je vous soupçonne d'avoir ôté le manteau de Callari, poursuivit Rheinhardt. C'est là que vos mains ont été maculées de sang. Vous avez été dérangé, un chien a aboyé, vous avez entendu des hommes qui discutaient ou une carriole qui s'est arrêtée dans la rue, et vous vous êtes précipité vers l'arrière de la fabrique avec vos complices. En sortant, vous avez touché la porte et vous avez laissé l'empreinte de votre pouce droit sur la peinture.

Autenburg laissa retomber son bras et un sourire se forma sur ses lèvres.

— Maintenant je comprends à quoi correspondait ce manège avec l'encre et le papier tôt ce matin.

Il eut un rire hystérique

— Vous avez découvert que mon empreinte et celle de la fabrique sont plus ou moins similaires.

— Elles sont identiques, Herr Autenburg.

— Et cela prouve quoi ?

Il fixa son pouce.

— Il y a des centaines, non, des milliers de gens qui partagent les mêmes empreintes. Ouvrez une encyclopédie quelconque sur l'occultisme, cherchez le chapitre sur la chiromancie et examinez les diagrammes avec attention. Vous y découvrirez tout ce que les mains humaines ont en commun, des caractéristiques universelles : les lignes de la tête, du cœur, de la vie et de la destinée, les monts et les vallées, les croix, les grilles, les étoiles et les tridents.

— Sauf votre respect, Herr Autenburg, les encyclopédies sur l'occultisme ne nous aideront pas à résoudre cette affaire. Il vaudrait mieux, dans le cas qui nous intéresse, consulter les articles des scientifiques sur la reconnaissance biométrique. Des hommes comme Galton ou Henry. L'utilité des dactylogrammes a été prouvée. Chaque empreinte est unique. Vous étiez à la fabrique de pianos Gallus et fils la nuit où Callari a été tué. Voilà une donnée irréfutable. Et plus vous vous obstinerez à mentir, plus vous préviendrez le système judiciaire contre vous. Allons, Herr Autenburg, soyez raisonnable. Vos stratagèmes ne vous serviront à rien.

Autenburg baissa la tête.

— Je n'ai pas abattu Callari.

— Alors qui ?

Il s'ensuivit un long silence, interrompu de temps à autre par les grésillements. Puis Autenburg murmura :

— Jusqu'à quel point êtes-vous prêt à… négocier ?

— Cela dépendra de l'intérêt que votre collaboration représente pour nous.

— J'aurai besoin de faux papiers, d'une nouvelle identité et d'un endroit sûr où me terrer.

— Vous êtes nombreux à réclamer un traitement spécial, Herr Autenburg.

— Et vous l'accordez souvent ?

— Si l'information mérite la clémence, oui.

Autenburg réfléchissait. Il enveloppa son poing de son mouchoir, le libéra, recommença. Cet exercice semblait destiné à relâcher la tension qui l'habitait.

— Si je vous dis la vérité, je suis un homme mort. Je serai emprisonné, je purgerai ma peine et, à la sortie, je serai exécuté. Si on ne me donne pas de faux papiers et un lieu où m'exiler, je suis fini.

Rheinhardt jeta un coup d'œil à la photographie de François-Joseph.

— L'Empire est vaste. Marienbad, Przemyśl, Split, Trente. Pécs, Kronstadt, Ivano-Frankivsk. Des étendues désertiques, des marais salants, un nombre incalculable de cols de montagne. Peut-être pourrions-nous passer un accord avec l'armée. La garnison stationnée dans le sandjak de Novi Pazar doit générer un tas de formalités administratives à remplir. C'est en dehors des sentiers battus et même l'assassin le plus enthousiaste aurait du mal à s'y rendre.

— Le sandjak de Novi Pazar ? s'enquit Haussmann.

— Pas maintenant, Haussmann.

Rheinhardt se pencha vers son interlocuteur.

— Qui a exécuté Angelo Callari ?

— C'était un traître.

— Qui a-t-il trahi ?

— Le mouvement…

— Quel mouvement ?

— Nous sommes un collectif international, qui se consacre à l'éradication de la pauvreté et à la promotion de l'égalité pour tous.

— Des activistes, en somme.

— Est-ce répréhensible de poursuivre un idéal élevé, inspecteur ? De ressentir de la compassion pour les défavorisés ?

— Callari, Herr Autenburg.

— Il vendait des informations à l'Okhrana, la police secrète russe.

— Quelles informations ?

— Des noms, des adresses, tout ce qu'il pouvait glaner. Les Russes sont des mécènes généreux, ils veillaient à l'entretenir et à satisfaire son goût pour les orgies et les séances de fouet. Partout où allait Callari, on était sûr d'avoir des ennuis. Il croyait pouvoir convaincre un jury d'honneur de son innocence tout en continuant à toucher les prébendes de l'Okhrana. Il avait tort.

— Trois chaises faisaient face à Callari dans la fabrique et vous occupiez l'une d'elles. Qui étaient les deux autres personnes ?

Autenburg caressa sa barbe à la Van Dyke d'une main tremblante.

— Inspecteur, vous ne m'avez toujours pas donné d'assurance sur les mesures qui seront prises pour garantir ma sécurité.

— Nous tiendrons compte de votre bonne volonté.

— Ce n'est pas très réconfortant.

— Au point où vous en êtes, ce serait de la folie de faire marche arrière, Herr Autenburg. Je ne saurais trop vous conseiller de poursuivre.

Le corps d'Autenburg s'affaissa.

— Les deux autres, dont mon supérieur direct, étaient des responsables de haut niveau.

— Comment s'appelle votre supérieur direct ?

— C'est une femme.

Il hésita, grimaça tandis qu'il s'efforçait de surmonter ses scrupules.

— Vala Feist. Elle vit près des réservoirs à gaz. Ce n'est pas elle qui a exécuté Callari, mais le troisième membre de notre jury. Je ne peux pas vous donner son nom parce que je ne le connais pas. C'est un vétéran de notre mouvement. Son nom de code… Méphistophélès.

Le visage de Haussmann exprimait un scepticisme mêlé d'amusement. La théâtralité du pseudonyme qui évoquait le mélodrame et le burlesque ne l'impressionnait guère. Cela lui évoquait des coulisses où se cachait un homme portant une cape et un chapeau haut de forme, et qui sortait de l'ombre pour s'avancer sur scène en pleine lumière. Quant à Rheinhardt, il fut surpris de constater que les traits de l'éditeur étaient déformés par la terreur, comme s'il venait de prononcer une incantation magique capable de faire surgir une manifestation de l'enfer.

— Pouvez-vous nous faire une description de ce… Méphistophélès ? demanda Rheinhardt, vaguement gêné.

— Non.

Autenburg semblait au plus mal.

— Pourquoi pas ?

— Parce qu'il portait une cagoule. Peu de gens dans l'organisation connaissent son vrai visage.

Rheinhardt fronça les sourcils.

— Pour quelle raison Méphistophélès a-t-il tué Gerd Kelbling ?

— Qui ?

— Gerd Kelbling. Les balles qui ont tué Callari et Kelbling étaient du même calibre, du même poids, et présentaient les mêmes déformations. Un cas assez exceptionnel.

Autenburg secoua la tête.

— Je n'ai jamais entendu parler de Gerd Kelbling.

— Peut-être l'avez-vous connu sous un autre nom ? Il était descendu à l'hôtel *Beatrix* où il espionnait le Pr Seeliger, un physicien qui donne des cours à l'université.

— Je ne connais pas ces hommes.

— Et le *Beatrix* ?

Autenburg s'obstina dans ses dénégations. Tout en tortillant les bouts de sa moustache, Rheinhardt plissa les yeux d'un air soupçonneux.

— Inspecteur, plaida Autenburg, vous n'allez tout de même pas m'impliquer dans un troisième meurtre ?

49

Le Pr Freud avait écouté avec beaucoup d'attention le récit du traitement de Herr Globocnik, levant le doigt quand il avait une question à poser. Ces interruptions avaient été limitées et toujours justifiées. Le reste du temps, il était demeuré silencieux, fumant des cigares et jouant avec les statuettes africaines sur son bureau. Quand Liebermann termina son exposé, Freud l'observait à travers un brouillard ambré.

— *Pseudologia fantastica*.

Freud avait prononcé ces mots comme si chaque syllabe en était succulente.

— Quand vous aurez mis un peu d'ordre dans vos notes, poursuivit-il, peut-être pourriez-vous présenter votre patient aux soirées du mercredi de notre Société psychologique ?

— Avec joie, dit Liebermann.

Freud lui offrit un cigare.

— Ils sont très bons, boisés avec des arômes anisés.

— Merci.

Liebermann se servit dans la boîte et alluma son havane.

— Je me demande, reprit Freud, dans quelle mesure la dynamique du triangle amoureux tel que vous l'avez décrit représente une nouvelle démonstration de ce qui est maintenant connu comme un thème sophocléen. Ce drame s'est-il enraciné dans un conflit irrésolu remontant au berceau ? Ce petit employé désirait-il tuer le propriétaire de l'usine parce qu'il l'avait associé à une figure paternelle autoritaire ? La coquette ressemblait-elle à sa mère ? Et y avait-il un lien entre l'arme choisie par l'offensé – un coupe-papier, donc une lame – et une crainte de la castration ? Malheureusement, nous ne le saurons jamais. Les techniques de suggestion de Charcot et Janet, bien qu'utiles, ne nous donnent que peu de renseignements sur la cause ultime. Cependant, le matériau que vous nous apportez fournira matière à des débats profitables, j'en suis persuadé.

Liebermann, ne parvenant pas à déterminer si Freud venait de le complimenter ou de le critiquer, s'empressa de changer de sujet. Un livre retourné ouvert sur le bureau était posé près d'un encrier. *Psychologie des foules*.

— Vous lisez Le Bon ? fit observer Liebermann nonchalamment.

Freud acquiesça et la sensation de malaise se dissipa.

— J'admire son travail, déclara Freud en tapotant la couverture toilée de l'ouvrage. Nous connaissons l'inconscient grâce à des informations indirectes : l'interprétation des rêves, les lapsus, les trous de mémoire… Cependant, ces moyens sont mal étayés, leur portée est limitée. En conséquence de quoi, j'ai exploré d'autres possibilités, des phénomènes qui pourraient nous offrir un nouvel éclairage sur la vie mentale. J'accorde depuis peu une attention particulière au comportement des foules.

Freud marqua une pause et prit une statuette qu'il plaça sur la couverture du livre. C'était une effigie en bois à tête de faucon.

— Le Bon suggère que les qualités spécifiques qui distinguent un individu se fondent dans le comportement d'un groupe. Les différences sont annihilées. La superstructure de la personnalité disparaît et les fondations de l'inconscient, partagées par tous, sont ainsi exposées.

Il plaça un nain brachycéphale près de la première statuette et d'autres représentations prirent le même chemin.

— Une fois absorbé par le groupe, l'individu se sent invincible. Il cède à des instincts qu'en temps normal il s'efforcerait de contrôler. Il devient anonyme. Son sens de la responsabilité s'efface. Il est impulsif, moins réfléchi. Par la simple absorption par le groupe, un homme descend plusieurs échelons sur l'échelle de la civilisation. Isolé, il est peut-être une personne cultivée. Il se métamorphose en barbare, en créature animée par des instincts primaires dans la foule qui est vengeresse, inconstante, prédisposée aux réactions extrêmes, et peut vite se transformer en une masse assoiffée de sang.

— Croyez-vous, s'enquit Liebermann, que la psychologie de Le Bon s'applique aussi aux mouvements politiques ?

— Bien sûr, répondit le professeur. Les politiciens sont de grands simplificateurs, ils font appel aux sentiments troubles du public qui doivent plus aux préjugés qu'à la rationalité. Ils sont épaulés par ceux qui les suivent, poussés par des vagues d'émotions. Oui, un parti politique est une foule d'un type un peu particulier.

Liebermann remarqua que plusieurs statuettes étaient maintenant rangées sur la couverture du livre de Le Bon. Tout en discutant, Freud avait inconsciemment construit sa propre assemblée. Le professeur, comprenant qu'il avait suscité une image pour accompagner ses pensées, eut un geste embarrassé.

— Souvent, ce sont les hommes les plus désireux d'améliorer le sort de leurs concitoyens qui causent le plus grand mal, observa Liebermann.

Le professeur prit un vautour en bronze et le leva à la lumière pour mieux l'examiner.

— Le nationaliste clame ses viles calomnies tout en pensant qu'il est en train d'améliorer et de purifier le monde. Quand l'anarchiste jette une bombe, il est convaincu qu'il nous débarrasse de l'oppression et de la pauvreté. En réalité, il est la proie de son inconscient.

Freud fit de la place sur le livre et sourit à son jeune ami.

— C'est l'histoire de Mandelbaum qui va voir son médecin Zingel. Zingel feuillette les résultats des analyses de Mandelbaum, regarde par-dessus ses lunettes et annonce qu'il a une bonne et une mauvaise nouvelle. « Commencez par la bonne », dit Mandelbaum. Zingel hoche la tête. « Très bien. La bonne nouvelle, c'est que vous n'êtes pas hypocondriaque. »

Liebermann rit, mais il était préoccupé par la politique et les statuettes que Freud avait rassemblées sur la couverture du livre.

50

Rheinhardt essuya la buée de la vitre de la voiture et guigna vers les quatre grosses tours rondes des réservoirs à gaz, des constructions en briques rouges à coupole ajourée et coiffées d'une structure métallique en forme de lanterne. Il y avait quelque chose de menaçant dans ces énormes édifices qui appelaient un accompagnement musical sombre et wagnérien. La *Marche funèbre de Siegfried* ? Rheinhardt en fredonna les premières mesures et entendit l'orchestration, les rafales menaçantes de cordes dans les graves, les coups de poignard des cuivres et des timbales.

Un peu plus loin, Rheinhardt demanda au cocher de s'arrêter.

L'air était malsain. Il marcha le long du canal et observa un plumet de fumée noire sortant d'une haute cheminée, puis il avisa son assistant qui attendait, caché derrière la baraque d'un vendeur de rue.

— Bonjour, monsieur.

— Bonjour, Haussmann.

— Elle est partie tôt, s'est absentée pendant une heure environ et elle est rentrée il y a une dizaine de minutes, un panier rempli de provisions à la main.

— Quelqu'un d'autre vit dans la maison ?

— Je ne le pense pas.

Rheinhardt étudia le pâté de petites habitations branlantes de l'autre côté de la rue. Elles avaient été bâties et orientées n'importe comment, la plupart étaient flanquées d'appentis appuyés à des murs sans fenêtres. Une vision désagréable.

— On y va ! fit Rheinhardt.

Ils sortirent de derrière la cabane et se dirigèrent vers une maison basse, dont la façade aurait eu besoin d'être refaite. L'humidité et les cloques sur le crépi lépreux avaient à peu près effacé la peinture. Rheinhardt frappa à la porte. Une femme leur ouvrit. Elle portait une chemise à haut col, une jupe marron. Ses cheveux gris étaient ramassés en chignon sur le sommet de la tête. À première vue, sa silhouette élancée donnait l'impression d'une femme encore jeune, mais à y regarder de plus près, les rides au coin des yeux et au-dessus de la lèvre supérieure suggéraient qu'elle était beaucoup plus vieille.

— Fräulein Feist ? s'enquit Rheinhardt.

— Oui ?

— Je suis l'inspecteur Oskar Rheinhardt et voici mon assistant, Haussmann.

— Bureau de la Sûreté ?

— Oui. Nous aimerions vous poser quelques questions.

— À moi ? s'étonna-t-elle en posant une main sur sa poitrine plate.

— À vous.

— Très bien, entrez. Par ici, je vous prie. Le jeune officier peut-il refermer la porte derrière lui ? Merci.

Elle les mena dans un salon qui sentait le moisi et leur offrit de s'asseoir à une table.

— Je vais faire du thé.

— Ce ne sera pas nécessaire, dit Rheinhardt.

— Si, si.

— Excusez-nous, mais…

— Vous êtes mes invités, l'interrompit Feist.

Elle disparut dans la cuisine adjacente. Ils entendirent un cliquetis d'assiettes et de couverts et une bouilloire qui sifflait. Quand Feist réapparut, elle portait un plateau chargé de vaisselle qu'elle disposa sur la table.

— Je reviens.

Elle s'éclipsa de nouveau et Haussmann se pencha vers son supérieur.

— Nous aurait-on joué un tour, monsieur ?

Rheinhardt émit un grognement pensif.

— Pourquoi Autenburg nous aurait-il menti ?

— Je l'ignore, monsieur.

Haussmann haussa les épaules.

— Cet environnement… (Il dessina un cercle au-dessus de sa tête) ne semble pas très prometteur.

Feist revint avec un gâteau aux noix qu'elle posa près de la théière et qu'elle entreprit de couper.

— Il s'agit d'une vieille recette. Peut-être grecque.

Rheinhardt fut distrait par le parfum de la tranche dorée qui atterrit sous ses narines. Quant à Haussmann, il fut saisi d'un bref accès de toux.

— Puis-je vous demander depuis combien de temps vous vivez dans cette maison ? s'enquit Rheinhardt.

— Oh ! deux ou trois ans. J'ai déménagé alors qu'ils finissaient de construire les réservoirs de gaz.

— Et avant, où viviez-vous ?

— Dans le seizième arrondissement.

Elle versa le thé.

— J'ai toujours vécu seule, le nez dans les livres. Je n'ai jamais compris pourquoi cela pouvait sembler démodé, et guère valorisant. Votre gâteau…

— Merci, dit Rheinhardt en prenant sa fourchette.

La pâte était légère, avec des morceaux de noix qui craquaient sous la dent.

— Vous avez une occupation, Fräulein Feist ?

— J'ai eu la chance d'hériter une somme d'argent de mon père. Pas très importante, suffisante cependant. Je suis une ménagère économe. La prudence est une vertu méprisée, à tort, selon moi.

Elle goûta un morceau de pâtisserie et hocha la tête d'un air satisfait.

— J'enseigne à temps partiel dans une école maternelle. Et je suis parfois employée dans des institutions charitables pour du secrétariat.

— Dites-moi, Fräulein Feist, le nom d'Autenburg vous dit-il quelque chose ?

Elle cessa de mâcher.

— Oui, tout à fait. Autenburg l'éditeur ?

— Vous le connaissez ?

— Je n'irais pas jusque-là, je l'ai rencontré en novembre dernier. Il donnait une conférence publique sous le patronage de l'Alliance pour l'éducation socialiste et l'Association d'intérêt public des femmes autrichiennes. Herr Autenburg a abordé le thème des réformes politiques, évidemment. Tout bien considéré, cette causerie assez austère avait attiré pas mal d'auditeurs. La salle n'est vraiment pleine que lorsque l'orateur invité est une actrice ou un chanteur célèbre. Herr Autenburg a été assez aimable pour faire don de certaines de ses publications à la bibliothèque de l'Alliance.

— Vous avez déjà rencontré l'épouse de Herr Autenburg ?

— Oui, elle est… (Feist se reprit :) Je ne voudrais pas colporter des commérages.

— Qu'alliez-vous dire, Fräulein Fest ?

— C'est un personnage assez extravagant, voilà tout.

Elle sourit.

— Vous aimez mon gâteau, inspecteur ? Pas trop sucré ?

— Il est très bon, sucré juste ce qu'il faut.

Feist s'adressa à Haussmann.

— Et vous, jeune homme, qu'en pensez-vous ?

Haussmann pencha la tête.

— Il est parfait.

— L'Alliance pour l'éducation socialiste… reprit Rheinhardt.

— Oui, inspecteur ?

— À l'une de ces conférences publiques, avez-vous rencontré un Italien du nom d'Angelo Callari ?

Feist leva sa tasse et but une gorgée de thé.

— Callari. Ce nom m'est familier.

Elle ouvrit de grands yeux.

— Mais oui, j'ai lu ce qui lui était arrivé dans le journal. Callari. Est-ce qu'il n'a pas été… (Sa voix descendit dans les graves) assassiné ?

— C'est ça, acquiesça Rheinhardt.

— Un bon à rien, c'est ainsi qu'il était décrit. Je ne m'associe pas avec ce genre de personne, inspecteur. Et qu'est-ce qui vous fait croire qu'un homme comme lui aurait pu assister à une conférence publique ?

— Il s'intéressait au socialisme. Nous savons qu'il a participé à des soirées organisées par Clement Kruckel.

— Vraiment ? Clement Kruckel ? Je lisais ses articles, il y a longtemps de cela. Amusant mais assez amer, il me semble. Sa hargne nuisait à ses arguments, qui étaient toutefois assez persuasifs et bien présentés.

Feist vida sa tasse.

— Inspecteur, je ne comprends pas très bien pourquoi vous me posez toutes ces questions. J'ai le sentiment qu'il y a un malentendu quelque part.

Rheinhardt avala sa dernière bouchée de gâteau et s'essuya la bouche avec une serviette.

— Excellent. Surtout la texture, savoureuse mais pas trop lourde.

Il pinça les pointes de sa moustache.

— Parlez-moi de Méphistophélès.

Feist le fusilla du regard.

— C'est une plaisanterie ?

— Non, il s'agirait plutôt d'un nom de code.

Feist rit. C'était plutôt agréable, cet éclat de rire chez une personne aussi desséchée.

— Vraiment, inspecteur, Méphistophélès ! Celui de Faust ou celui des contes de fées ? Je ne fraie ni avec les bons à rien ni avec le démon. Voulez-vous une deuxième tranche de gâteau ?

— Non, je vous remercie.

Il se tapota l'estomac avant de se lever.

— Désolé, mais je vais être dans l'obligation d'abuser de votre hospitalité, Fräulein Feist. Il faut que je perquisitionne votre maison.

— Vous êtes sûr ?

Feist n'en revenait pas.

— Que cherchez-vous donc ? Ma chambre est en haut et j'ai aussi un petit bureau où j'écris et garde mes livres. Je ne possède pas grand-chose et vous en aurez vite terminé. Pendant que vous montez à l'étage, je vais débarrasser la vaisselle.

Elle commença à charger le plateau.

— L'escalier est près de la porte.

Rheinhardt fit signe à Haussmann de ne pas bouger. Puis il traversa la pièce et grimpa une volée de marches en bois. La chambre de Feist contenait un pot de chambre décoré de motifs floraux caché sous le lit, une penderie et un lavabo. Il ouvrit la penderie et étudia les vêtements : un manteau, quelques corsages démodés et plusieurs jupes brunes ou grises en tissus résistants. Depuis son arrivée, il s'était accoutumé à l'air pollué de la localité. On s'habituait vite à l'odeur. Mais quand il ouvrit l'armoire, une nouvelle puanteur l'assaillit qui lui rappela les égouts. Tel un limier en chasse, il découvrit que l'origine de ces relents désagréables était le manteau de Feist. Perplexe, il referma le meuble. L'absence de coiffeuse n'avait rien d'étonnant. Il sortit de la chambre et pénétra dans une petite bibliothèque où il trouva du papier, de l'encre et des porte-plumes. Rheinhardt jeta un coup d'œil aux livres et fut impressionné par l'étendue des lectures de Feist. Cela allait d'Homère et Aristote à la philosophie, la chimie, la géologie et les mémoires politiques. Sans compter Hugo, Zola, et même des romans populaires. Rheinhardt retourna au salon.

— Où est Fräulein Feist ?

Haussmann se leva.

— Au cellier.

— Pourquoi ?

— Elle a dit qu'elle avait besoin de bois pour le poêle.

Les deux hommes s'approchèrent d'une porte ouverte et fixèrent des marches en béton qui disparaissaient dans une semi-pénombre. Ils ne percevaient aucun bruit. Haussmann voulut descendre. Rheinhardt l'arrêta en l'attrapant par la manche. Leurs regards se croisèrent. Rheinhardt appela :

— Fräulein Feist ?

— Juste un instant, inspecteur.

L'assistant sourit.

— Vous voyez, il n'y a pas de quoi s'inquiéter.

Des pas précédèrent l'apparition de Feist au bas de l'escalier. L'ovale pâle de son visage semblait flotter dans l'obscurité. Puis il sembla à Rheinhardt qu'il observait les vestiges d'un interminable cauchemar. Feist arma son bras qu'elle projeta en avant, sa main s'ouvrit, Rheinhardt distingua une trajectoire floue et Feist disparut.

— Haussmann ! hurla Rheinhardt en poussant son assistant loin de la porte tout en tournant les talons. Il avait à peine fait deux pas que la grenade heurtait la première marche. L'explosion le souleva de terre.

51

Le noir. Et une sonnerie aiguë.

Rheinhardt ouvrit les yeux. Il était à plat ventre sur une surface dure. Des morceaux de verre formaient des motifs sur le plancher.

Où suis-je ?

Il tourna la tête. Le sifflement augmenta d'intensité. La table et les chaises étaient renversées. Un brouillard de poussière en suspens emplissait l'atmosphère.

La mémoire lui revint.

Feist. La grenade. Haussmann !

Il s'assit. La porte de la cave avait été soufflée ainsi qu'une partie du mur. Un rideau brûlait. Haussmann était recroquevillé sur le sol au milieu des débris. La scène se colora en rouge quand le sang coula dans les yeux de Rheinhardt. Il rampa jusqu'à son assistant.

— Haussmann, ça va ? Parlez-moi, je vous en prie.

Le jeune homme ne répondit pas. Rheinhardt rapprocha son oreille de sa bouche, mais il n'entendait que le bourdonnement. Il sortit un miroir de sa poche et le plaça sous le nez de son camarade.

— Mon Dieu, je Vous en supplie, ne le prenez pas !

Le miroir s'embua et Rheinhardt murmura :

— Merci, merci.

Une rafale de vent fit grincer la porte d'entrée qui était ouverte. Haussmann gémit.

— Désolé, mon ami, je reviens tout de suite.

Rheinhardt se releva avec les plus grandes difficultés. Il arracha le rideau enflammé et le piétina, puis il passa la porte en titubant. Une fois dans la rue, il aperçut une femme qui courait. Elle se dirigeait vers le canal.

Les idées encore embrouillées, Rheinhardt se lança à sa poursuite. Il était gêné par sa corpulence et les séquelles de l'explosion. Mais il persévéra, car Feist n'était pas non plus très rapide. Sa jupe longue, ses sous-vêtements et ses jupons l'encombraient. Elle regarda par-dessus son épaule, s'arrêta, brandit un pistolet, tira deux fois et reprit sa course. Par chance, elle était trop loin pour le toucher. Rheinhardt supposa que ces tirs visaient à l'impressionner. Il faillit s'arrêter. Il avait les poumons en feu, ses côtes lui faisaient mal, et le monde ondulait comme une toile de fond dans un théâtre. Il songea à Haussmann, seul et blessé, à Else menant sa petite vie tranquille, à ses filles à l'école. C'était de la folie de continuer cette traque. Ce serait facile de justifier un abandon. Il songea au strudel aux graines de pavot servi avec de la crème épaisse, au café turc, aux cigares suaves, aux lieder de Schubert. La vie était bonne. Mais la silhouette de cette femme devant lui, la distance entre eux qui se réduisait le poussaient à s'obstiner.

Feist s'engagea sur un pont à poutres qui traversait le canal. Elle leva son arme. Rheinhardt s'abrita derrière une carriole vide à l'instant où elle appuyait sur la détente. Elle refusait d'abandonner la partie. Le sang obscurcissait la vision de l'inspecteur qui sortit de derrière la carriole et s'élança. Ses jambes étaient en plomb et il lui fallut des efforts gigantesques pour revenir dans la course. Sa gorge était sèche. Ses poumons de fumeur invétéré se mirent à chuinter.

Rheinhardt traversa le pont et suivit Feist jusqu'au Prater, dans un endroit sauvage, sans aucune plantation. Ils étaient loin de la Rotonde et du parc d'attractions, et assez proches du champ de courses de Freudenau. Devant eux, aucun chemin praticable. Feist était ralentie par les hautes herbes et les ronces, perdue dans un champ désolé. Elle s'arrêta et brandit son pistolet.

— Vous n'irez pas plus loin, inspecteur.

— Baissez votre arme.

Le tintement dans ses oreilles lui permettait tout juste d'entendre la voix de Feist.

— Vous n'êtes pas en position de donner des ordres, répondit-elle en avançant d'un pas.

Rheinhardt jugea que le petit revolver était à quatre coups, Feist avait déjà utilisé trois balles.

— Baissez votre arme, répéta-t-il.

— Soyez raisonnable, inspecteur. D'ici, je ne risque pas de vous manquer. Partez.

— De mon point de vue, ce n'est pas une issue envisageable.

— Vous avez le choix. Si vous approchez, je vous tue. Ce serait bête de mourir pour une cause qui n'en vaut pas la peine, un vrai gâchis. Vous avez été courageux et personne ne vous accusera d'avoir manqué à votre devoir. Vous feriez mieux d'aller porter secours à votre assistant.

— Qui est Méphistophélès ? lança Rheinhardt, très calme. Quel est son vrai nom ?

— Vous avez tort de vous entêter. Comment va se terminer cette journée pour vous ? Dans un bon lit tiède avec votre femme ? Ou en cadavre froid dans une morgue ?

Rheinhardt frissonna et cligna des yeux pour en chasser le sang.

— Réfléchissez bien, inspecteur.

Rheinhardt fonça et Feist appuya sur la détente. Le pistolet n'avait plus de balles. Elle jeta son arme, se retourna, trébucha. Rheinhardt glissa sur les herbes mouillées et atterrit sur le dos de son adversaire. Elle tenta de se dégager, mais il était trop lourd. Elle agita les bras, donna des coups de pied alors que les genoux de Rheinhardt la clouaient au sol. Le policier referma une menotte en métal autour de son poignet et fit tourner la clé.

— Tenez-vous tranquille, Fräulein Feist, dit-il d'une voix posée. Nous sommes attachés l'un à l'autre, ce serait vain de tenter de vous échapper. Je m'en voudrais de vous briser le dos, cependant, si vous continuez à gigoter, je crains pour votre santé. Comment va se terminer cette journée pour vous ? Valide dans une cellule ou infirme dans une cellule ? Réfléchissez bien.

52

Le capitaine Birk Hoover vivait dans un petit hôtel au cœur du huitième arrondissement. Ses appartements étaient plutôt spartiates, car il se passait volontiers du confort et du luxe. Il détestait le désordre, les souvenirs personnels et les espaces réservés aux portraits de famille. Il gardait cependant une photographie encadrée de sa mère, une veuve plutôt séduisante au sourire aguicheur. Bien qu'il eût beaucoup voyagé, il n'avait rien rapporté de ses expéditions.

Hoover se réveilla et sortit du lit. Son domestique lui avait préparé un bol d'eau fumante et parfumée. Hoover se rasa en quelques gestes efficaces. Il manipulait son coupe-choux d'une main infaillible et ne se blessait jamais. Il peigna sa moustache blonde, inspecta ses ongles. Il lui fallait limer celui de l'index. Quand il eut fini ses ablutions, Hoover se drapa dans une robe de chambre en soie et descendit au rez-de-chaussée prendre son petit déjeuner et lire les journaux. Il parcourut avec un intérêt professionnel les articles sur les relations internationales, la science, les affaires militaires et les crimes. Ensuite, il regagna sa chambre où son uniforme était préparé. Debout devant une glace, il s'habilla et s'assura qu'aucune bouloche, aucun cheveu ne s'était attaché au tissu. Il boucla le ceinturon de son épée et enfila ses gants en daim. Puis il se coiffa de son chapeau de garnison. Les gants passaient toujours avant le chapeau afin que la visière en cuir verni ne soit pas ternie par des empreintes de doigts. Satisfait de son apparence, il quitta sa suite, dévala l'escalier et sortit de l'hôtel. Les employés municipaux venaient de passer : l'air était frais et le trottoir encore mouillé.

Hoover avançait de son allure décidée. Il eut tôt fait de rejoindre l'hôtel de ville à la glorieuse architecture extravagante. Il esquiva un tramway, passa devant le Burgtheater et pénétra dans la deuxième cour du palais Hofburg. Il était presque huit heures et demie. Il pressa le pas. Le soldat en faction se mit au garde-à-vous. Il traversa l'espace ouvert pour rejoindre le ministère de la Guerre où il croisa une autre sentinelle. Hoover grimpa quatre volées de marches, salua un officier au passage et pénétra dans le bureau de l'état-major général du Renseignement.

À huit heures et demie précises, Hoover était assis à son bureau. Il fuma une cigarette et prit quelques papiers dans son coffre. Il n'avait pas encore terminé son rapport sur le Pr Seeliger et l'homme décédé dont il pensait qu'il s'agissait de l'agent 58. L'interrogatoire de Seeliger avait été assez brutal, mais il ne mentionnerait pas ce détail et personne ne poserait de questions. Il était nécessaire de s'assurer que ce vieux fou disait non seulement la vérité mais toute la vérité. Un deuxième document concernait la mise au point de ballons de barrage qui donneraient un avantage aux troupes pendant une bataille.

On frappa à la porte. Un adjudant entra, porta la main à son calot et tendit une enveloppe à Hoover.

— C'est urgent, monsieur.

Hoover ouvrit l'enveloppe et en tira une note succincte de son supérieur.

L'inspecteur Oskar Rheinhardt a arrêté une femme inconnue de nos services. Elle s'appelle Vala Feist. Une fabrique de bombes a été découverte dans sa cave. À l'évidence, elle est une complice de Méphistophélès.

Hoover se tourna vers l'adjudant.

— Merci, ce sera tout.

Le messager se retira.

Hoover gratta une allumette et mit le feu au papier qui noircit et se tordit dans le cendrier.

Il était temps qu'il se fasse connaître.

Quatrième partie

LE MARTYRE

53

Son chignon s'était défait et ses cheveux tombaient en mèches sur ses épaules. Elle était assise sous l'ampoule nue, le regard vide, ses joues creuses remplies d'ombre. Depuis sa capture peu glorieuse, elle était restée muette.

Rheinhardt avait passé deux heures à questionner Vala Feist : « Qui est Méphistophélès ? Se trouve-t-il à Vienne ? Des membres de votre cellule sont-ils encore en liberté ? Où aviez-vous l'intention de poser des bombes ? Quelles étaient vos cibles ? Connaissiez-vous Axl Diamant ? Pouvez-vous donner les noms des personnes que vous avez abritées dans la cave de votre maison ? Étaient-elles des fugitives ? D'où venaient-elles ? Qui vous a fourni des détonateurs, de la potasse, de la glycérine et de l'acide nitrique ? »

Feist pinçait ses lèvres minces.

Rheinhardt avait espéré que Liebermann userait de quelque technique psychologique intelligente pour délier la langue de Feist, mais le jeune médecin se taisait. Il semblait agité, croisait et décroisait les jambes, tripotait son revers de pantalon, le positionnait avec soin afin qu'il recouvre ses lacets de chaussures. Irrité par ce manège, Rheinhardt n'avait d'autre choix que de continuer à répéter ses questions. Puis il se réfugia lui aussi dans le silence. Il fixait le portrait poussiéreux de l'empereur. Il finit par déceler dans l'expression du jeune François-Joseph une note de désapprobation. Des anarchistes à Vienne ! Des explosions, des victimes innocentes, le sang coulant sur les pavés du Graben ! Rheinhardt était tellement absorbé par ses fantasmes sinistres qu'il lui fallut quelques secondes pour prendre conscience que Liebermann s'était réveillé.

— Vous êtes motivée par la compassion. Comment se fait-il qu'une conscience aussi sensible que la vôtre s'arrange d'une propagande meurtrière ? Sans doute allez-vous argumenter que la terreur est au service d'un bien plus grand. Mais c'est un argument peu satisfaisant.

Liebermann s'accouda à un bras du fauteuil, la main sous le menton, et tapota sa tempe de l'index.

— Certains vous traiteraient de monstre. Pas moi. En vérité, nous sommes tous des monstres, avec des appétits et des instincts primaires dissimulés sous le vernis friable de la civilisation. Vous n'êtes pas si différente de l'épouse bourgeoise et respectable qui cache un puissant désir de pousser ses enfants à n'importe quel prix, de faciliter l'ascension de son mari dans l'échelle sociale, d'appartenir à la famille la plus prospère de son immeuble. Si vous lui ôtiez ses entraves, l'étendue de ses ambitions irrépressibles se traduirait en actes meurtriers. Non, vous n'êtes pas la seule à être monstrueuse. Ce qui vous distingue de cette femme ne se résume pas à ce que vous êtes, car à peu de chose près vous vous ressemblez. La divergence se résume aux conditions qui ont amené la désintégration de certains interdits.

Intéressée, Vala Feist pencha la tête et croisa les mains sur ses genoux pour dissimuler deux taches vertes sur sa jupe.

— Morel a suggéré que les grands groupes, surtout les foules, se caractérisent par leurs actions extrêmes. Les contraintes de la vie policée sont inopérantes et la violence peut se manifester. Quand vous avez juré fidélité à votre cause, vous vous êtes fondue dans la masse. La censure a été levée et votre jugement en a souffert. L'inconscient choisit rarement des solutions complexes. Donc, vous vous êtes rangée du côté de la barbarie.

Liebermann n'était pas mécontent de lui.

— Nous avons là un mécanisme qui explique comment une âme généreuse peut embrasser la terreur. Je pense que, si on vous donnait la possibilité d'explorer cette thèse grâce à des entretiens thérapeutiques, vous y gagneriez des connaissances qui pourraient vous amener à coopérer avec les services de la Sûreté. Mais surmonter des résistances supposerait un délai et cela m'étonnerait que nous disposions de beaucoup de temps.

Le jeune médecin se redressa.

— À quoi rêvez-vous ? dit-il d'une voix douce. Voilà un sujet d'étude. Le Pr Freud, dont je suis un fervent admirateur, a développé une théorie sur l'interprétation des rêves. Si vous me confiiez vos songes, que découvririons-nous, je me le demande ?

On frappa à la porte qui s'ouvrit sur un agent de police accompagné de trois hommes en uniforme militaire. L'agent claqua les talons.

— Ces messieurs du ministère de la Guerre aimeraient vous parler.

Rheinhardt se leva.

— Conduisez-les dans mon bureau, je vous avais dit de ne laisser entrer personne.

Il était contrarié, car il avait le sentiment que Liebermann avait peut-être trouvé le moyen d'amadouer Feist. Il prit une profonde inspiration et s'adressa à l'homme le plus grand.

— Désolé, capitaine. Permettez à l'agent Prock de vous escorter jusqu'à mon bureau et je vous rejoindrai dans un instant.

L'homme s'avança.

— Capitaine Birk Hoover, bureau du Renseignement.

Il ne présenta pas ses compagnons.

— Inspecteur Rheinhardt et voici mon conseiller médical, Herr Doktor Liebermann. Nous étions en train d'interroger cette femme.

— Vala Feist, je suppose ?

— Elle est connue de vos services ? s'enquit Rheinhardt, surpris.

— J'ai lu vos rapports. Elle est une camarade d'Eduard Autenburg, impliqué dans le meurtre d'Angelo Callari. Avez-vous obtenu des aveux ?

— Je crains que non.

— Vous avez autre chose à nous apprendre ?

— Elle refuse de parler.

— Laissez-nous avec la prisonnière, je vous prie. Nous aimerions conduire nous-mêmes cet entretien.

— Avec tout le respect que je vous dois, capitaine Hoover, je suis responsable de cette affaire.

— Soyez assez aimable pour vous retirer. Je suis persuadé d'obtenir des résultats et il est essentiel que vous vous en remettiez à nous.

Hoover s'avança, mais Rheinhardt l'arrêta d'un geste de la main.

— Un instant. Je connais vos méthodes et je ne suis pas certain de les approuver.

— Vos objections ont été notées. Et maintenant j'insiste pour que la détenue nous soit confiée.

Rheinhardt marqua une pause, qui se prolongea, puis il reprit la parole.

— Cette femme est ici grâce au travail du bureau de la Sûreté. Je l'ai arrêtée ce matin et ça a failli me coûter la vie.

Il toucha le bandage à son front.

— Mon assistant est à l'hôpital dans un état critique. Vu les circonstances, vous comprendrez que je ne suis pas très désireux d'être écarté de l'enquête. Surtout si on considère votre attitude.

Hoover se raidit.

— Je vous ordonne de sortir.

— Où est votre mandat ?

— Ne soyez pas ridicule, Rheinhardt !

Le corpulent inspecteur désigna le portrait de François-Joseph.

— L'empereur se lève chaque matin à quatre heures et il est à son bureau à cinq. Pourquoi ? Afin de veiller sur le travail administratif. C'est sa deuxième tâche de la journée, juste après ses prières et sa communion avec Dieu.

Hoover tendit le bras en direction de ses compagnons sans les regarder.

— Mandat.

Comme rien ne se passait, il se retourna. Ses yeux lançaient des éclairs et son escorte eut un mouvement de recul.

— Nous n'avions pas anticipé de difficultés, capitaine.

Hoover jura à mi-voix.

— Inspecteur, votre comportement est inadmissible.

— Je vous accorde que la situation est regrettable. Cependant, je suis obligé de suivre la procédure.

— Il s'agit de circonstances exceptionnelles.

— Voilà pourquoi nous devons nous assurer que les formalités ont bien été respectées.

Hoover comprit qu'il était impuissant.

— Nous reviendrons avec les documents requis. Inutile de préciser que j'enregistrerai une plainte officielle.

Les trois hommes sortirent et la porte claqua.

— Eh bien, ironisa Liebermann, je suis ravi de constater que la Sûreté et le Renseignement entretiennent des relations très cordiales.

Il se tourna vers Feist.

— Je comprends parfois que l'on envisage des solutions radicales !

Rheinhardt se rassit lourdement sur sa chaise. Ses poches sous les yeux avaient jauni sous la lumière blafarde de l'ampoule.

— Fräulein Feist, je ne saurais trop vous conseiller de coopérer avec nous. Quand le capitaine Hoover reviendra, je ne serai pas en mesure de le congédier une deuxième fois.

— Merci, inspecteur, dit Feist.

Sa voix était sèche et enrouée.

— Vous êtes un homme intègre. Cela m'attriste qu'une personne de votre qualité ait choisi de servir un tyran et se conduise comme le petit chien de son maître. Vous vous battez contre nous parce que vous n'avez rien compris. J'espère qu'un jour vous changerez d'avis.

Ses lèvres se scellèrent en une ligne horizontale et elle ferma les yeux.

54

Plusieurs membres de l'assistance s'étaient levés pour applaudir. Le pianiste Julius Epstein saluait, les mains croisées sur son cœur. C'était un homme distingué dont les favoris étaient plus fournis que ceux de l'empereur et, pour une personne de plus de soixante-dix ans, il était très alerte. Avec son visage tellement allongé qu'il frisait la difformité et qui exprimait une émotion exagérée, il ressemblait à un dessin satirique.

— Ça t'a plu ? demanda Liebermann d'une voix forte pour couvrir le vacarme.

Hannah, qui se tenait sur la pointe des pieds, cria dans l'oreille de son frère.

— Merveilleux !

— Je pense qu'il va y avoir un rappel, dit Amelia.

Le silence se fit dans la Bösendorfer Saal tandis qu'Epstein réglait la hauteur de son tabouret. Puis il s'assit, se concentra un instant et attaqua le morceau avec une énergie diabolique. Il s'agissait de la première des *Valses de Méphisto* de Liszt. L'introduction était électrisante : les quintes se chevauchaient et titubaient en un ballet grotesque et discordant. Tout dans cette musique était sauvage, sinistre : une frénésie corybantique. Les notes étincelaient, chatoyaient, explosaient en feux d'artifice. Un *glissando* strident fit haleter le public.

Liebermann se tourna vers Hannah assise sur le bord de son siège, la respiration coupée et les yeux écarquillés. Il regarda ensuite Amelia dont la moue et les sourcils froncés suggéraient le scepticisme, pour ne pas dire la méfiance.

Les mains du pianiste étaient devenues floues. Il y eut quelques instants de calme laissant présager un assaut final d'une telle férocité qu'on n'aurait pas été surpris que des touches brisées jaillissent du clavier. Les dernières mesures étaient terrifiantes.

Liebermann, Hannah et Amelia récupérèrent leurs manteaux au vestiaire et marchèrent d'un pas vif dans la Herrengasse très animée pour se rendre au *Café Central*. Toutes les tables dans l'Arkadenhof, l'élégante cour intérieure en arcades, étaient prises. Ils acceptèrent donc une banquette dans le café proprement dit, près de l'endroit où se réunissaient les joueurs d'échecs. Un pianiste improvisait sur une chanson folklorique inoffensive. Deux femmes flamboyantes qui portaient des tenues de bal et des tiares passèrent. Difficile de savoir si elles s'étaient rendues à un bal ou si leur soirée venait de commencer.

— Le comte est fou et, un de ces jours, il paiera pour ses imprudences, dit l'une, avec l'accent nasal et affecté typique de la cour des Habsbourg.

Un serveur apporta le *Kaiserschmarrn*, de la pâte à crêpe soufflée saupoudrée de sucre glace et servie dans une poêle, avec un accompagnement de compote de prunes. Liebermann divisa le dessert en trois et répartit la compote sur les beignets. L'odeur délicieuse promettait des découvertes insoupçonnées, comme un vieux porto.

— Les premières mesures reproduisaient les grincements d'un violon qu'on accorde, dit Hannah.

— Tiens, ton *Schmarrn*.

Liebermann la servit.

— Qu'est-ce que tu disais ?

L'endroit était très bruyant et la chanson sirupeuse avait atteint un paroxysme sentimental.

— L'introduction du morceau du rappel. Cela sonnait comme un violon.

— C'est bien l'impression recherchée. Il s'agit d'un épisode de *Faust*.

— Ah ! La *Valse de Méphisto*…

Liebermann fit tourner un beignet avec sa fourchette pour mieux répartir la compote et le porta à sa bouche.

— Mmm, excellent. Je t'explique. Une fête de mariage se déroule dans une auberge de village et Méphistophélès persuade Faust d'entrer. Méphistophélès attrape un violon et joue une valse entraînant les invités de la noce dans une danse endiablée.

Il s'adressa à Amelia.

— J'ai eu l'impression que tu n'aimais pas trop cette partition.

— J'ai été fascinée par toutes les sonorités qu'on pouvait tirer d'un piano, répliqua Amelia. Et j'ai trouvé les passages rythmiques assez exaltants, je n'avais jamais entendu un clavier faire autant de vacarme. Mais…

— Oui ?

— Cette musique ne me plaît pas autant que celle de Bach.

— Bach est supérieur à Liszt, mais là, il s'agit d'un plaisir différent : sensualité, excitation, virtuosité…

— Bach est excitant lui aussi. L'équilibre, la façon dont ses structures complexes frôlent le chaos avant de se rattraper, c'est comme une invitation au cœur d'un système planétaire.

Liebermann coula un regard en coin à sa sœur qui répondit par un discret coup de pied.

— Tu joues d'un instrument, Hannah ? demanda Amelia.

— Du piano. Très mal, n'est-ce pas, Maxim ?

— Tu ne travailles pas assez, la gronda Liebermann.

— Je ne serai jamais une pianiste de haut niveau.

— Peut-être, mais tu as d'autres talents. Hannah aime l'art, Amelia, et tout particulièrement l'art moderne. Elle a un instinct très sûr pour repérer les œuvres intéressantes.

— Tu veux être une artiste ? s'enquit Amelia.

— Ce serait présomptueux, une trop grande ambition pour quelqu'un comme moi. Cependant, cela me plairait d'approfondir mes connaissances en histoire de l'art.

— Tu pourrais entrer à l'université.

— Je ne le pense pas.

— Pourquoi donc ?

— Je ne suis pas certaine que mes parents apprécieraient.

— Et toi, qu'est-ce qui te tente ?

Le feu des lustres éclairait d'un éclat particulier les yeux d'Amelia. Hannah baissa la tête.

— Je suis fascinée par les textes érudits et j'adorerais étudier les grandes écoles de peinture. Une bonne partie de l'art moderne est ancrée dans le passé. Cela m'enchante de découvrir la façon dont les idées se développent et se fécondent.

— Il faut que tu ailles à l'université.

— Mes parents veulent que je me marie.

— Rien ne t'en empêche si tu en as envie et tu peux te trouver un amoureux tout en t'instruisant. D'après mon expérience, une jeune femme, entourée de beaux partis comme toi, ne manque jamais de prétendants.

Ses yeux gris magnétiques s'orientèrent vers Liebermann.

— Pourquoi une union et la réalisation d'ambitions personnelles s'excluraient-elles ?

Un des joueurs d'échecs se présenta. C'était un homme d'apparence peu soignée avec une longue barbe.

— Excusez-moi, dit-il avec un accent indéfinissable, m'en tiendriez-vous rigueur si je vous privais de la compagnie du bon docteur pour une partie ? Je viens d'humilier le Pr Bogenschutz et, avant cela, j'ai exécuté le Pr Szôlôssi. S'il vous plaît, j'ai besoin d'un adversaire à ma mesure.

Liebermann sourit.

— Je crains de vous décevoir pour ce soir, Herr Karmazyn.

— Pourquoi cela ? Les dames n'y verront pas d'objection, n'est-ce pas, mesdames ?

— Je ne suis pas dans l'état d'esprit qui convient, répliqua Liebermann. Et vous vous plaindriez. Vous diriez que je ne suis pas concentré.

Karmazyn soupira, feignant le désespoir.

— Je serai ravie de remplacer Herr Doktor Liebermann, lança Amelia.

Le sourire ironique de Karmazyn découvrit des dents tachées par le tabac.

— Je vous remercie, mais…

Il eut un geste qui signifiait : « Vous êtes une femme ! »

— J'insiste. La partie sera vite expédiée, cela vous permettra de passer le temps en attendant un partenaire digne de vous.

Avant que Karmazyn ait pu protester, Amelia s'était levée. Karmazyn jeta un regard désespéré à Liebermann qui articula une excuse silencieuse dans le dos d'Amelia.

Elle s'assit avec Karmazyn à une table voisine tandis que Hannah et son frère en profitaient pour discuter d'affaires familiales : un anniversaire qui approchait, la santé de leur père, et la menace d'une visite de l'oncle Alexander, toujours aussi insouciant. Tout en parlant, ils perçurent l'agitation de Karmazyn qui grommelait et grimaçait. À un moment donné, il s'écria : « Bon Dieu ! » et prononça une phrase en latin. Un quart d'heure plus tard, Amelia lançait un « Échec et mat » et revenait à la banquette. Karmazyn se grattait la tête et faisait des gestes bizarres au-dessus de l'échiquier, rejouant l'enchaînement des déplacements qui avait mené à sa défaite prématurée.

— Il est très fort, déclara Amelia, mais il souffre d'une trop grande confiance en lui.

— Je ne l'ai jamais battu, fit observer Liebermann. Et ceux qui y sont arrivés se comptent sur les doigts d'une main.

Amelia ne répondit pas. Elle semblait ailleurs.

— Quelque chose vous tourmente ? demanda-t-elle.

Hannah et Liebermann secouèrent la tête, mais les épaules de Hannah tremblaient un peu.

— Il se fait tard, dit Liebermann à sa sœur. J'ai promis à nos parents de te mettre dans un fiacre.

Tous deux se levèrent, se frayèrent un chemin entre les tables qui étaient maintenant toutes occupées et sortirent du café. Un nuage de fumée de cigare les suivit dans la rue et tournoya dans le courant d'air de la porte qui se refermait. Ils attendirent sur le trottoir, observant les véhicules qui roulaient avec fracas sur les pavés.

— Tu penses vraiment que je devrais aller à l'université ? demanda Hannah.

— Je veux juste que tu sois heureuse, répliqua Liebermann.

— Je crois que prendre des cours me ferait du bien. Mais les parents ne parlent que de me trouver un bon mari. Tu as entendu parler du fils de Herr Lenkiewicz ?

— Baruch ?

— Il est assez beau, je suppose, mais j'ai du mal à communiquer avec lui. Il ne s'intéresse à rien, à part son travail.

— Si tu veux faire des études, j'en parlerai aux parents. Quand tu seras prête, tu me le diras.

— Merci, Maxim.

Hannah se jeta à son cou. Puis Liebermann repéra une voiture et leva le bras. Il indiqua au cocher de conduire Hannah à Concordiaplatz et lui tendit quelques pièces.

— Gardez la monnaie.

Le pourboire était excessif. Le cocher toucha son chapeau avec la poignée du fouet et s'écria :

— Voilà un vrai gentleman !

Hannah grimpa dans le fiacre et se pencha vers son frère.

— Amelia… elle est assez extraordinaire.

— Oui, pleine de surprises.

Hannah se rencogna dans l'obscurité, Liebermann claqua la portière, le conducteur secoua ses rênes et le véhicule s'ébranla. À cet instant, un colporteur bosniaque avec un fez sur la tête demanda à Liebermann s'il avait besoin d'allumettes. Liebermann lui tendit une pièce.

— Gardez la monnaie, répéta-t-il en empochant une boîte de Vestas.

Le Bosniaque lui sourit.

— Que la paix soit avec vous !

Il avait prononcé ces mots avec une sincérité touchante. Liebermann retourna dans le café. Même dans ce lieu enfumé, la chevelure rousse d'Amelia brillait de tous ses feux. Il remarqua deux officiers de cavalerie, non loin, qui commentaient son physique et se demandaient s'ils devaient engager la conversation. Liebermann s'empressa de la rejoindre.

— Tu as l'air fatigué, dit Amelia.

— Oui, j'ai eu une dure journée.

Il lui raconta l'arrestation de Vala Feist et l'apparition du capitaine Hoover au poste de police de Schöttenring.

— Cet homme était déplaisant et avait l'intention de faire parler l'accusée en usant de la force. Les services du Renseignement justifient leurs méthodes iniques en se targuant que le peuple est de leur côté. Or, c'est leur rôle de s'assurer de nous protéger tous, sans exception. Ils doivent veiller à ce qu'aucun sujet de l'empereur ne soit molesté. Moi, je n'ai aucune envie que ma sécurité dépende d'une approbation tacite à une brutalité primitive. Cela nous rend encore plus haïssables que ceux que nous traitons de monstres.

Liebermann alluma son cigare avec les allumettes du Bosniaque.

— Feist est une fanatique, elle ne trahira pas ses camarades. Au cours des siècles passés, elle aurait été une martyre qui serait montée sur le bûcher plutôt que de renier sa foi. Elle va certainement souffrir de mauvais traitements aux mains de Hoover et de ses voyous, et elle n'avouera rien.

— Ça dépend, dit Amelia. Tu te rappelles notre conversation à propos de De Cyon, le professeur invité de Saint-Pétersbourg ?

— Oui… l'homme au cardiographe.

— Il prétend que son appareil peut être utilisé pour détecter les mensonges.

Amelia joignit les mains sous son menton.

— Grâce à lui, et même si Fräulein Feist refuse de parler, on pourrait déterminer la nature de ses pensées en observant les changements de son rythme cardiaque. Imaginons qu'on lui pose une question sensible, comme : « Préparez-vous un attentat à la bombe dans Vienne ? » Si un tel projet existe, la réponse sera plus marquée que si on lui demande : « Aimez-vous le *Kaiserschmarrn* ? » En posant des questions formulées avec soin et en comparant les différents graphiques, il serait possible d'en tirer des conclusions précises. Un tel programme serait plus profitable que la torture, qui est non seulement malséante et barbare, mais également susceptible d'échouer ou de susciter des réponses fausses ou inutilisables.

Liebermann fit tomber la cendre de son cigare dans le cendrier.

— Vous disposez de combien de cardiographes à l'université ?

— Plusieurs. Je suis certaine que le Pr Föhrenholz ne refuserait pas de vous en prêter un.

— Tu sais comment ça marche ?

— Oui, je sais même comment faire fonctionner la nouvelle machine que le Pr de Cyon nous a livrée. J'ai assisté à toutes ses démonstrations.

Liebermann vola un rapide baiser à son amoureuse.

— Tu es extraordinaire.

Surprise, Amelia cligna des paupières.

— On m'a soumis des problèmes et j'ai suggéré des solutions, voilà tout.

— Attends ici, je vais prévenir Oskar.

Liebermann se rendit dans la grande salle pour téléphoner.

— Oskar ?

— Max ? Tu es où ? Il y a beaucoup de bruit.

— Au *Café Central*. Écoute, il existerait un moyen d'obtenir des réponses de Vala Feist, même si elle garde le silence. Je le tiens de Miss Lydgate.

— Ah ! Miss Lydgate. Tu la vois toujours ?

— De temps en temps, enfin, pas très souvent.

Il s'éclaircit la voix.

— À de rares occasions, en fait.

— Tu disais ? demanda Rheinhardt après un grésillement dans l'appareil.

— Que tu dois entrer en contact avec le Pr Föhrenholz à l'université. As-tu entendu parler d'un appareil qu'on appelle un cardiographe ?

— Non.

— Il nous en faut un.

55

À minuit moins cinq, le silence régnait dans la salle. Malgré son épuisement, Rheinhardt s'était traîné jusqu'à l'hôpital pour tenir compagnie à son assistant pendant une petite heure. Haussmann ne s'était pas réveillé et n'avait pas mangé depuis que des éclats de grenade l'avaient atteint à la tête, ceinte maintenant d'un bandage. Sa respiration était régulière, son teint blafard. Il semblait faible, épuisé. L'ossature de son visage ressortait, terrible rappel de sa mortalité.

Rheinhardt glissa la main sous le couvre-lit d'un blanc immaculé. À travers le drap, il sentait le bras solide de Haussmann.

— Tenez le coup, mon garçon. N'abandonnez jamais.

Bien qu'au cours des trois dernières années il eût passé beaucoup de temps avec Haussmann, il connaissait peu de choses de lui, juste quelques bribes d'information. Il n'aimait pas la peinture mais raffolait de la poésie. Alors qu'il s'était présenté à un concours de poésie à l'école, il avait remporté un livre sur les mythes et légendes grecs. Leurs relations étaient professionnelles, parfois ironiques, distantes cependant. Rheinhardt leva les yeux au plafond.

— Je Vous en prie, épargnez-le. Il a bien servi les gens de cette ville.

Était-il en train de prier ? Oui, sans doute.

— Je Vous en prie, Seigneur, si Vous m'écoutez…

On entendait le tic-tac de l'horloge.

Le souffle du blessé était à peine perceptible.

Une jolie jeune femme, vêtue avec élégance, apparut à la porte. Elle tenait un chapeau à la main.

— Oh ! dit-elle.

Rheinhardt se leva.

— Fräulein ?

Elle parut confuse.

— Je me présente : inspecteur Rheinhardt.

La jeune femme sourit.

— Bien sûr ! Vous êtes exactement comme il vous a décrit. Je suis Ava Frey.

Devant la perplexité de Rheinhardt, elle ajouta en désignant Haussmann :

— Nous sommes… ensemble.

Elle s'avança dans la pièce et tendit sa main délicate au policier qui s'inclina et la porta à ses lèvres.

— Enchanté. Asseyez-vous, je vous en prie.

— Non, non.
— Si, j'insiste.
Elle le remercia et s'assit, son petit canotier sur les genoux.
— Vous rendez une visite bien tardive à votre ami, Fräulein Frey.
— J'étais sur scène.
— Ah bon ?
— Je danse. Il y avait une représentation tard ce soir, au Ronacher. Les infirmières sont très gentilles, elles ont dit que je pouvais venir quand je voulais. Je suis déjà passée, plus tôt dans la journée. Le médecin paraissait inquiet.
— Haussmann est solide, je suis sûr qu'il s'en sortira.
C'était une formule de consolation bien banale et Rheinhardt regretta aussitôt son assurance désinvolte. Ava triturait une fleur artificielle sur son chapeau.
— Il parle beaucoup de vous, de votre sens de l'humour pince-sans-rire.
Embarrassé, Rheinhardt ne sut quoi répondre.
— Vous préférez que je parte ? demanda-t-il.
— Non, s'il vous plaît, restez.
— Encore quelques minutes, alors.
Rheinhardt alla chercher une deuxième chaise dans le couloir et il la plaça de l'autre côté du lit.
— Regardez-le.
Ava trouva la main de Haussmann et la sortit de sous le drap.
— Il s'en sortira, n'est-ce pas ?
Rheinhardt se sentit obligé de donner une réponse un peu plus honnête.
— Je l'espère, murmura-t-il.
Elle remarqua son pansement.
— Vous aussi, vous avez été pris dans l'explosion ?

— Oui, mais j'ai réussi à m'en tirer sans trop de dégâts.

— La femme qui a fait cela est mauvaise.

Rheinhardt tortilla les pointes de sa moustache.

— Non, pas vraiment. Égarée, sans doute, et même trompée. Elle est persuadée qu'elle est du côté du bien et qu'elle travaille à améliorer le sort de l'humanité.

— En envoyant des grenades et en posant des bombes ?

La question n'était pas facile. Ava pressa la main de Haussmann contre sa joue.

— Regardez-le, répéta-t-elle tandis que les larmes roulaient sur son visage.

Ils restèrent là, en silence. De temps à autre, Ava levait la tête et tentait de sourire sans parvenir à dissimuler son désarroi.

Rheinhardt se dit qu'il devait prendre congé. Il poussa un soupir et Haussmann ouvrit un œil.

— Monsieur ?

— Haussmann ?

— Pourquoi je suis couché ?

— Mon cher garçon…

— Le gâteau aux noix… nous étions en train de manger un gâteau aux noix.

— Oubliez les pâtisseries. Quelqu'un est venu vous voir.

Haussmann tourna la tête sur l'oreiller.

— Ava ? Que se passe-t-il ?

— Tu as été atteint par des éclats de grenade. Tu ne te souviens pas ?

— Non. Je ne me rappelle rien, à part le gâteau.

Il tenta de s'asseoir.

— Vous devez vous reposer.

Rheinhardt arrangea l'oreiller pour qu'il soit plus à l'aise.

— Une chose à la fois.

Le jeune homme ouvrit l'autre œil.

— Je suis à l'hôpital ?

— Je vais chercher un médecin.

Rheinhardt se rendit dans le couloir, s'appuya contre un mur et s'autorisa un ou deux sanglots de soulagement. Puis il se dirigea d'un pas martial vers une infirmière tout en fredonnant un peu trop fort la *Valse de Philomèle* de Johan Strauss père. L'infirmière lui adressa un regard sévère.

— Excusez-moi, lança-t-il d'un ton jovial, mais j'ai de bonnes raisons d'être gai.

56

C'était un rêve criant de vérité, surgi de réminiscences lointaines. L'enfant Razumovsky étudiait une fourmilière.

Le vieux serf lui disait :

— Que faites-vous, monsieur Peter ? Vous avez examiné ces petites bestioles toute la journée. Qu'ont-elles de si intéressant ? Venez, Magda vous a préparé une bonne soupe de légumes.

— Regarde un peu, Jov, répondait l'enfant d'une voix frémissante, elles n'arrêtent pas de travailler en transportant de la nourriture qu'elles échangent avec d'autres. Elles coopèrent.

— Et alors ?

— Il n'y a pas de responsable. Personne ne donne d'ordres et elles savent comment s'y prendre… C'est extraordinaire.

— Ça suffit, monsieur Peter. Rentrez, je vous en prie, ou votre père va se fâcher.

— Elles n'ont pas de chef, pas de généraux, ni de chambellans. Et tout est bien organisé.

Jov poussa un grognement.

— Comme dans un village de paysans où on se débrouille très bien sans personne pour nous commander. Chaque homme fait ce qu'il a à faire et puis voilà.

La chambre était sombre et le lit froid. Le rêve s'était interrompu, mais les souvenirs continuaient d'affluer.

Jov avait raison. En Sibérie, Razumovsky avait vu des villages de paysans. Tout le monde s'entraidait et les gens ne se soumettaient à aucune autorité. À cette époque, ces postes avancés de l'égalitarisme l'avaient fait réfléchir aux domaines de son père : treize cents serfs sur les terres et soixante dans la résidence principale. Avaient-ils vraiment besoin de huit cochers, vingt chevaux et six cuisiniers, et de dix-huit vieillards pour veiller sur eux quand ils prenaient leurs repas ? Sans compter les innombrables servantes dont il avait, pour certaines, fait un usage personnel parce qu'il était un jeune homme sensuel qui n'y voyait pas malice. À cette simple pensée, le rouge lui montait aux joues. Des filles au teint hâlé et aux mains rêches, étendues nues dans les granges, s'offraient à lui en échange d'une babiole ridicule.

« Est-ce que je ressemble à une dame ? »

Il se rappela les bals, qui mobilisaient encore plus de valets en livrée et de domestiques. En prenant le large pour la Sibérie, il s'était senti libéré. Même quand il ne mangeait pas pendant plusieurs jours et qu'il faisait soixante degrés au-dessous de zéro, il n'avait pas regretté sa décision. Le froid et la faim le purifiaient.

Dans son havresac, il gardait précieusement *Cosmos* de von Humbolt ainsi que plusieurs livres d'histoire naturelle. Il lisait *L'Origine des espèces* de Charles Darwin, qu'il trouvait fascinant. Pourtant, il n'était pas totalement convaincu par les thèses de Darwin. Certaines observations l'avaient amené à contester l'autorité du biologiste anglais. Dans la nature, Razumovsky constatait que l'entraide supplantait la compétition. Plutôt que de boire de la vodka avec son régiment, il partait pour de longues promenades afin d'observer le comportement des cervidés. Comme ils se rassemblaient souvent, il en avait déduit qu'ils agissaient ainsi pour se réchauffer. Des ruminants formaient un cercle pour résister à l'attaque des chevaux sauvages. Des troupeaux, des meutes, des colonies, des bancs de poissons, des essaims travaillaient souvent de concert, profitant ainsi d'avantages partagés. La nature n'était pas avare d'exemples de ce genre. Razumovsky estimait que l'humanité, en divorçant de la nature, s'était égarée.

Le froid et les rigueurs de la Sibérie lui avaient démontré la vanité de sa vie antérieure. Qui avait un besoin impérieux de chaises dorées, de miroirs vénitiens et d'épingles à cravate en diamant ? Il jugeait l'accumulation de richesses comme une faillite morale et un pesant fardeau. Son havresac contenait peu de choses et il s'était débarrassé de tout ce qui ne servait pas ses besoins immédiats.

L'objet qu'il chérissait le plus était son journal. Un volume relié de cuir où il notait ses observations, dessinait et élaborait sa critique de Darwin. Il avait résumé ses réflexions dans une lettre qu'il avait envoyée à Lavochkin, un professeur de zoologie à l'université de Moscou. Lavochkin avait été impressionné et ils avaient entretenu une correspondance. Dans une de ses missives, Lavochkin lui annonça qu'il préparait une expédition scientifique aux Amériques. Cela intéresserait-il Razumovsky de se joindre à lui en tant qu'assistant ? Un jeune homme ayant suivi un entraînement militaire serait un compagnon de voyage idéal. Bien qu'il fût obligé de rester en Sibérie avec son régiment pendant une année supplémentaire, Razumovsky accepta.

Ce fut une année interminable et qui faillit être la dernière. Attaqué par des bandits qui l'avaient laissé inconscient, il aurait gelé sur place si un paysan passant par là n'avait buté sur son corps raidi par le froid et couvert de givre. Le paysan avait allumé un feu.

De retour à Moscou, Razumovsky étudia avec Lavochkin pendant six mois avant qu'ils ne s'embarquent pour leur aventure américaine. Là-bas, ils collectionnèrent des échantillons, entreprirent des recherches géologiques et entrèrent en contact avec des Peaux-Rouges. Alors qu'ils traversaient le nord de l'État de New York, ils rencontrèrent une communauté utopique où les hommes et les femmes vivaient comme s'ils étaient mariés, une condition qu'ils appelaient « mariage complexe ». Comme ils avaient rejeté la monogamie, les enfants étaient élevés par le collectif. Une expérience sociale intéressante. En Amérique, Razumovsky fit l'acquisition d'un revolver. Il en aimait le poids, la sensation physique qu'il procurait, et jamais il ne le remplaça.

À Moscou, il affina sa position théorique et comprit que sa pensée convenait aussi bien à la politique qu'à la biologie.

Darwin avait raison jusqu'à un certain point. Les organismes se battent pour la survie seulement quand les moyens de subsistance viennent à manquer. Or, les ressources étaient artificiellement limitées. Afin qu'un petit nombre de parasites bouffis se vautrent dans une splendeur décadente, le reste de l'humanité croupissait dans la misère. La solution résidait dans la redistribution des richesses. Des moyens suffisants encourageraient la solidarité et le monde deviendrait un endroit plus agréable à vivre. Peut-être même un paradis.

Cet argument lui semblait imparable, mais inutile d'espérer que les parasites cèdent leurs biens et leurs pouvoirs de leur plein gré. Ils allaient s'accrocher avec hargne à leurs possessions et il fallait donc les persuader par d'autres moyens.

Quand son père mourut, Razumovsky, seul bénéficiaire de son testament, hérita des terres, des propriétés, d'une mine d'or en Afrique, d'une collection d'objets d'art d'une valeur inestimable et de joyaux offerts à sa famille par Ivan le Terrible. Razumovsky vendit tout et son premier geste fut d'assurer des revenus suffisants aux mille trois cents serfs, huit cochers, six cuisiniers, dix-huit serviteurs et aux diverses servantes dont on ignorait le nombre exact. Puis il loua les services de huit agents de change dans plusieurs capitales européennes pour gérer des investissements en tout genre. Cela l'amusait de financer une guerre contre le capitalisme en utilisant des fonds générés par ce même capitalisme.

Une année passa. Le jeune prince ayant depuis longtemps renoncé aux mondanités, peu de gens se préoccupaient de savoir ce qu'il devenait. Il vivait seul dans une modeste datcha. Le jour venu, il rassembla quelques effets personnels dans son vieux havresac et quitta la forêt, bien décidé à ne plus jamais revenir. La porte ouverte claquait au vent et ses bottes crissaient dans la neige.

Sur la route, une sorcière tzigane l'arrêta pour lui demander de l'argent. « Je n'en ai pas », répondit-il. Et il disait la vérité. Ses poches étaient vides. La Tzigane reconnut à son accent qu'il était aristocrate et elle le maudit. « Que le diable t'emporte ! Tu ressembles à l'un de ses démons ! »

Souvenirs, souvenirs…

57

Rheinhardt était assis derrière son bureau, face au capitaine Hoover. Une fois de plus, l'officier des services du Renseignement était accompagné par ses lieutenants Wax et Hellwitz, qui se tenaient près de la porte. Liebermann, appuyé au mur, regardait par la fenêtre tout en se tapotant la lèvre d'un doigt nerveux.

— Vos méthodes ont-elles été couronnées de succès ? ironisa Rheinhardt.

Hoover releva le menton.

— Je suis d'avis que les défenses de Feist s'affaiblissent.

— Quelles preuves apportez-vous à cette assertion ?

— J'ai une grande expérience de ces interrogatoires. (Hoover fit craquer les articulations de ses mains.) Il y a des signes qui ne trompent pas. Et je ne comprends pas l'intérêt de votre proposition.

— Des signes ? intervint Liebermann sans se retourner. Lesquels ?

— Je suis un expert dans l'extorsion d'informations, Herr Doktor. On apprend à lire dans les gens comme dans un livre. Je vois dans leurs yeux le doute et la résignation. Elle va bientôt craquer.

— Avec tout le respect que je vous dois, capitaine Hoover, vous vous trompez. Fräulein Feist est une fanatique retranchée dans le silence. Sa résolution est inébranlable. Elle préférerait mourir plutôt que de trahir ses camarades, voilà ce que moi, j'ai lu dans ses yeux. Le cardiographe nous donnera une idée de ses pensées, inutile de recourir à des procédés barbares quand la science nous offre des moyens modernes pour obtenir le même résultat.

Hoover changea de position. Son sabre tinta en heurtant la chaise.

— Le temps presse, Herr Doktor. Et Vienne court un grand danger.

— Voilà pourquoi il nous faut avancer, rétorqua Liebermann en croisant le regard de Hoover. Et vous ne nous aidez en rien.

Il se plaça près de Rheinhardt.

— Le cardiographe est ici. Il a été transporté de l'université ce matin et on est en train de l'installer.

— Qui, on ?

— Miss Amelia Lydgate, intervint Rheinhardt. Une protégée du spécialiste du sang Landsteiner, qui étudie depuis peu le cardiographe et son fonctionnement sous la tutelle du meilleur spécialiste dans ce domaine.

— Le Pr de Cyon, précisa Liebermann.

Hoover fronça les sourcils.

— *Miss* Lydgate ? Elle est anglaise ?

— Oui, poursuivit Rheinhardt. Cependant, son allemand est excellent, et nous avons beaucoup de chance de compter une scientifique parmi nos consultants. J'ai cru comprendre que cette méthode était assez invasive, n'est-ce pas, Herr Doktor ?

— Oui, la préparation du sujet exige qu'il soit partiellement déshabillé, répliqua Liebermann.

— Le bureau de la Sûreté ne peut pas courir le risque d'être accusé d'indécence, déclara Rheinhardt tout en fixant chaque officier à tour de rôle.

Hoover caressa ses moustaches de l'index, un seul glissement allant de la lèvre au coin de la bouche.

— On peut avoir confiance dans cette Anglaise ?

Rheinhardt sourit.

— Elle nous a déjà aidés et elle a toute mon estime.

Hoover se caressa de nouveau les moustaches.

— Je suis d'un naturel sceptique et je me méfie des progrès technologiques. Au cours d'exercices militaires, il semblerait que ce soit toujours la machine ou le système électrique le plus récent qui tombe en panne, et souvent au moment le plus critique.

Liebermann ne se découragea pas.

— Quand nous ressentons une émotion intense, le cœur s'accélère et nous sommes impuissants à contrer cet effet. C'est un réflexe inconscient. Le cardiographe nous fournira des mesures précises. Si nous posons à Feist des questions bien ciblées, cela nous permettra de deviner certains éléments de ce qu'elle aurait pu révéler si elle avait choisi de parler.

— Par exemple ?

Liebermann hésita et Rheinhardt vola à son secours.

— Par exemple : « Méphistophélès se trouve-t-il encore à Vienne ? »

— Si la réponse est affirmative, reprit Liebermann, nous constaterons une accélération significative du rythme cardiaque de Fräulein Feist. Son désir de nous égarer provoquera une angoisse qui la trahira. Le cardiographe est un appareil très sensible.

Rheinhardt ouvrit un tiroir de son bureau, en sortit une boîte de cigares et en offrit un à Hoover que l'officier accepta. Puis Hoover attendit que Wax vienne lui donner du feu. Tandis que la pièce se remplissait de l'odeur du tabac, il régnait un silence pesant.

— À ce propos, lança Rheinhardt, que peuvent nous apprendre vos services sur Méphistophélès ?

Hoover demeura impassible.

— Capitaine, soupira Rheinhardt, dois-je vous rappeler que, en théorie du moins, nous nous situons du même côté ?

Hoover réfléchit quelques secondes et déclara :

— Nous savons peu de choses. Nous sommes tombés sur le nom de Méphistophélès au cours de plusieurs opérations internationales. Certains prétendent qu'il a participé à la Commune de Paris, le gouvernement révolutionnaire qui avait pris le pouvoir de la ville il y a une trentaine d'années. D'autres qu'il est un noble en rupture de ban appartenant à une famille germano-russe. Au moins deux informateurs ont affirmé qu'il s'agissait d'un biologiste. Nous ne possédons pas de photographie ni de description physique.

Hoover exhala un nuage de fumée.

— Cependant, nous avons de bonnes raisons de croire qu'il est lié à plusieurs complots sanglants. Des rumeurs dans des cercles radicaux affirment même qu'il était impliqué dans l'assassinat de l'impératrice. En ce qui me concerne, je pencherais plutôt pour un racontar destiné à nourrir sa légende. En tout cas, une chose est sûre : Méphistophélès est dangereux.

Hoover écrasa son cigare dans le cendrier, se leva et fixa Liebermann, puis Rheinhardt, avant d'en revenir à Liebermann.

— Très bien, essayons cette damnée machine ! Et si nous n'obtenons pas de résultats rapides, nous soustrairons Feist à votre vigilance et je déciderai des moyens nécessaires pour protéger les intérêts de Sa Majesté et de ses peuples.

58

Feist était assise sur une chaise. Ses deux mains et un de ses pieds immergés dans des baquets remplis d'une solution saline. Sa jupe et ses jupons étaient retroussés au-dessus de ses genoux osseux. Une chaussure où était fourré un bas de laine gris avait été mise de côté. Liebermann et Rheinhardt remarquèrent les bleus sur le côté gauche du visage de la femme et ils échangèrent des regards entendus. Puis l'inspecteur secoua la tête : ce n'était pas le moment de créer un incident avec Hoover. Près de Feist trônait un appareil électrique gigantesque couvert par endroits de boutons et de cadrans en verre. Cela ressemblait plus à un assemblage de divers instruments qu'à un seul et unique mécanisme. Une de ces installations, avec une roue en métal à l'intérieur d'un cadre de protection, rappelait à Rheinhardt la machine à coudre Pfaff de son épouse. Un autre objet présentait les mêmes caractéristiques qu'un gros microscope. Deux fils électriques connectaient un des baquets à un panneau rempli de petites ampoules colorées. L'impression d'ensemble était celle d'un agencement de fortune qui s'effondrerait au moindre choc. Rheinhardt jeta un coup d'œil à Hoover qui hésitait entre l'indignation et l'incrédulité.

Amelia Lydgate étudiait une série de cadrans, prenant des notes sur une feuille de papier fixée à une planchette à pince. Elle était vêtue d'une jupe sombre et d'un corsage blanc. Malgré la sobriété de cette tenue, son apparence professionnelle et rassurante était contredite par sa chevelure, qui semblait prendre feu chaque fois qu'elle traversait les rayons de lumière filtrant des hautes fenêtres du laboratoire. Ces transformations intermittentes la faisaient passer sans transition d'une scientifique à une figure allégorique à la Gustav Klimt.

Rheinhardt, Liebermann, Hoover et ses deux lieutenants étaient assis en demi-cercle. Hoover murmura quelque chose à l'oreille de Hellwitz et Amelia leva la tête.

— Messieurs, je vous demanderai de respecter le plus grand silence jusqu'à ce que l'expérience soit terminée.

Hoover grommela son assentiment et Amelia revint à son travail.

— Fräulein Feist, je vais vous poser une série de questions. Je préférerais que vous nous fournissiez des réponses, mais si vous restez muette, nous respecterons votre choix. Allons-y.

Le crayon d'Amelia était suspendu au-dessus de la feuille de la planchette.

— Le vert est-il votre couleur favorite ?

Amelia s'interrompit et écrivit quelque chose.

— Qui était Jules César ?

Nouvelle note. Vala Feist ferma les yeux et ses lèvres blanchirent. C'était un spectacle étrange, songea Rheinhardt, que cette femme d'un certain âge, les genoux nus, empêtrée dans ce monstre électrique. Que Feist ait tenté de les tuer, lui et son assistant, ne changeait rien à l'affaire. Elle lui faisait pitié. Elle avait déjà été humiliée et la pensée de Hoover la giflant de ses mains gantées lui donnait la nausée. Et voilà qu'elle était exhibée comme un phénomène de foire. Mais il n'y avait pas d'alternative.

— Est-ce que vous aimez le *Topfenstrudel* ? Avez-vous déjà eu des relations intimes avec un homme ? Le pape vit-il à Rome ?

Hoover commença à s'agiter. Il changea de position et une de ses bottes atterrit lourdement sur le sol. Amelia lui adressa un regard glacial. Une ride verticale apparut à son front, ce qui lui valut un signe d'excuse de la part de l'officier. Amelia se pencha sur ses ustensiles et continua ses questions, suivies de pauses et du grattement du crayon sur le papier.

— Méphistophélès est-il encore à Vienne ?

Feist ne montra aucun signe de surprise ou de nervosité.

— Mozart a-t-il écrit des opéras ? Le corps d'un homme nu vous procure-t-il du plaisir ? Budapest est-elle la capitale de la Hongrie ? Un attentat à la bombe est-il en préparation à Vienne ?

Amelia posa sa planchette sur un plan de travail et tourna quelques boutons sur un panneau incliné. Il y eut un faible bourdonnement qui s'amplifia et s'éteignit. Elle reprit sa feuille et répéta les questions.

— Fräulein Feist, je vous remercie de votre coopération, conclut-elle. Si vous le désirez, vous pouvez retirer vos bras et votre jambe de l'eau. Une serviette est à votre disposition.

Puis elle se tourna vers son public.

— Messieurs, le premier essai est terminé. Nous allons nous retirer.

Alors qu'ils se rendaient dans la pièce adjacente, Rheinhardt s'adressa aux deux lieutenants de Hoover.

— Surveillez la prisonnière, nous revenons tout de suite.

Les jeunes gens claquèrent les talons et rejoignirent Feist.

Rheinhardt referma la porte. La pièce ne contenait qu'une table et quelques chaises. Liebermann en proposa une à Amelia qui déclina son offre et ils restèrent tous debout.

— Pourquoi avez-vous posé tant de questions sans queue ni tête ? s'enquit Hoover.

— Dans un but comparatif, expliqua Amelia. Impossible d'obtenir des réponses significatives si nous n'avons pas établi certaines valeurs arbitraires qui nous serviront d'étalon. Voilà pourquoi je me suis d'abord cantonnée à des questions neutres, suivies par d'autres susceptibles de provoquer une émotion.

Amelia consulta sa feuille.

— Les battements du cœur de Fräulein Feist se sont accélérés quand je l'ai interrogée sur un homme du nom de Méphistophélès et sur un éventuel attentat. À partir de là, il est raisonnable de supposer que Méphistophélès réside à Vienne et qu'un « acte de propagande par le fait » est en marche.

— Auriez-vous des conclusions plus déterminantes à nous proposer ? demanda Hoover.

— Non. Mes connaissances me permettent juste d'interpréter l'amplitude des rythmes cardiaques de Fräulein Feist.

— C'est insuffisant.

— Nous pouvons essayer de localiser Méphistophélès avec davantage de précision en utilisant les différents quartiers de Vienne pour…

— Cela ne servirait à rien. Nous n'allons pas fouiller chaque appartement d'un arrondissement !

— Restreindre le périmètre de nos recherches serait mieux que rien, intervint Rheinhardt.

— Et en usant de la même méthode, il serait possible de cerner l'endroit où Méphistophélès a l'intention de faire sauter une bombe, renchérit Liebermann.

Hoover n'était pas d'accord. Il s'inclina et claqua les talons.

— Fräulein Lydgate, je vous remercie pour ce passionnant exercice académique qui n'a servi qu'à démontrer l'inefficacité de votre équipement. Votre science n'est pas assez avancée pour que l'on se prive d'interrogatoires.

Il s'adressa à Rheinhardt.

— Cette affaire n'est plus de votre ressort, j'exige que vous me remettiez Fräulein Feist. Je vais la ramener avec moi au ministère de la Guerre.

Il produisit des documents officiels dûment estampillés qu'il jeta sur la table.

— Et je vous conseille de ne pas vous opposer à mon autorité.

Il s'ensuivit un échange assez vif, où Rheinhardt et Liebermann firent valoir leurs arguments avec force, mais il était évident que Hoover avait pris sa décision et qu'il était inutile de le contrarier. Maintenant que la présence de Méphistophélès à Vienne était confirmée, Hoover estimait ses méthodes pleinement justifiées.

— Ça suffit, inspecteur ! Je ne supporterai pas vos obstructions un instant de plus ! Vala Feist va être transportée au ministère de la Guerre et cessez de me rebattre les oreilles avec vos jérémiades. Vous voulez que je risque la sécurité de notre ville au nom d'une absurde notion de conduite chevaleresque ? Cette femme… (Il montra la porte du doigt) et ses complices seraient ravis de dresser une potence sur Heidenplatz et de regarder le corps de l'empereur se balancer au bout d'une corde. Comment pouvez-vous être aussi naïf, Rheinhardt ?

Avant que l'inspecteur ait eu le temps de réagir, on frappa à la porte et un des lieutenants chargés de surveiller Feist fit irruption dans la pièce.

— Désolé de vous interrompre, mais nous avons un problème.

— Que se passe-t-il ? demanda Rheinhardt.

— La prisonnière… elle a prétendu qu'elle avait besoin d'aller aux toilettes, capitaine. Nous l'avons escortée jusqu'à l'endroit destiné à cet usage et elle s'y est enfermée. Là, elle refuse de sortir.

59

Rheinhardt frappa du poing sur la porte.

— Fräulein Feist, vous allez bien ?

— Bien sûr qu'elle va bien ! grinça Hoover.

Rheinhardt attendait le glissement de la barre du verrou. Rien ne se produisit. Hoover était hors de lui.

— Maintenant vous devez sortir ! C'est intolérable !

Le militaire jeta un coup d'œil à Wax.

— Enfoncez cette porte.

Wax se mit de profil, leva une jambe demi-pliée et projeta son talon sur le bois. Il y eut un « boum » suivi d'un craquement, le verrou tomba sur le sol carrelé tandis que la porte allait claquer contre le mur. Au fond de latrines étroites, Feist était affaissée sur le siège, tout habillée, les cheveux en désordre et les yeux clos. Elle semblait dormir. Il flottait une odeur d'excréments.

Liebermann fut le premier à entrer.

— Fräulein Feist ?

Il pressa ses doigts sur la veine du cou, redressa le menton et leva une paupière avec le pouce. Quand il la lâcha, elle retomba.

— Quelque chose ne va pas ? s'enquit Rheinhardt.

— Je ne sais pas.

Feist toussa et bougea les lèvres.

— Fräulein Feist ?

Liebermann lui tapota la joue, celle qui n'était pas marquée par les ecchymoses.

— Vous m'entendez ?

Elle ouvrit les yeux et sourit.

— Vous arrivez trop tard, murmura-t-elle en refermant les yeux.

— Qu'est-ce qu'elle a dit ? demanda Hoover.

— « Vous arrivez trop tard. »

— Qu'est-ce que ça signifie ? intervint Wax.

— Que nous avons déjà gâché trop de temps, grommela Hoover. Nous devons sur-le-champ la ramener au ministère.

Liebermann souleva le bras de Feist et prit son pouls.

— Ce serait inutile, murmura-t-il.

— Pourquoi ?

— Elle est morte.

— Hein ?

— Son cœur a cessé de battre.

— Vous ne pouvez pas la ramener à la vie ?

— Hélas, non !

— Bon Dieu !

Hoover sortit du cabinet et cogna sur le mur.

— C'est la faute de cette machine ridicule ! L'électricité lui a grillé les nerfs ! Je n'aurais jamais dû accepter cette expérience ! Que le diable vous emporte !

— Puis-je vous suggérer, capitaine… (Amelia ne manifestait aucune émotion) qu'à l'évidence…

— Ça suffit, femme ! tempêta Hoover.

— Vos raisons pour une telle remarque m'échappent. Mon genre, je l'espère, a toujours été évident.

Hoover la fusilla du regard et elle poursuivit avant qu'il ait pu répondre :

— Je vous assure qu'aucun nerf n'a été, selon vos propres termes, « grillé » par le cardiographe. La procédure est sans danger. Fräulein Feist est morte parce qu'elle s'est suicidée.

— Et comment ? Elle n'avait aucun moyen…

— Vous n'avez pas regardé au bon endroit.

Amelia mit la main dans la cuvette et en retira une capsule brisée.

— Du poison ?

— Oui, confirma Liebermann.

Hoover se plaça devant Rheinhardt, son visage à un centimètre du sien.

— Vous me le paierez, Rheinhardt, espèce d'abruti incompétent. Pourquoi ne l'avez-vous pas fouillée ?

— Nous l'avons fait.

— Pas très bien. À l'évidence, vous n'avez pas voulu vous salir les mains !

— Le bureau de la Sûreté emploie une dame à cet effet. Une ancienne infirmière à la retraite qui pratique des examens complets. Ils sont, comment dirais-je ? aussi pénétrants qu'une investigation médicale.

— Votre confiance était mal placée !

— Au contraire, capitaine. Cette dame est très respectée et donne des conférences à l'hôpital Rudolfinerhaus.

Hoover alla arpenter rageusement le couloir avant de réapparaître.

— Herr Doktor ?

— L'explication est très simple, dit Liebermann qui contemplait la morte. Quand Fräulein Feist a compris que son entrepôt chimique était sur le point d'être découvert, elle a décidé de s'échapper. Cependant, elle n'ignorait pas qu'elle risquait d'être capturée et interrogée par les services du Renseignement. Elle savait donc à quoi s'en tenir et elle a avalé une capsule indigérable contenant du poison à action rapide. Pendant que nous délibérions, elle a expulsé la capsule et en a avalé le contenu.

Liebermann jeta un coup d'œil circulaire.

— Elle a obtenu ce qu'elle désirait plus que tout au monde.

— La mort ? demanda Wax, incrédule.

— Non, le martyre.

60

Herr Dorsch travaillait pour les services postaux qui transmettaient les télégrammes. Il portait un uniforme assez impressionnant avec des galons dorés, deux rangées de boutons et une cape verte à capuchon. Il ressemblait davantage à un officier d'une unité d'armée qu'à un homme dont le rang se situait un peu au-dessus de celui d'un coursier ordinaire. Il aimait son travail qui le laissait libre de réfléchir, et il concentrait ses importantes ressources intellectuelles sur des sujets d'étude enthousiasmants : la géologie, l'archéologie, la botanique et l'astronomie. Sans compter d'autres domaines curieux et mystérieux. Il était aussi un marcheur infatigable. Une ou deux fois par semaine, il troquait son uniforme peu pratique pour un confortable pantalon en cuir et il gagnait la forêt. Herr Dorsch n'appréciait pas trop la compagnie des hommes, il préférait de beaucoup celle des arbres. Quant à ses relations sociales, elles étaient compliquées, à cause de ses tics. Au cours de la conversation, ils semblaient distraire les gens et leur faisaient perdre le fil de ce qu'ils racontaient. Herr Dorsch avait remarqué que ce problème le dérangeait moins en dehors des villes.

S'il avait eu la moindre tendance au mysticisme, le plus petit sens du surnaturel, il aurait prononcé des vœux et vécu dans une communauté religieuse. Mais il ne croyait pas en Dieu et les textes sacrés qu'il avait étudiés l'avaient confirmé sur sa pente naturelle. Tout ça lui paraissait idiot. Il n'en demeurait pas moins que les monastères et l'idée d'une retraite exerçaient sur lui une certaine fascination. La paix, l'étude, le silence. Une fois, il avait visité Đurđevi Stupovi, un monastère orthodoxe ruiné, consacré à saint Georges, sur une colline près de Novi Pazar dans la vieille Herzégovine. Abandonné depuis 1698, après la guerre austro-turque, il avait souffert au cours des nombreux conflits. Impossible d'échapper au monde, il vous rattrapait toujours.

Il pensait à Đurđevi Stupovi tout en avançant sous une voûte de branches dénudées. Elles formaient des lignes anguleuses qui zébraient le ciel blanc. Une brume légère rafraîchissait l'atmosphère. Des corbeaux croassaient au loin. L'impression générale, qui aurait pu inspirer des poètes mélancoliques, produisait l'effet contraire sur Herr Dorsch. Il se sentait ragaillardi. Il s'arrêta pour ramasser une pierre qui ressemblait à une pointe de flèche. Après l'avoir tournée et retournée, il dut admettre que cette forme était due au hasard plutôt qu'à une taille volontaire. Il jeta la pierre et poursuivit son chemin. Une fois, il avait trouvé une petite effigie près de la carrière de calcaire abandonnée. Son ventre gonflé suggérait une déesse de la Fertilité, peut-être préhistorique et vieille de plusieurs milliers d'années. Il aurait dû la remettre à une université, ou en faire don au musée d'Histoire naturelle, mais non. Il l'avait rapportée chez lui et mise dans le tiroir de sa table de chevet. Souvent, il la prenait et réfléchissait à son âge et à sa fonction. Il massait du pouce sa poitrine érodée. Elle était la seule femme qui partagerait sa couche.

Les arbres privés de feuilles s'espacèrent, maintenant il marchait dans une épaisse forêt de pins. En pénétrant dans une clairière, il s'arrêta net. À quelques mètres devant lui, il vit la partie inférieure d'une jambe qui portait une chaussure noire. Il s'approcha. Le haut d'une chaussette bleue se détachait sur la chair cireuse et poilue. À l'autre bout était exposée une protubérance ronde ; il reconnut l'articulation du tibia et du condyle latéral. La protubérance était entourée d'une découpe irrégulière de la chair. Dorsch renifla. Cela sentait le fer, les ordures, et quelque chose qu'il ne parvenait pas à identifier.

Un peu plus loin, Dorsch découvrit d'autres os, plusieurs morceaux de viande rouge et des bouts blanchâtres de viscères qui lui rappelèrent les abats vendus aux pauvres par son boucher. Puis ce fut le tour de la tête décapitée, au milieu des broussailles. Elle ne regardait pas du côté de Dorsch et c'était aussi bien parce qu'il sentait monter une envie de vomir. Il s'accroupit et ramassa un morceau de tissu qui devait provenir du manteau de l'homme : des boutons y étaient encore attachés.

Dorsch scruta la lisière de la clairière.

— Oh, mon Dieu ! dit-il à haute voix, c'est très déplaisant. Déplaisant au plus haut point.

Cinquième partie

LES PORTES DE LA MORT OBSCURE

61

— Je viens de parler au colonel March au téléphone. Il semblerait, Rheinhardt, que vous n'avez pas fait grand-chose pour promouvoir une bonne entente entre les services du Renseignement et ceux de la Sûreté.

Le commissaire Brügel croqua dans une gaufrette Manner et continua de parler la bouche pleine.

— Votre comportement aurait pu ouvrir une brèche dans la confiance qui nous lie.

Brügel avala.

— Qu'avez-vous à dire ?

Rheinhardt réfléchit. Sa position était difficile à défendre.

— Désolé, monsieur. Il est regrettable que le capitaine Hoover et moi-même ne soyons pas parvenus à un accord sur la façon de mener cette enquête. Cependant, je vous ferai remarquer qu'il n'est pas le genre d'homme à inspirer des sentiments fraternels. Il peut se montrer discourtois et dominateur. De plus, il ne respecte pas nos procédures. J'ai parfois l'impression qu'il s'estime au-dessus de ce genre de détails.

— À quoi pensiez-vous ? grommela le commissaire. Ils sont nos collègues, nous représentons des institutions parallèles, et vous avez fait de l'obstruction ! Depuis quand vous montrez-vous si respectueux de la paperasse ? Corrigez-moi si je me trompe : n'est-ce pas Oskar Rheinhardt qui ne cesse de se plaindre de notre gestion tatillonne et du nombre de formulaires à remplir et d'accords à solliciter ?

Si Brügel avait élevé la voix, il se montrait moins injurieux que de coutume. Il ressemblait à un acteur lassé de toujours interpréter le même rôle.

— Je ne peux pas fermer les yeux sur leurs méthodes, monsieur. Ce n'est pas ainsi que nous travaillons chez nous.

Brügel termina sa gaufrette et releva le menton.

— Écoutez-moi bien, Rheinhardt, lança-t-il d'une voix grave. Un homme dans ma situation reçoit beaucoup de confidences. Je suis invité dans les ambassades, les grands bals, les dîners, j'entretiens des conversations confidentielles avec des juges, des généraux et des aides de camp de l'empereur. Le grand chambellan est extrêmement inquiet, alors autant éviter les querelles puériles.

Rheinhardt était de plus en plus surpris par la sobriété du commissaire. D'habitude, ses réprimandes s'accompagnaient de mimiques et de grondements de plantigrade. Le commissaire rentra le menton.

— On n'obtient pas de promotion au bureau du Renseignement en respectant les règles et en jouant de son charme.

Rheinhardt se demanda s'il fallait répondre, puis il choisit le silence. Le bureau était couvert de rapports et de photographies. Brügel sélectionna un cliché du corps de Kelbling et le montra à Rheinhardt.

— Monsieur ?

— Cet homme…

— Oui, Gerd Kelbling.

— Est un agent spécial de l'Okhrana.

— La police secrète russe ?

Rheinhardt était choqué.

— Si vous le permettez…

Brügel anticipa la question.

— Contrairement à vous, je fais de grands efforts pour maintenir des relations cordiales avec les services du Renseignement. Le colonel March ne s'est pas montré très communicatif, mais il a accepté de partager certains éléments du dossier avec nous.

— Les Russes ? C'est… inattendu, lança Rheinhardt qui n'avait toujours pas digéré l'information.

Brügel posa la photo devant lui.

— Agent 58. Son vrai nom est Konstantin Borisovitch Gribkov.

— Incroyable.

Le commissaire but une gorgée de café, écarta quelques papiers et se saisit d'un rapport complémentaire.

— Vous êtes sûr que Callari et Kelbling, ou Gribkov comme nous allons maintenant l'appeler, ont été tués par la même personne ?

— Nous en avons la preuve. Les balles n'étaient pas d'un modèle courant et cela nous a pris un certain temps pour les identifier. Elles proviennent d'une cartouche de calibre 44-40 Winchester. Ces cartouches sont communément employées pour le chargement à levier des carabines et des fusils, mais elles sont aussi compatibles avec certains revolvers.

— Des armes américaines. C'est important ?

— Aucune idée.

— Très bien, supposons que ce Méphistophélès ait assassiné Gribkov…

— Parce que Gribkov possédait les documents de Seeliger, je suppose. Le colonel March vous a-t-il donné des indications sur ce qu'ils contenaient ?

— Il y a des limites à ce qu'un commissaire peut obtenir des services secrets, Rheinhardt. Il ne m'a rien dit… au nom de l'intérêt national, bien sûr. Mais si l'Okhrana désirait s'approprier ces documents, alors nous pouvons être certains qu'ils contenaient des informations très sensibles.

— Une nouvelle arme ?

— Ça peut être bien des choses : un canon, un système de communications, une machine à calculer destinée au champ de bataille. Qui le sait ?

— Les armes ordinaires des anarchistes sont la dynamite et les grenades.

— Peut-être avaient-ils l'intention de vendre les documents de Seeliger à une puissance hostile ? Comme n'importe quelle autre organisation, leur mouvement est toujours en quête de fonds pour financer leurs opérations. Ce qui est intéressant, bien sûr, c'est comment l'Okhrana a entendu parler du projet de Seeliger. March n'avait pas l'intention d'aborder le sujet.

— On comprend pourquoi, monsieur.

— Vous avez raison. Il y a un informateur qui travaille au ministère, peut-être même dans les services secrets.

Rheinhardt n'avait pas l'habitude de voir Brügel sourire et, quand les coins de la bouche du commissaire se retroussèrent, il crut que le vieil homme souffrait d'indigestion. Mais la méprise de Rheinhardt ne dura que quelques secondes. Il comprit qu'assister à la contrariété du colonel March le transportait, car ils étaient en compétition. Cela expliquait la bonne humeur relative de Brügel. Il prétendait être en colère contre Rheinhardt, alors qu'il était ravi que les services du Renseignement aient été mis dans l'embarras.

— Que va-t-il arriver à Seeliger, monsieur ?

— Si le colonel dit vrai, il devrait être autorisé à poursuivre son travail. Une dérogation spéciale sera négociée avec les instances concernées. Seeliger est un homme précieux et, quand son projet portera ses fruits, il assurera un avantage significatif aux forces armées de Sa Majesté.

— Le professeur et son épouse seront certainement enchantés, mais sur le long terme, cette issue pourrait leur valoir des ennuis.

— Dans quel sens ?

— Il a remis des documents falsifiés à l'Okhrana, il les a trompés. Mieux vaudrait pour lui et sa famille qu'il change d'identité et se contente d'un poste de modeste professeur dans un coin éloigné de l'Empire. L'Okhrana ne pardonne pas.

— Le sort du Pr Seeliger et des siens n'est pas de notre ressort.

Brügel fixa Rheinhardt un instant et revint aux rapports et aux photos. Il fronça les sourcils et émit une note grave qui suggérait la perplexité et le mécontentement.

— Nous nous sommes pas trop mal débrouillés, monsieur, déclara Rheinhardt, craignant que son supérieur ne retombe dans sa mélancolie coutumière. Nous avons identifié Callari et les trois membres du jury d'honneur qui l'ont condamné. De plus, nous avons arrêté deux membres de ce jury.

— L'un d'eux est mort, ce qui nous empêche de pousser l'interrogatoire.

Rheinhardt ignora la pique.

— Nous avons aussi découvert et neutralisé un arsenal des anarchistes et un de leurs repaires. Et nous avons appris qu'un extrémiste célèbre était dans la nature en train de planifier un attentat.

— Ce que nous suspections déjà.

— Je le reconnais, mais notre confirmation a souligné l'extrême gravité de la situation.

— Avez-vous à nouveau essayé d'interroger Autenburg ?

— Oui, monsieur, mais je suis convaincu qu'il ignore tout de Méphistophélès. Autenburg n'a jamais été très actif dans le mouvement, il était tout au plus un associé, un théoricien, un révolutionnaire en chambre. Je soupçonne que si on l'a convoqué pour siéger auprès de Feist et de Méphistophélès, c'est qu'ils n'avaient personne de plus représentatif à leur disposition. Les anarchistes respectent leurs règlements et un camarade accusé de trahison doit être jugé par trois personnes.

— Quand ils se rappelleront que nous le détenons, les services du Renseignement exigeront qu'on leur remette Autenburg.

— Vous le ferez ?

Brügel arbora un de ses sourires exaspérants.

— Oui.

Une lueur malicieuse brilla dans ses yeux.

— À condition qu'ils respectent le protocole, n'est-ce pas, Rheinhardt ?

Puis il produisit un bruit qui s'apparentait à celui d'un moulin à café broyant des grains. C'était sa façon de rire. Ensuite, il tapota un autre cliché.

— Et Diamant ?

— Cela m'étonnerait qu'Autenburg l'ait tué, même en prenant son protégé par surprise.

N'oubliez pas que Diamant était jeune, costaud et très entraîné.

— Alors qui ?

Rheinhardt haussa les épaules.

— On prétend qu'il aimait la bagarre. Peut-être que, cette fois, il s'est attaqué à plus fort que lui ?

— Vous avez enquêté à l'université ?

— Les ennemis de Diamant n'y manquent pas, malgré cela je n'ai pu identifier aucun suspect potentiel.

— Et la femme d'Autenburg ? Qu'est-ce qu'elle devient ?

— L'emprisonnement de son mari ne l'a guère affectée, pas plus que la mort de son amant. Elle continue de fréquenter *Les Ours dorés* et rentre très tard chez elle, souvent accompagnée par un jeune homme. Herr Doktor Liebermann a suggéré qu'elle était nymphomane – c'est le terme médical.

Brügel toussota et poursuivit :

— Comment va le jeune Haussmann ?

— Beaucoup mieux, Dieu merci.

— Parfait. Et maintenant, qu'est-ce que vous comptez faire ?

Rheinhardt fit la moue.

— Je ne sais pas trop, monsieur.

Le téléphone de Brügel sonna. Le commissaire décrocha et engagea une conversation tendue avec son interlocuteur, dont la petite voix ressemblait à un coassement de grenouille.

— Oui ?

— *Coa.*

— Hmm.

— *Coa coa.*

— Il est en face de moi, je le lui dirai.

Il reposa le récepteur.

— Eh bien, Rheinhardt, moi, je sais très exactement ce que vous allez faire. Une promenade dans les bois.

62

Ce que Rheinhardt avait vu dans la forêt était assez éprouvant. Cela ressemblait plus à un carnage sur un champ de bataille qu'à une scène de crime. Le jeune agent qui l'avait accompagné s'était précipité derrière un arbre et le pauvre garçon avait vomi tout son soûl. Quand il avait réapparu, il était vert.

Et maintenant, à la morgue, c'était encore pire avec la lumière électrique dirigée sur la table. Rheinhardt s'éloigna pour dissimuler son malaise en affectant une indifférence qui le poussa à siffloter une bribe du *Frühlingsglaube*, « Le Printemps », de Schubert. La mélodie résonnait dans l'espace immense. Il traversa un seuil mal éclairé et se retrouva devant une série de compartiments funéraires. Il réagit à la température glaciale en se frottant les mains et en tapant des pieds.

Puis, reprenant courage, il retourna à la table. Des morceaux de corps et d'organes internes avaient été assemblés pour reconstituer un cadavre, mais les membres déconnectés et le buste chaotique contrariaient l'effet recherché. Deux moitiés de jambes avaient été posées côte à côte. Une chaussure noire dissimulait le pied de la jambe droite alors que celui de la jambe gauche était exposé. La peau de la jambe gauche était déchirée en plusieurs endroits, des muscles rouges sortaient des blessures. Des fémurs dénudés montaient jusqu'à l'os iliaque décoré d'intestins. Le torse était une cavité vide, dont il ne restait que la cage thoracique. Le bras droit était soudé à l'épaule et le bras gauche, détaché, exhibait un cubitus, un radius et une main mutilée à laquelle il manquait plusieurs doigts. En position verticale et à une certaine distance des épaules, la tête arborait la moitié d'une moustache. Cette disposition produisait une impression fâcheuse, comme si le mort essayait de prendre conscience de l'étendue du désastre.

Au bout de la table de dissection, le Pr Mathias contemplait son œuvre. Il respirait fort, exhalant des nuages de vapeur. Opinant du chef avec componction, il déclama :

— « Il est facile de descendre dans les gouffres de l'Averne : la porte du dieu ténébreux des Enfers est ouverte nuit et jour. » Alors, Rheinhardt ?

— Cela sonne comme du Schiller, professeur.

— Non, non ! Jamais de la vie ! C'est du Virgile.

Le vieil homme mit la main en visière.

— Venez par ici, voulez-vous ? Je sais ce que vous ressentez. J'admets que ce monsieur n'est pas à son avantage, cependant, si vous arrêtiez de le fuir, vos nausées se calmeraient.

Rheinhardt le rejoignit.

— Vous faites beaucoup de cauchemars, professeur ?

— Oui, avec les femmes dont j'ai imprudemment fait la connaissance dans les stations thermales. Surtout des veuves, pour de bonnes raisons, sans doute…

Mathias alla poser ses mains sur les oreilles du cadavre, souleva la tête et la tint devant lui. Le visage était aplati d'un côté et un bout de chair ovale manquait sous l'œil gauche.

— Pardon, mon ami, de vous soumettre à une indignité supplémentaire, mais je ne peux l'éviter, s'excusa Mathias qui posa son fardeau près d'un grand pot en verre.

Puis il fouilla dans des placards, ouvrant et claquant les portes de plus en plus vite et grommelant quelques jurons, avant de s'écrier :

— Ces damnés étudiants, une bande de gredins, ont utilisé tout mon formaldéhyde !

— Cela pose un problème ?

— Je n'ai pas envie de me rendre dans la réserve.

— C'est loin ?

— Trop loin pour moi.

— Je vois.

Mathias brandit une clé et ouvrit un petit meuble en métal gris. Rheinhardt aperçut plusieurs bouteilles sans étiquette et remplies d'un liquide clair. Mathias transféra les bouteilles jusqu'à une paillasse.

— Cela nous servira de substitut. Et il en restera peut-être un peu pour nous.

— Pardon ?

— Comme digestif.

— Qu'est-ce que c'est ?

— De la vodka. Il y a deux Ruthéniens qui possèdent une distillerie clandestine derrière la Franz-Josef-Bahnhof.

Le vieil homme agita l'index.

— Ne vous avisez pas de les arrêter, Rheinhardt. Vous m'avez compris ? Leur production est unique, elle agit comme un excellent sédatif et elle est aussi un composé exceptionnel pour conserver les organes.

Mathias ôta le couvercle du bocal et commença à verser. Le rapide transvasement de la vodka accompagné de glouglous composait une gamme ascendante. Une fois le récipient rempli, il se saisit de son trophée, le positionna au-dessus de la vodka et le lâcha. Sous l'effet de cette brusque descente, la frange du mort se souleva et retomba. Mathias vissa le couvercle du bocal et recula d'un pas pour admirer son œuvre : une tête immergée, élargie et déformée par la courbure du verre. Il remplit deux grandes éprouvettes à ras bord avec ce qui restait d'alcool.

— Et voilà quelques gouttes de la potion médicinale promise qui vont nous aider à bien dormir.

— Quelques gouttes, dites-vous ?

Mathias tendit une éprouvette à l'inspecteur.

— *Prost !*

— À votre santé, professeur.

Les deux hommes avalèrent la moitié de la liqueur d'une seule lampée.

— Bon Dieu ! ça arrache la gorge !

Rheinhardt toussa et, quand il ferma les yeux, des larmes roulèrent sur ses joues. Quant au professeur, il était demeuré impassible.

— Attendez que ça atteigne votre cerveau, inspecteur. Alors vous comprendrez la puissance de cet élixir. Comme vous le savez, je souffre d'insomnie depuis de nombreuses années et les nuits sont longues quand le sommeil ne vient pas. Les problèmes les plus négligeables prennent des proportions déraisonnables.

Mathias fit tourner le liquide dans le tube.

— Voilà le remède.

Il vida son éprouvette et la posa près du bocal, où la tête continuait de contempler le monde de ses yeux bleus intelligents.

— Pourquoi voulez-vous conserver ça, professeur ?

— À Vienne, les décès par dynamite sont plutôt rares. Je pensais utiliser cet objet pour mon cours, demain matin. Pour une fois, ces jeunes garnements seront attentifs.

Mathias longea la table.

— Inutile de s'attarder sur les viscères de ce pauvre homme. Impossible de pratiquer une autopsie sur cet embrouillamini. Je vous conseille de faire enterrer cette dépouille dans une fosse commune ou alors de transférer ces restes dans un seau pour les faire incinérer. Je crains que mon rapport ne soit bref : individu de sexe masculin, cinquante ans environ. Cause de la mort : manipulation malencontreuse de dynamite.

— Ça suffira, dit Rheinhardt en avalant une gorgée de vodka.

Mathias examina le visage prisonnier du pot.

— Qui ça peut bien être ?

— Nous espérons qu'il s'agit de l'agitateur usant du nom de code Méphistophélès. Par malheur, nous ne disposons d'aucune photographie du terroriste le plus recherché de Vienne, ni d'aucun moyen de confirmer son identité. C'est lui qui a tué l'Italien aux pieds palmés.

— Donc sa disparition vous arrangerait ?

— Oui, parce que nous avons de bonnes raisons de croire qu'il préparait un attentat ici même. Peut-être s'est-il fait exploser par accident en vérifiant le bon fonctionnement du détonateur ?

— Une supposition raisonnable, Rheinhardt. Il n'y a pas tant d'anarchistes que ça à Vienne. Et ceux qui veulent tuer des innocents pour leur cause sont encore moins nombreux.

Mathias ôta la chaussure et la chaussette de la jambe gauche et les fourra dans un sac à moitié rempli qu'il offrit à Rheinhardt.

— Vous en aurez besoin.

— Ah ! merci, professeur.

Rheinhardt jeta un coup d'œil à l'intérieur : deux chaussures, une chaussette, un pantalon déchiré, un col dur intact entièrement taché de rouge, des bouts de sous-vêtements en coton, raides de sang séché. Il dégagea un fragment de manteau avec sa doublure et deux boutons d'argent encore attachés. Quand il le retourna dans l'espoir de trouver une étiquette, une enveloppe tomba sur le sol. Les deux hommes se regardèrent, interloqués.

— Elle est sortie de là, expliqua Rheinhardt en montrant une poche en soie provenant du manteau.

— Et si vous ramassiez cette missive, inspecteur ?

— Bien sûr.

Il jeta la poche et s'agenouilla. Lorsqu'il se redressa, ses mains tremblaient. Il examina l'enveloppe à la lumière crue qui illuminait la table.

— Le timbre est autrichien. Elle a été envoyée de Vienne à une adresse à Berne. Le destinataire s'appelait Tycho von Arx.

— Et à l'intérieur ?

— Ah, oui !

Rheinhardt ouvrit l'enveloppe et en sortit une feuille de papier qu'il déplia.

— Bon alors, ça dit quoi ? Je meurs d'impatience ! s'énerva Mathias.

— Tenez, constatez par vous-même.

La feuille était couverte de chiffres et de lettres et l'écriture, nette et soignée :

XVT53S FG M596 FKD77LN8FMT7D9S BV6 FLP8J5C2L RQ7P22CI902 SC5 DF69H B6RL5Y14T8.

Et ainsi de suite.

— Un code ?

— Sûrement.

— Et là, à la fin…

Le vieil homme désigna une lettre solitaire, un M, et il murmura :

— Vous croyez… ?

— Méphistophélès, soupira Rheinhardt.

Son haleine flotta sur la table de dissection, se rassembla dans la poitrine du cadavre et se désagrégea.

— Dommage que le diable soit toujours dans la nature, conclut-il d'un air dépité.

63

Rheinhardt se leva avant le soleil. Il embrassa sa femme somnolente, s'habilla et se rendit dans la chambre de ses filles. Elles ressemblaient à des princesses de conte de fées. Son cœur se gonfla d'émotion. Il referma la porte, sortit de l'appartement, traversa le palier, descendit l'escalier et découvrit un monde sombre et glacé. On voyait la neige tomber autour des lampadaires, mais les flocons fondaient sur le sol. Il releva le col de son manteau, accéléra le pas et ralentit aussitôt à cause du verglas. À un moment donné, il glissa, alla heurter une colonne d'affichage et se retrouva le nez sur une publicité pour une démonstration d'automobiles au Prater. Il recula et vit une image de style romantique représentant un homme assis dans un véhicule haut sur roues. Son visage était en partie dissimulé par une casquette et de grosses lunettes. Un texte en farandole invitait le public à « faire l'expérience de l'avenir avec Herr Porsche, le gagnant du rallye d'Exelberg et le chauffeur officiel de François-Ferdinand de Habsbourg-Este ».

Rheinhardt poussa une exclamation désapprobatrice.

— L'avenir ! L'avenir de qui, je vous le demande ? Certainement pas celui tout tracé des gens ordinaires. Comment des charpentiers, des ouvriers, ou même des médecins et des avocats auraient-ils les moyens de s'acheter une automobile ?

Il vérifia qu'il avait bien la lettre dans sa poche et malgré les plaques de glace se dirigea le plus vite possible vers le poste de Schöttenring,

En arrivant, il se rendit droit au laboratoire où il coinça le document entre deux plaques de verre qu'il attacha avec du ruban adhésif. Puis il convoqua un agent et lui ordonna de faire des copies.

— Appliquez-vous, les feuilles doivent être similaires.

— Vous en voulez combien, monsieur ?

— Dix.

— Dix ? J'avais un maître à l'école qui me donnait des poésies à recopier en punition.

Rheinhardt fronça les sourcils et l'agent, honteux, dit très vite :

— Très bien, monsieur, dix, toutes pareilles, c'est comme si c'était fait.

Bien calé dans le fauteuil de son bureau, Rheinhardt jeta un coup d'œil à la pendule murale et téléphona à Liebermann. Le jeune médecin était fâché d'être réveillé si tôt.

— Quoi ? Tu veux que je vienne maintenant ?

Rheinhardt l'informa de la découverte des restes de von Arx et du message codé.

— Je soupçonne Tycho von Arx d'être l'artificier de Méphistophélès. La lettre peut contenir des détails sur l'attentat. Je t'attends, Max.

— Je suis psychiatre, Oskar, pas briseur de codes.

— Tu peux remarquer des éléments qui échapperont aux spécialistes.

— Mes patients à l'hôpital ont besoin de moi.

— C'est trop important.

— Je vais me faire réprimander.

— J'en parlerai à tes supérieurs. Et s'ils ont des objections, je t'assure que le Palais en sera informé. Tu es relevé de tes devoirs médicaux.

Liebermann comprit qu'il s'agissait d'un ordre.

— Je te rejoins.

— Ah ! autre chose. Miss Lydgate.

— Quoi, Miss Lydgate ?

— Elle nous a déjà aidés dans une affaire de cryptogrammes et elle a une intelligence analytique exceptionnelle. Pourrais-tu la contacter et lui demander de venir ?

Par la porte ouverte de la chambre, Liebermann jeta un coup d'œil à Amelia. Dans un demi-sommeil, ses bras se mouvaient avec grâce sur les draps défaits.

— Je vais voir ce que je peux faire.

Rheinhardt n'avait aucune envie d'informer Hoover de sa découverte, mais ses obligations professionnelles l'y contraignaient. Après tout, le sort de la ville et de ses habitants était en jeu. Et cela concernait les trois « dames » encore endormies dans son appartement. Chaque seconde qui passait augmentait les probabilités d'un terrible danger. Tout en sachant que c'était un vœu pieux, il espérait que le décès de l'artificier retarderait Méphistophélès. Malheureusement, pour un individu aussi diabolique que lui, il s'agissait sans doute d'un incident mineur.

Dehors, le ciel commençait à absorber et dispenser la lumière d'un soleil invisible. Surchargé de responsabilités et accablé de doutes, Rheinhardt appela le bureau du Renseignement.

— J'aimerais que vous transmettiez un message au capitaine Hoover, dit-il au soldat en faction.

Une heure plus tard, une équipe de décryptage s'était rassemblée dans le laboratoire de Schöttenring. Elle comprenait deux cryptographes des services secrets, Herr Wlassak et le lieutenant Roithinger, et deux de leurs consultants de l'université : les Prs Urban et Hoemes. Le premier, un mathématicien, était arrivé avec un genre de machine à calculer rotative de son invention et plusieurs volumes de tables numériques. Le second, un philologue de renom, avait réussi à décrypter un rouleau écrit dans un dialecte araméen, découvert lors de fouilles archéologiques en Arabie orientale. Amelia était la seule femme présente. Le petit groupe commença par échanger des impressions sur des textes en clair, des textes chiffrés et des fonctions de décodage. Puis chacun prit un exemplaire de la lettre de Tycho von Arx et se retira dans un coin. Il y eut des griffonnages, des murmures, des feuilles froissées. Bientôt, le sol était jonché de boules de papier couvertes de chiffres et de symboles. Liebermann, assis à un plan de travail avec l'original de la lettre de von Arx, se sentait mal à l'aise, loin de son environnement habituel. Il était confronté à des cerveaux bien mieux adaptés que le sien à la tâche exigée. Tour à tour, Rheinhardt et Hoover allaient marcher dans le couloir en fumant, dans un va-et-vient ininterrompu.

Liebermann étudiait la lettre prise dans les plaques de verre sans discerner aucun motif récurrent. L'atmosphère était tendue et de plus en plus angoissante. Cela lui rappelait l'ambiance de ses derniers examens de médecine, avec le tic-tac inexorable de la pendule.

À onze heures, un agent de police arriva avec un plateau chargé de pâtisseries.

— Qu'est-ce que c'est que ça ? demanda Hoover.

— J'ai supposé que nos invités aimeraient se restaurer, dit Rheinhardt.

— Et vous avez commandé des gâteaux ?

— Oui, un assortiment. Ainsi, il y en aura pour tous les goûts.

— Rheinhardt…

Hoover faisait des efforts évidents pour se contrôler, ce qui ne l'empêcha pas d'exploser.

— Nous n'avons pas de temps à perdre avec des friandises !

— Capitaine Hoover, intervint Liebermann, le sucre fournit des énergies vitales au cerveau. Je vous garantis que, si on considère nos efforts intellectuels et les contraintes que nous subissons, la consommation de douceurs sera salutaire.

Avant que Hoover ait eu le temps de répondre, le Pr Urban, un homme plutôt corpulent, se réveilla de ses cogitations.

— Il y a des gâteaux ?

L'agent s'avança et le mathématicien sourit.

— Je prendrai un strudel aux graines de pavot. Et si vous y ajoutez une tasse de café, je serai comblé.

Le Pr Hoemes leva la main.

— Vous avez des *Punschkrapfen* ?

Il se servit deux cubes roses avec des vermicelles de chocolat.

— Parfait !

Hoover secoua la tête, siffla quelque chose d'incompréhensible à l'intention de Rheinhardt et quitta la pièce pour aller fumer ses dernières cigarettes.

À midi, un événement sans précédent se produisit. Le commissaire Brügel apparut à la porte du laboratoire. Il se tenait là, raide, et il fit une annonce.

— Je suis en contact avec le bureau du grand chambellan. Il vous fait savoir qu'il a toute confiance en vous. Et Sa Majesté s'en remet à vous pour assurer sa sécurité, celle de la famille royale et impériale, ainsi que celle des citoyens de notre bien-aimée capitale.

Le vieil homme croisa le regard de chacune des personnes présentes, inclina la tête et s'en alla.

Liebermann se tourna vers Rheinhardt.

— Ce n'était pas une déclaration très réconfortante.

— Non, plutôt glaçante.

— Je dirais même que le ton était assez menaçant.

— Je partage ton avis, soupira l'inspecteur.

Vers deux heures, Amelia se leva.

— Messieurs, j'ai découvert une clé qui déchiffre sept mots.

Les hommes l'entourèrent et elle exposa la méthode qu'elle avait suivie. Les sept mots étaient : palais, élément, vérité, fin, socialisme, arrêté et liberté.

Le Pr Urban se mit à rire.

— Remarquable, Miss Lydgate, une solution très élégante, je suis impressionné.

À trois heures vingt, le Pr Urban déclara qu'il avait trouvé une clé qui traduisait cinq mots supplémentaires : bas, compréhension, croyante, visibilité, localisation. Plusieurs réussites suivirent, sans pour autant faire progresser l'ensemble. Le sens de la lettre demeurait obscur.

Hoover examina une copie avec des déchiffrages intercalés entre les lignes.

— Il y a encore beaucoup de trous, observa Roithinger.

— Certes, grommela Hoover. Et même en utilisant des mots de notre invention pour remplacer les pièces manquantes, il est difficile de composer une seule phrase. Et l'emploi de plusieurs codes est assez étrange, non ? Vous êtes certains que vous ne vous êtes pas trompés ?

— Oui, rétorqua le Pr Urban. Le contraire serait statistiquement improbable.

— Très bien, dit Hoover en reposant la feuille. Continuez.

Rheinhardt consulta l'horloge murale.

— Quelqu'un serait-il tenté par des cakes ?

64

Une domestique ouvrit la porte de l'entrée de service et les escorta jusqu'à un vestibule en haut d'un escalier. Un homme en livrée, qui lançait des ordres brusques à ses subordonnés, s'arrêta et les regarda de l'autre côté d'un parquet fraîchement ciré. L'air sentait l'encaustique et les violettes.

— Herr Puck, dit la domestique. Herr Curtius et son tourneur de pages.

L'homme en livrée s'inclina.

— Soyez les bienvenus, messieurs. Par ici, je vous prie.

Il les entraîna le long de plusieurs couloirs et ils arrivèrent dans une grande salle. L'impression d'ensemble était celle d'une opulence excessive, presque hystérique. Des miroirs reflétaient des lustres étincelants et des globes lumineux étaient tenus par des chérubins dorés. Chaque surface était décorée de cartouches antiques, de bibelots et de guirlandes de fruits artificiels. Des caryatides montaient la garde devant plusieurs entrées. À un bout de la pièce, de longues tables qui formaient un U embrassaient presque un piano à queue Ehrbar aux pieds tarabiscotés. Herr Puck eut un geste languide en direction du clavier.

— Vous avez tout le temps de vous préparer, messieurs, nous ne dresserons pas les tables avant une heure au moins. Quand vous aurez terminé votre répétition, vous vous rendrez dans la cuisine où on vous servira des rafraîchissements.

Il salua avec raideur et s'éloigna d'un pas martial. Il arborait des bas jaunes et ses chaussures à boucle produisaient un cliquetis suggérant qu'il était non pas un homme de chair et d'os, mais un automate. La double porte se referma et ce fut le silence.

Razumovsky s'avança vers le piano et posa avec précaution son gros sac en cuir près du pupitre. Il en défit les sangles et en sortit plusieurs livres de partitions, découvrant le mécanisme qu'il avait construit à la hâte le matin. Il en vérifia les différents composants : réveil, connexions, détonateur…

— Dépêchez-vous d'ouvrir le tabouret du piano.

Curtius s'exécuta et ôta des sonates de Beethoven pour faire de la place. Après avoir jeté un coup d'œil à la double porte, Razumovsky souleva l'engin et le plaça dans le tabouret. Puis il remit les sonates par-dessus le détonateur du réveil en position verticale et referma le couvercle.

— Rappelez-vous, il ne faut pas bousculer le tabouret. Une fois qu'il sera en place, n'y touchez plus. Pendant que vous jouez, ne levez pas les fesses pour retomber sur le siège.

Curtius transpirait.

— J'espère, mon ami, que vous n'avez pas de regrets.

Le pianiste secoua la tête sous le regard placide de l'anarchiste.

— Si vous deviez trahir notre contrat à ce stade des opérations, poursuivit Razumovsky d'une voix suave, vous en subiriez les conséquences.

— Je n'ai pas l'intention de manquer à ma parole.

— Bien. Alors commençons.

L'anarchiste ouvrit un livre de sonates de Carl Philipp Emanuel Bach et le posa sur le pupitre. À deux, ils soulevèrent le tabouret, le rapprochèrent du piano et le firent atterrir en douceur sur le parquet.

Curtius s'assit, se recueillit un instant et se lança dans la sonate en *la* majeur, délicieuse et virtuose. Les oscillations entre des intervalles croissants et des cascades allègres ne déviaient jamais du tempo obstiné. C'était une musique revigorante, festive, que l'acoustique généreuse de la salle rendait encore plus entraînante.

L'artificier était attendu la veille. À l'évidence, il avait rencontré des difficultés. Tout comme un grand chef, un grand fabricant de bombes sélectionnait et assemblait ses ingrédients avec une précision instinctive, et il concoctait un explosif à peu près stable qui se déclenchait quand vous le décidiez, pas avant. Mais même les grands chefs commettaient des erreurs…

Razumovsky avait été contraint d'improviser un dispositif en utilisant la petite quantité de dynamite que l'artificier avait laissée. Or, mettre au point une bombe était un art et une science, et certaines personnes étaient plus douées que d'autres. Enfin, il avait fait de son mieux, et il espérait que cela suffirait. Il se rappela la voix éraillée du bon Jov. « Si vous avez fait de votre mieux, monsieur Peter, alors il n'y a rien à ajouter. »

Il adorait le vieux serf. Un jour, Jov, âgé de quatre-vingts ans, avait renversé de la soupe brûlante sur les genoux du père de Razumovsky. Le père de Razumovsky, célèbre pour ses colères, s'était mis à hurler et avait repoussé Jov qui s'était cogné la tête contre un coin de meuble en tombant. Il était resté inconscient pendant trois heures et puis il était mort.

« Ce vieil homme devait trébucher et chuter un jour ou l'autre, avait dit le médecin. Quelle tristesse. »

Tout le monde avait trouvé cela très triste.

Razumovsky tourna une page : une modulation en mineur, une mesure de silence, et le torrent joyeux des notes reprenait. Curtius maîtrisait parfaitement son instrument. Un bon signe : ses nerfs s'étaient calmés.

Une image de Vala se forma dans l'esprit de Razumovsky. Il avait appris son arrestation et sa mort par un journal du soir. Avec un peu de chance, Weeber, ses acolytes et un archiduc la rejoindraient dans quelques heures.

Le premier mouvement de la sonate s'arrêtait de façon inattendue. Une fin étrange, évocatrice d'une œuvre pour orgue dans une église, qui laissait une impression d'inachevé.

— Vous avez fait de votre mieux ? s'enquit Razumovsky.

Le visage poupin du pianiste se contracta en une grimace.

— Excusez-moi, mais qu'entendez-vous par là ?

— Vous avez fait tout votre possible ?

— Oui.

— Alors il n'y a rien à ajouter. Et maintenant il ne vous reste plus qu'à attaquer cet horrible morceau de Strauss.

— Ils ont insisté pour que je l'inclue dans le programme.

— Une musique tellement frivole et indifférente, à l'image de cette ville ridicule…

65

Les hautes fenêtres s'étaient changées en miroirs noirs, suspendant les briseurs de codes dans un ciel nocturne. Les personnes physiques et leurs doubles semblaient également réels. Rheinhardt caressa le nez du lapin du laboratoire et remarqua que le niveau des boules de papier froissé sur le sol grimpait. Un grondement sourd lui fit regarder le lapin avec appréhension, puis il comprit que la source de ce bruit était son estomac. Il n'avait mangé que des pâtisseries, qu'il adorait, mais il avait besoin de quelque chose de plus consistant. Il imagina une assiette de pot-au-feu avec du raifort et des pommes râpées.

Au cours de la journée, l'atmosphère dans la pièce avait changé. L'excitation initiale, ravivée de temps à autre par la découverte d'une nouvelle clé, avait peu à peu cédé la place au désespoir. Et plus l'ardeur baissait, plus la pression montait. Une sensation presque physique, comme celle que provoquait un changement atmosphérique. Il y avait eu pas mal de ronchonnements, de jurons suivis d'excuses à l'adresse de Miss Lydgate et de soupirs. Ils étaient tous épuisés. Le Pr Urban rejetait la tête en arrière tout en caressant sa longue barbe comme s'il s'agissait d'un chaton pelotonné sous son menton. Le Pr Hoemes hochait la tête d'un air compréhensif, piquait du nez et sursautait, surpris d'avoir failli sombrer dans le sommeil. Miss Lydgate demeurait concentrée, sa plume bougeait sans cesse. La ride verticale qui apparaissait parfois sur son front était devenue permanente. Un des cryptographes des services du Renseignement avait renoncé, déclarant qu'il ne se sentait pas très bien et qu'un peu d'air frais… Un grand nombre de cigares et de cigarettes avaient été consumés et le laboratoire était aussi brumeux qu'une cave à bières. Liebermann bâillait et se massait les yeux.

Rheinhardt gratta une dernière fois la tête du lapin et sortit dans le couloir. Là, il retrouva Hoover.

— Il semblerait qu'on ne brisera pas le code aujourd'hui, maugréa l'inspecteur.

— Que suggérez-vous ? répliqua l'autre, de plus en plus irritable.

— Et si nous rendions leur liberté à ces braves gens ?

— Hein ?

Hoover eut quelques gestes désordonnés avant de serrer le poing.

— Non, il nous faut le contenu de ce message !

— Ils sont très fatigués. S'ils se reposent, ils seront plus efficaces demain.

— L'armée ne fuit pas le champ de bataille.

— Cela ne peut pas durer indéfiniment.

— Nous nous obstinerons jusqu'à ce qu'on obtienne des résultats.

Liebermann émergea du laboratoire et se dirigea droit sur Hoover.

— Êtes-vous sûr de nous avoir tout dit sur Méphistophélès ?

— Je vous ai confié ce que je savais.

— Rappelez-moi les faits.

— Vous avez une mémoire défaillante, Herr Doktor.

Liebermann haussa les sourcils et Hoover se sentit obligé de le satisfaire.

— Certains prétendent qu'il était un communard.

— Poursuivez, je vous en prie.

— D'autres qu'il est le fils rebelle d'une famille noble germano-russe.

— N'avez-vous pas précisé qu'il était aussi un scientifique ?

— Ce ne sont que des rumeurs, Herr Doktor. Des rumeurs !

— Soyez gentil, développez.

— Bien. Nous avons eu quelques informations, peu nombreuses et sans doute peu fiables, suggérant que Méphistophélès était un biologiste suisse.

— Rien de plus ?

— Rien.

Liebermann tapota sa lèvre de son index, regarda le plafond, ses chaussures et s'adressa au mur.

— Voyez-vous, il n'est pas un mathématicien.

— Max ?

Rheinhardt trouvait le comportement de son ami étrange.

— Comment un biologiste envisagerait-il un code ? Quel serait l'équivalent biologique d'une clé ? murmura Liebermann.

Hoover ouvrit de grands yeux.

— Je m'explique. Dans la nature, quand un animal prétend-il être autre chose ?

— Herr Doktor, s'impatienta Hoover, qu'est-ce que vous racontez ?

Liebermann haussa les épaules et retourna au laboratoire.

— Vous constaterez par vous-même qu'il a besoin de repos ! s'exclama Rheinhardt avant de s'éloigner.

— Où allez-vous ? demanda Hoover.

— Dans mon bureau, répondit l'inspecteur sans se retourner.

Rheinhardt descendit l'escalier, longea des portes identiques et s'arrêta à la sienne. Il alla s'installer dans son fauteuil et vérifia qu'il ne traînait pas des biscuits dans le tiroir de son bureau réservé à cet effet. Il ne trouva que quelques miettes qu'il ramassa et posa sur sa langue. Le goût du gâteau réveilla le désir de se retrouver auprès de sa femme. Le souvenir de sa chaleur, de son odeur, de la douceur de son corps l'envahit. Il décrocha le téléphone.

— Désolé, ma chérie, je rentrerai très tard, s'excusa-t-il auprès d'Else.

— Tu es toujours en retard, se plaignit-elle.

— Et ce soir, ça ne va pas s'arranger.

— Tout va bien, Oskar ?

Rheinhardt hésita quelques secondes.

— Nous ne progressons pas beaucoup.

— Avec la lettre ?

— Oui.

Il ne voulait pas inquiéter sa femme, mais il tenait à ce qu'elle soit en sécurité avec ses deux filles.

— Else… nous courons un véritable danger. Quand tu sors, fais bien attention aux paquets suspects dans les boutiques ou sur le chemin. Si tu en repères un, tu t'éloignes et tu préviens un agent. Et essaie d'éviter les gens bizarres.

— À Vienne ?

Ils se mirent à rire.

— Prends tes précautions, c'est tout. Comment vont les filles ?

— Elles sont en train de faire leurs devoirs.

Else baissa la voix.

— Tu sais, depuis que tu as parlé à Mitsy, elle est beaucoup plus gaie.

— Ah bon ? dit Rheinhardt dont la voix de baryton était descendue d'une octave.

— Qu'est-ce que tu lui as dit ?

— Oh ! pas grand-chose. Je l'ai flattée et encouragée. J'utilise la même méthode avec mes jeunes agents quand ils sont abattus.

— En tout cas, c'est efficace.

— Parfait.

Rheinhardt s'empressa de changer de sujet. Ils parlèrent de problèmes domestiques et, quand ses yeux tombèrent sur la pendule, Rheinhardt s'excusa.

— Désolé, il faut que je te quitte.

Il y eut un silence.

— Oskar ?

— Oui.

— Si tu découvres de quel côté va se dérouler l'attentat…

— Ne t'inquiète pas, je serai prudent.

— Haussmann a de la chance d'être en vie. Et toi aussi.

— Je me débrouillerai. Bonne nuit, mon amour, et embrasse les filles pour moi.

Après avoir raccroché, il n'était pas rassuré. Il s'était montré confiant et sûr de lui, mais Else se rappellerait ses paroles s'il lui arrivait quelque chose. Les dieux pouvaient interpréter son attitude comme de l'orgueil et ces gens-là aimaient l'ironie dramatique. Il se leva et sortit d'un pas lourd.

Liebermann, qui se tenait à l'extérieur du laboratoire, examinait la lumière électrique. Il était tellement absorbé par sa tâche qu'il ne réagit pas quand son ami s'approcha de lui.

— Qu'est-ce que tu fais, Max ?

Le jeune médecin leva lentement la main et désigna l'ampoule.

— Une phalène.

Rheinhardt leva les yeux. L'insecte rebondissait contre le verre brûlant, comme impatient de se brûler les ailes pour hâter sa fin.

— Oui, oui.

— Une phalène de bouleau *carbonara*.

— Pardon ?

— Regarde bien.

Rheinhardt tapa du pied.

— Pardonne-moi de te donner un conseil d'ordre psychiatrique concernant ton état mental, mais j'ai l'impression que tu devrais t'asseoir un moment pour te détendre et reposer ton esprit si aiguisé. Tu crois que c'est possible ?

Le jeune médecin ne broncha pas tandis que la phalène poursuivait son idylle suicidaire avec l'ampoule.

— Nous la croyons ordinaire, dit Liebermann, un exemplaire sans intérêt de l'ordre des lépidoptères. Cependant, les phalènes *carbonara* étaient inconnues au début du XVIIIe siècle. Depuis lors, nos villes se sont étendues et de nouvelles industries ont vu le jour, des fourneaux et des usines ont craché de la fumée dans l'atmosphère, nos édifices se sont couverts de suie. Et après que nos fourneaux et nos usines ont enlaidi notre monde, la phalène *carbonara* est apparue.

— Désolé, Max, même compte tenu de ton goût immodéré pour les références indirectes, cette digression m'apparaît comme particulièrement obscure. En d'autres circonstances, je serais impressionné par sa pure gratuité. Hélas ! je suis au regret de te confesser que tu provoques chez moi un mélange d'inquiétude et d'irritation modérée.

Liebermann cligna des yeux et poursuivit :

— Aujourd'hui, les noires sont en plus grand nombre que les blanches dites *typica*. La métamorphose et la multiplication de la *carbonara* est un parfait exemple de l'évolution par sélection naturelle. Les phalènes noires sont moins vulnérables à la prédation dans les villes sales, où elles survivent et se reproduisent de façon accélérée.

Rheinhardt hocha la tête.

— Il faut vraiment que tu te reposes. Viens dans mon bureau, je vais te servir un verre de schnaps.

Liebermann ignora l'invitation.

— Le camouflage, Oskar ! Une chose qui prétend en être une autre. D'après les théories du Pr Freud, c'est pareil dans les rêves, qui fonctionnent par symboles et messages chiffrés.

Sur ces mots, il rentra à grands pas dans le laboratoire. Rheinhardt le suivit et regarda son ami se frayer un chemin dans la fumée de cigares, créant de mini-tourbillons dans son sillage. Liebermann se saisit de la lettre originale sous verres et la tint près de son visage.

— Qu'est-ce qu'il a ? s'enquit Hoover auprès de Rheinhardt. Pendant votre absence, il n'a cessé de fixer cette phalène dans le couloir.

— Le bon docteur a une certaine tendance aux excentricités.

Hoover leva les yeux au ciel.

— Les psychiatres…

L'agitation de Liebermann attira l'attention du groupe. Il tenait le message d'une main et, de l'autre, il repoussait ses cheveux en arrière. Sa frange se dressait maintenant sur sa tête, ce qui lui donnait un air bizarre. Il ne s'était pas rasé et sa barbe de deux jours le faisait paraître encore plus échevelé que les professeurs et les décodeurs. Il arpenta la pièce, tendant le papier vers la lumière, puis il grimpa sur un tabouret et pressa la missive contre l'ampoule.

Amelia avait l'air inquiète.

— Herr Doktor Liebermann… Max ?

Rheinhardt rejoignit son ami.

— Explique-nous !

— Rien ! s'exclama Liebermann d'une voix enrouée.

Il semblait furieux.

— Rien du tout !

Il descendit du tabouret, sortit une boîte de cigares de sa poche, entreprit d'en allumer un et laissa échapper la lettre. Les plaques de verre se brisèrent en mille morceaux.

— Les psychiatres, grommela Hoover.

— Max ! s'écria Rheinhardt, exaspéré. Tu vas t'asseoir, oui ? Quelqu'un va ramasser ça.

Liebermann effectua quelques gestes destinés à écarter Rheinhardt et dit d'un ton capricieux :

— Si c'est un biologiste, il pense en biologiste ! Pas en mathématicien ou en cryptographe !

Rheinhardt s'attendait à ce que son ami tape du pied comme un enfant, au lieu de quoi il se baissa pour ramasser la lettre, en brossa quelques éclats de verre et commença à tâter le papier, comme s'il en éprouvait l'épaisseur et la qualité. Il retourna la feuille, la tint de nouveau à la lumière et la renifla avant de procéder à une deuxième tentative pour allumer son cigare. La lettre était dangereusement proche de la flamme. Soudain il se figea, les yeux grands ouverts, ce qui confirma les préjugés défavorables de Hoover. La flamme lécha le papier et Rheinhardt le lui arracha.

— Fais attention, Max !

— Oskar, rends-moi ça tout de suite.

— Il s'agit d'une preuve. Il est hors de question qu'elle brûle !

La vision de Rheinhardt se brouilla et, une seconde plus tard, Liebermann avait récupéré son bien. Rheinhardt avait perdu. Il recula d'un pas, adressa un sourire gêné à Hoover et, les dents serrées, grommela à l'adresse de son ami :

— Max, tu deviens pénible.

Liebermann gratta une autre allumette et la tint près du papier, passant la flamme vacillante le long de chaque ligne du code, comme s'il lisait dans le noir. Puis il lâcha l'allumette qui venait de lui brûler les doigts et en alluma une autre.

— Regarde bien, Oskar.

Tandis que la flamme accomplissait des va-et-vient horizontaux, des mots jaune foncé apparurent entre les lignes codées. Ils surgissaient et s'évanouissaient comme par magie. La petite écriture était parfaitement nette et les phrases construites dans un allemand télégraphique.

— Dieu du ciel ! s'écria Rheinhardt.

— Que se passe-t-il ? s'enquit Hoover.

— Le camouflage, dit Liebermann. Le code n'est qu'un écran, assez brillant d'ailleurs, un merveilleux dispositif pour égarer les curieux. Rien d'étonnant pour un homme féru des principes de Darwin.

Liebermann alluma un bec Bunsen derrière la missive, le groupe se rassembla autour de lui et il commença à lire. Il s'agissait à l'évidence d'une invitation pour un artificier à préparer un « acte de propagande par le fait » :

Georg Weeber, au palais Khevenhüller, Vienne, soirée en son honneur, 3 mars, 8 heures

— Qui est Georg Weeber ? demanda le Pr Urban.

— Un juge, je crois, qui a pris sa retraite il y a peu, dit Rheinhardt.

— Mais… le 3 mars… balbutia le Pr Hoemes.

— C'est aujourd'hui, non ?

Personne ne répondit à Amelia et tous se tournèrent vers la pendule murale. Il était neuf heures moins cinq.

— Et merde ! lança Hoover.

66

Alors que le premier mouvement de la sonate en *la* majeur remplissait la grande salle du palais Khevenhüller, Razumovsky étudiait les visages des invités. Ils avaient déjà avalé leur vichyssoise et, après l'intermède musical, ils s'attaqueraient au filet de bœuf aux petits légumes. À la cour, on aimait les mets simples. C'était connu. Voilà pourquoi le menu était si désespérément ordinaire.

Razumovsky jeta un coup d'œil autour des tables disposées en fer à cheval. Il y avait là un prêtre en soutane, des juristes et leurs femmes embijoutées, des représentants de l'hôtel de ville, quelques politiciens de droite, un homme de la même génération que Weeber, du nom de von Behring, et une jolie brunette, sa fille peut-être, sans oublier le grand chambellan et Georg Weeber accompagné d'une créature rayonnante en dentelle et taffetas noirs. Frau Weeber, sans aucun doute. Et présidant le fer à cheval, l'archiduc Ferdinand-Charles. Cela ne pouvait pas tomber mieux.

L'archiduc avait revêtu son uniforme militaire et sa tunique était couverte de décorations. Un archiduc n'avait pas besoin d'être très héroïque pour entasser les médailles, ironisa Razumovsky à part lui. Le visage royal était tout en longueur, surtout la moitié supérieure, et ce déséquilibre créait une impression de faiblesse autour du menton. Il arborait une petite moustache gominée aux extrémités en pointe, si soignée qu'elle paraissait factice.

Au-delà de l'archiduc, les personnes présentes se déclinaient par catégories sociales descendantes : venaient les ministres, puis les politiciens et enfin différentes professions attachées au palais de justice.

Lorsque le premier mouvement atteignit sa conclusion précaire, Razumovsky tourna une page. Quand le pianiste se pencha vers l'avant, des gouttes de sueur tombèrent sur le clavier. Le *poco adagio* qui suivit était complexe et ornementé. Sur quelques mesures seulement, le compositeur avait accumulé treize doubles croches opposées à quatre croches. La densité de l'écriture se traduisait par une musique plaisante. Quand il avait écouté Curtius répéter, Razumovsky avait été séduit par les charmes subtils de cette partition et sa mélancolie discrète. Il s'irritait d'apprécier le style favori de Weeber. Par moments, cette composition approchait les sommets d'un concerto pour piano de Mozart. Il se retourna pour observer Weeber. Leurs regards se croisèrent, le juge sourit, et Razumovsky lui rendit son sourire. Deux connaisseurs complices. *Oui, mon ami, nous sommes en présence du sublime, inaccessible à ceux d'entre nous dont la sensibilité est émoussée. Nous, nous sommes assez raffinés pour l'apprécier…* Razumovsky se dit qu'à l'avenir il écouterait Carl Philipp Emanuel Bach avec un profond sentiment de satisfaction. Sa manipulation retorse de Lucheni mise à part, cet attentat audacieux resterait comme son coup de maître.

L'archiduc Ferdinand-Charles s'ennuyait et il s'adressa aux ministres. Personne ne lui demanderait de se taire parce qu'il était archiduc. Même Weeber ne manifesta aucune impatience devant ce comportement grossier. L'archiduc parlait tellement fort qu'on distinguait les maniérismes de l'accent des Habsbourg, une plainte nasale et lugubre, comme un Français qui aurait eu du mal à prononcer l'allemand.

Le monde irait beaucoup mieux sans eux.

Razumovsky songea à Vala Feist et à tous ses vieux camarades qui étaient morts pour la cause. Il imagina la tête de Weeber faussant compagnie à ses épaules et volant vers le plafond, emportée par l'explosion avant de se fracasser en feu d'artifice sur les ananas en bas-reliefs et les bibelots. Il sentait le fou rire monter et il dut faire un effort surhumain pour se contrôler.

Il tourna une nouvelle page.

67

Ils avaient essayé de joindre quelqu'un au palais Khevenhüller. Personne ne répondait.

— Appelez le poste de police le plus proche, rugit Hoover. Il nous faut des hommes au palais sans tarder !

— Nous sommes le poste de police le plus proche, ironisa l'inspecteur.

Il y eut un moment de panique et Liebermann se tourna vers Rheinhardt.

— Viens vite.

Il embrassa Amelia Lydgate sur la bouche et attrapa son manteau d'astrakan. Alors qu'il dévalait l'escalier, il entendit Rheinhardt qui s'essoufflait derrière lui.

— Je t'ai vu ! cria son ami.

— Je t'expliquerai plus tard, lança Liebermann sans se retourner.

Ils traversèrent le hall devant l'agent de service stupéfait et se précipitèrent dans la Ringstrasse. La circulation était très dense avec de grandes voitures fermées, des calèches, des charrettes et deux tramways rouge et blanc. L'air vibrait du bruit des sabots, de diverses cloches et des roues en fer sur les pavés. Des vendeurs de rue vantaient leurs marchandises et ça sentait les châtaignes grillées et les saucisses.

Rheinhardt ne savait plus à quel saint se vouer.

— Dieu merci ! un fiacre, il est libre.

Il s'avança, leva la main, le fiacre ralentit et s'arrêta.

— Emmenez-nous au palais Khevenhüller, c'est urgent, lança Rheinhardt au cocher.

Les deux hommes s'apprêtaient à grimper dans le véhicule quand ils entendirent des bruits de pas et furent éjectés chacun d'un côté. Liebermann tomba et Rheinhardt aussi, le souffle coupé. Hoover beugla :

— Le palais Khevenhüller. Au nom de Sa Majesté l'empereur François-Joseph, je réquisitionne ce véhicule. Un refus d'obtempérer sera interprété comme un acte de trahison.

L'uniforme de Hoover et ses menaces lui conféraient une autorité considérable. Le cocher, effrayé, opina docilement du chef. Alors que le fiacre s'ébranlait, Hoover passa la tête par la fenêtre et cria :

— C'est une affaire qui concerne les services du Renseignement ! Envoyez vos hommes.

Appuyé sur un coude, Rheinhardt regarda le fiacre s'éloigner malgré les encombrements.

Liebermann se remit debout et brossa son manteau du plat de la main.

— Cet individu est un porc.

Puis il aida son ami à se relever, ce qui n'alla pas sans mal.

— Il veut arriver le premier au palais, grommela Rheinhardt. Il vise une promotion.

— Ce goret est un méprisable abruti qui n'a pas dépassé le stade anal.

— Bien dit, même si cette histoire de stade anal me dépasse un peu – je ne sais comment l'interpréter.

— Bon, et maintenant, qu'est-ce qu'on fait ?

— Je vais arrêter une voiture privée.

Rheinhardt se planta au milieu de la chaussée, juste devant une hippomobile Brougham. Quand le cocher le vit, il fouetta les chevaux, et Rheinhardt eut tout juste le temps de l'éviter en se jetant sur le côté.

— Nous sommes mal partis, tu as failli te faire piétiner, dit Liebermann. Et si tu demandais à des officiers en uniforme d'intervenir ?

— Attends une seconde. Que se passe-t-il, là ?

Des gens très excités pointaient quelque chose du doigt. Soudain, une automobile apparut près d'un tram et commença à accélérer. Elle venait de l'hôtel de ville et fonçait à grande allure vers Liebermann et Rheinhardt.

L'inspecteur se positionna sur sa trajectoire, jambes écartées, croisant et décroisant les bras au-dessus de sa tête.

— Police ! cria-t-il. Police ! Arrêtez !

Il se félicita que sa voix de baryton, amplifiée par des années de chant, soit assez forte pour que le chauffeur l'entende. L'auto s'arrêta à un mètre de l'inspecteur qui mit la main en visière pour se protéger de la luminosité de trois énormes phares. Un toit-capote, ouvert à tous les vents, protégeait le siège du chauffeur et une petite banquette à l'arrière. Le chauffeur releva sa casquette et ses lunettes. Il arborait une moustache tombante et les fixait d'un regard intense.

— La police ? dit-il, perplexe. Pourtant, je ne roulais pas très vite.

— Oubliez ça ! Seriez-vous par hasard Herr Porsche, le gagnant du rallye d'Exelberg ?

— Oui.

— Vous connaissez le palais Khevenhüller ?

— Bien sûr, puisque je travaille chez Lohner.

— Il faut que nous nous rendions au palais, la vie de nombreuses personnes est en jeu.

— Qui êtes-vous ?

— Inspecteur Oskar Rheinhardt et voici mon collègue, Herr Doktor Liebermann. Je n'ai pas le temps de vous expliquer, mais il s'agit d'une affaire des plus urgentes.

L'homme remit ses lunettes et enfonça sa casquette.

— Très bien, montez.

Rheinhardt et Liebermann se glissèrent sur la banquette arrière.

— Prêts, messieurs ? Le vent va souffler, mais ça ne durera pas. Même si ce n'est pas une voiture de course, elle se débrouille pas mal, je vais vous conduire au palais en quatre minutes.

La voiture démarra et Rheinhardt et Liebermann se retrouvèrent plaqués contre le cuir.

Herr Porsche passa entre deux omnibus et prit un virage. Rheinhardt et Liebermann découvrirent que les forces qui s'exerçaient sur leurs corps les forçaient à pencher dans le sens contraire à celui du virage.

— Excellente stabilité ! dit Porsche.

— Très bonne ! renchérit Rheinhardt, un peu nerveux. Comment votre véhicule fonctionne-t-il ?

— On appelle ça un hybride. Des moteurs-roues à l'avant alimentés par des batteries et des générateurs à essence.

— Formidable, lança Rheinhardt tandis qu'ils filaient devant les boutiques et les cafés.

En réalité, il se sentait nauséeux.

Liebermann donna un coup de coude à son ami et lui dit à l'oreille :

— C'est qui ?

— Il fabrique des automobiles et il les conduit.

— D'où le connais-tu ?

— Je ne le connais pas. J'ai vu son nom sur une affiche pour un rallye.

Une fois de plus, ils tanguèrent d'un côté à l'autre.

— Désolé, messieurs ! La route est un peu accidentée et la suspension n'est pas encore au point.

L'avenue devant eux était bloquée par un embouteillage. Des cochers furieux s'interpellaient et se montraient le poing. Porsche serpenta au milieu des véhicules immobilisés, négociant son itinéraire avec aisance.

— Regarde ! s'exclama Liebermann.

Hoover avait ouvert la portière de son fiacre et, penché à l'extérieur, il jurait et aboyait des ordres. Quand Porsche le doubla, Rheinhardt agita le bras en direction de l'officier des services du Renseignement.

— Un ami à vous ? s'enquit Porsche.

— Pas tout à fait, répondit Rheinhardt.

La circulation devint fluide, la voiture accéléra et les roues rebondirent sur des rails de tramway. Ils évitèrent de justesse des piétons qui venaient de sortir d'une calèche.

— Pourquoi est-il urgent que vous vous rendiez au palais Khevenhüller ? demanda Herr Porsche.

— Nous pensons que quelqu'un y a posé une bombe, répliqua Rheinhardt.

— Pourquoi voudrait-on faire une chose pareille ?

L'automobile fit une embardée à cause d'un tram.

— Peut-être vaudrait-il mieux que vous vous concentriez sur votre conduite ? proposa timidement l'inspecteur.

— Calmez-vous, tout va bien.

— Oui, mais je ne me sens pas en sécurité.

— C'est pourtant beaucoup plus sûr que d'attacher une boîte avec des roues à deux chevaux qui se détestent et ont un cerveau de la taille d'une noix.

— Laisse-le tranquille, conseilla Liebermann.

Alors qu'ils fonçaient dans une petite rue, Liebermann se rappela soudain la *Valse de Méphisto* jouée par Epstein à la Bösendorfer Saal. Des quintes imbriquées les unes dans les autres, la libération d'énergies sauvages, démoniaques. C'était tout à fait de circonstance, cette œuvre de *bravura* diabolique. Les doigts de Liebermann se démenaient sur un clavier imaginaire tandis que des tornades de notes tourbillonnaient dans sa tête.

L'automobile s'arrêta dans un crissement de pneus.

— Nous sommes arrivés, lança Herr Porsche pardessus son épaule. Le palais Khevenhüller en trois minutes et cinquante secondes.

— Merci, Herr Porsche, dit Rheinhardt. Votre assistance sera officiellement reconnue.

— Content de vous avoir rendu service.

Rheinhardt et Liebermann sortirent de la voiture. Herr Porsche klaxonna et redémarra, effrayant un chat errant qui disparut en un éclair.

— Les automobiles, ironisa Rheinhardt, ça ne prendra jamais.

Ils marquèrent une pause et regardèrent le palais Khevenhüller, un grand bâtiment gris avec un entablement reposant sur des chapiteaux en volutes. Les dieux et les allégories habituelles ornaient l'édifice. Des torches brûlaient de part et d'autre de l'entrée grande ouverte.

Rheinhardt et Liebermann grimpèrent les marches quatre à quatre et pénétrèrent dans le palais, où des gardes en uniforme les arrêtèrent aussitôt.

— Désolé, dit le plus grand des deux en levant la main, une soirée privée est en cours en présence de Son Altesse royale l'archiduc Ferdinand-Charles.

— Je suis l'inspecteur principal Rheinhardt du bureau de la Sûreté et voici mon collègue, Herr Doktor Liebermann.

Il sortit sa plaque d'identification.

— Un engin explosif a été posé dans le palais Khevenhüller par un dangereux anarchiste connu des services du Renseignement. Vous devez immédiatement faire évacuer le bâtiment.

Les deux gardes se regardèrent, puis revinrent au policier corpulent et à son jeune compagnon. Ils semblaient sceptiques. Rheinhardt avait bien conscience qu'avec Liebermann ils ne présentaient pas très bien. Leurs vêtements étaient sales (le résultat de leur chute provoquée par Hoover) et Liebermann arborait une coiffure sculptée par le vent en une couronne branlante de tire-bouchons. Rheinhardt n'osait pas penser à sa tête après leur équipée dans l'automobile de Herr Porsche. Il se passa la main dans les cheveux.

— Excusez-nous, mais nous disposons de très peu de temps.

Les deux gardes se consultèrent.

— Très bien, dit le plus grand.

Ils se retournèrent et marchèrent à grands pas dans un vaste couloir donnant sur une double porte ornée de fioritures dorées. Rheinhardt et Liebermann les suivirent. Les gardes ouvrirent les portes et le plus grand cria :

— Votre Altesse royale, mesdames et messieurs, honorables invités, je réclame votre attention !

Le silence se fit dans la salle. Les serviteurs en livrée s'immobilisèrent, tenant leur plateau au-dessus de leur tête. Outragée, la crème de la crème fixa les intrus avec hostilité. Un chœur de garçons s'était rassemblé autour d'un prêtre qui s'efforçait d'obtenir des enfants qu'ils se tiennent plus serrés.

— Le bâtiment doit être évacué sur-le-champ. C'est une alerte. Par ici, je vous prie.

Un instant plus tard, les chaises tombaient et les invités se précipitaient vers la sortie. Les femmes dans leurs tenues colorées et leurs coiffures emplumées ressemblaient à des oiseaux exotiques prêts à prendre leur envol.

— Laissez passer Son Altesse royale ! hurla le garde.

Son appel se perdit tandis que les piétinements prenaient de l'ampleur.

Rheinhardt et Liebermann se rangèrent sur le côté. Il s'était produit un embouteillage, les gens se pressaient entre les chambranles des portes et une douairière hystérique se mit à brailler :

— Je ne peux plus respirer ! Je ne peux plus respirer !

Les gardes avaient disparu.

— Ça ne va pas, dit Rheinhardt. Ces idiots auraient dû organiser l'évacuation, les femmes et les enfants d'abord. Regarde, il y a une issue à l'autre bout.

— Inutile de tenter de coordonner cette cohue, Oskar, c'est trop tard. Nous devons localiser la bombe et neutraliser le détonateur.

— Tu t'y connais en détonateurs ?

— Pas vraiment.

— Moi non plus.

Liebermann désigna les enfants, dont certains s'étaient mis à pleurer. Ceux qui essayaient de se frayer un chemin en étaient empêchés, ils étaient tous bloqués derrière la foule qui se ruait dehors.

— Nous n'avons pas le choix, dit Liebermann. La bombe peut exploser à tout moment.

— Mais elle peut être n'importe où !

La *Valse de Méphisto* continuait de résonner dans la tête de Liebermann, les mesures d'ouverture se répétaient indéfiniment. Il jeta un coup d'œil autour de la salle et son regard s'arrêta sur le magnifique piano à queue. Le vacarme diminua et la musique que Liebermann entendait en imagination augmenta. Il était toujours attiré par les pianos et celui-là était la première chose qu'il avait remarquée en entrant dans la salle. Le Ehrbar du Khevenhüller, gravé de décorations complexes, était réputé pour sa magnificence et pour les résonances inimitables qu'il produisait. Liebermann n'avait jamais été convié au palais Khevenhüller et il avait toujours rêvé d'entendre du Mozart sur cet instrument.

Où était passé le pianiste ?

Il n'avait pas vu de pianiste assis sur le tabouret quand ils avaient pénétré dans la salle. Comment expliquer que le siège du tourneur de pages soit également vide et une partition posée sur le pupitre ?

Liebermann se mit en marche.

— Max ! Où vas-tu ? s'écria Rheinhardt.

Liebermann alla regarder à l'intérieur du coffre du piano. Des cordes, des marteaux en feutre, des enluminures peintes avec art… Au passage, il fut distrait par la partition, une sonate en *la* majeur de Carl Philipp Emanuel Bach. C'est alors qu'il avisa le tabouret dont il saisit le couvercle avant de le soulever sans heurt.

— Fais attention, Max.

Liebermann découvrit plusieurs livres qu'il ôta un par un. Des sonates de Beethoven. Sous le quatrième volume, il découvrit un réveil, quatre paires de fils qui ressemblaient à une batterie de fortune et une rangée de boîtes de conserve.

— Bon Dieu, murmura Rheinhardt.

— Le réveil est réglé sur neuf heures un quart, dit Liebermann d'une voix qui tremblait un peu. Ensuite, je suppose que cet engin va exploser.

Rheinhardt consulta sa montre de gousset.

— Il nous reste une minute.

— Regarde, ces fils doivent être reliés au détonateur. On les coupe ou on les tire ?

— Ce n'est peut-être pas aussi simple que ça. Et si tu déclenchais la bombe ?

— C'est une possibilité.

Ils parlaient à toute vitesse. Liebermann jeta un coup d'œil vers la sortie et ajouta :

— J'aimerais bien qu'ils s'occupent de ces enfants.

— Cours, Max, inutile de rester ici. Passe par cette porte, de l'autre côté. Ce n'est pas ton travail, tu es médecin, et tu n'es responsable que de tes patients. Va-t'en !

— Je ne peux pas.

— Toujours aussi entêté !

— Pense à Else et à tes filles. C'est toi qui pars.

— Trente secondes ! Max, je t'en prie, ne fais pas ta mauvaise tête.

— Je reste.

— Max !

Liebermann souleva un fil.

— Eh bien, Oskar ?

Rheinhardt secoua la tête.

— On ne peut pas rester là à argumenter.

Il frissonna.

— Fais ce que tu peux.

Liebermann prit le fil entre le pouce et l'index et le tira loin du réveil. L'extrémité effilochée brilla sous la lumière du lustre. Puis il entreprit de déconnecter les sept fils suivants.

Quelques secondes s'écoulèrent avant que les deux amis éclatent de rire.

— On a réussi ! s'écria Rheinhardt, triomphant.

Ils entendirent un bourdonnement étrange. Rheinhardt s'arrêta de rire et pencha la tête.

— Cela vient du tabouret, constata Liebermann.

— Ah !

— On court ?

— Ce serait mieux.

Quand Rheinhardt et Liebermann se précipitèrent vers la porte principale, le dernier des enfants venait de détaler. Ils avaient traversé la moitié de la distance entre le piano et la sortie quand ils entendirent un gros « boum » suivi d'un éclair… mais pas d'explosion. Une fois dans la galerie, ils s'immobilisèrent et regardèrent en arrière. Un panache de fumée s'enroulait au-dessus du tabouret de piano.

— Le système s'est enrayé !

Rheinhardt souriait de toutes ses dents. Écartant sans ménagement des enfants du chœur, Hoover les rejoignit, essoufflé, au milieu du couloir en marbre.

— Ah ! vous voilà, dit Rheinhardt. On vous attendait. Soyez gentil, appelez quelqu'un, voulez-vous ? Au ministère de la Guerre, vous devez bien avoir des relations capables de désamorcer ce truc. On s'est débrouillés pour l'empêcher de sauter, à notre façon maladroite et peu professionnelle. Cependant, j'imagine que c'est encore dangereux.

Alors qu'ils passaient devant Hoover, Liebermann se retourna, comme s'il venait de se rappeler quelque chose.

— Si vous le permettez, un petit conseil, capitaine Hoover. Vous avez de sérieux problèmes venant, je le suppose, de la relation trop étroite que vous entretenez avec madame votre mère. Et si vous le désirez, je peux vous arranger un rendez-vous avec le Pr Freud. Il s'intéresse beaucoup aux états pathologiques dus à des relations familiales perturbées, et je suis certain qu'il vous offrira l'aide dont vous avez besoin. La résolution de vos complexes cachés sera très bénéfique. Vous ne serez plus obligé de vous montrer désagréable en permanence et il y a de grandes chances pour que vous appréciiez davantage la compagnie des femmes.

Hoover cligna des yeux, ouvrit la bouche et resta comme paralysé par une pensée qui ne lui était jamais venue à l'esprit. Il laissa échapper un son curieux, une syllabe étranglée qui s'éteignit après une longue expiration.

Les deux amis tournèrent les talons. Liebermann désigna d'un geste du menton l'entrée où s'agitaient des flambeaux au milieu des colonnes grises. Ils continuèrent leur progression dans la galerie, passant devant plusieurs portraits d'aristocrates ayant sombré dans l'oubli. Oskar se pencha vers Max.

— Sa mère ?

Liebermann eut un sourire malicieux.

— Oublie ça.

Rheinhardt regarda par-dessus son épaule et vit que Hoover, mâchoire pendante, n'avait pas bougé de place.

Tandis que Rheinhardt et Liebermann descendaient l'escalier, ils furent confrontés à une scène pittoresque. Les invités s'étaient rassemblés par petits groupes dans la cour et discutaient avec animation. Du personnel des cuisines était apparu, ainsi qu'une foule de serviteurs et de domestiques en livrées et tenues d'apparat. Les deux gardes parlaient à l'archiduc Ferdinand-Charles. Le plus petit des deux pointa Rheinhardt et Liebermann du doigt. Le plus grand leur fit signe d'approcher.

— Ah ! dit Liebermann, l'archiduc veut parler au héros de la soirée.

— Tu m'accompagnes.

Liebermann déclina l'offre.

— Comme tu me l'as déjà fait remarquer, ce n'est pas mon travail.

Rheinhardt serra le bras de son ami, un geste muet qui trahissait une affection venue du fond du cœur. Liebermann sourit. Ils se séparèrent et marchèrent dans des directions opposées.

— Je n'ai pas oublié ce baiser, cachottier, lança Rheinhardt.

Liebermann leva la main sans se retourner.

68

Le soleil n'était pas encore levé, mais on distinguait une faible luminosité à l'est, au-dessus des toits, un brouillard gris qui baignait le dôme céleste, s'élevant vers le ciel et révélant des traînées horizontales de nuages noirs. Razumovsky tourna à gauche, s'éloignant de l'avenue principale, et se fraya un chemin dans les allées et les rues étroites, vérifiant en permanence qu'il n'était pas suivi. Il se mouvait comme une ombre, silhouette ondulant le long des murs. Un train de nuit haleta en entrant dans la Nordbahnhoff et un bébé se mit à pleurer.

Deux jours plus tôt, Razumovsky avait pris la peine de repérer un itinéraire traversant Leopoldstadt. Cela lui permettait de se faufiler avec aisance dans des labyrinthes cachés, même s'ils étaient parfois plongés dans l'ombre. Quand il arriva au Volksprater, la luminosité des lampes le fit cligner des yeux et il attendit un instant. Devant lui se dressaient les tours et les dômes du parc d'attractions ; la grande roue, immobile, dominait son champ de vision. Des portiques en bois craquaient sous les rafales de vent qui dispersaient des pages de journaux abandonnés sur le parvis. Apparut un homme qui chantait faux, incapable d'articuler sa chanson, un ivrogne titubant qui alla pisser contre un kiosque. Razumovsky traversa l'esplanade et se glissa derrière un café fermé, où il trouva un sentier qui serpentait entre les grands arbres.

Il émergea dans une clairière et s'arrêta devant un énorme ballon qui se balançait comme un Léviathan incongru. Razumovsky s'avança dans l'herbe et héla l'aéronaute.

— Herr Wilstätter !

L'aéronaute tendit la main pour aider Razumovsky à grimper dans la nacelle.

— Bonjour, dit Wilstätter. Vous êtes très ponctuel.

— La ponctualité compte parmi les vertus cardinales, Herr Wilstätter.

— Dommage que ma femme ne vous entende pas, ironisa l'homme, elle ignore tout de l'exactitude.

C'était un individu frêle aux traits délicats.

— Une prérogative féminine, si je ne me trompe, plaisanta Razumovsky.

— Voilà.

— Les conditions sont-elles favorables ?

— Le vent d'est modéré ne nous dérangera pas. Vous voulez toujours voyager le plus loin possible ?

— Le plus loin possible.

Wilstätter s'inclina d'un air soumis.

— Cependant, avant d'entreprendre notre ascension, puis-je vous demander… ?

— Bien sûr, répliqua Razumovsky avec un geste large. Le deuxième paiement.

Il ouvrit sa sacoche et en sortit une liasse de billets attachée par des élastiques.

Wilstätter s'empara de la liasse et se courba de nouveau.

— Merci.

— Vous ne comptez pas ?

— Non, vous êtes un gentleman.

— Tous les gentlemen ne sont pas dignes de confiance.

Wilstätter s'accroupit et glissa les billets dans un sac.

— Vous n'avez pas tort. Malgré cela, je me flatte d'être un excellent juge de la valeur des gens.

L'aéronaute se releva, tourna la valve d'un cylindre à hydrogène et libéra les filins. Presque aussitôt, le ballon commença à s'élever.

— Une fois qu'on aura dépassé ces arbres, vous pourrez vous détendre et profiter de la promenade.

Razumovsky reconnut la musique qui lui trottait dans la tête : le *poco adagio* de Carl Philipp Emanuel Bach, une partition spectrale qui fourmillait d'appogiatures. Curtius était un excellent pianiste et il espérait que le malheureux musicien profiterait de sa nouvelle vie à Berne. Il était en chemin pour la capitale suisse et, si tout se passait bien, il serait accueilli à son arrivée par un camarade qui lui fournirait des papiers et des introductions. Un jour, dans un avenir pas trop lointain, Curtius se réveillerait dans les bras d'une femme intelligente et libre penseuse. Cette personne s'intéresserait de préférence à la musique pour clavier du XVIIIe siècle, et Curtius n'aurait aucun regret.

— Ça y est, annonça Wilstätter. Nous nous éloignons des arbres.

Pris de vertige, Razumovsky s'agrippa à sa sacoche. En la serrant contre lui, il sentit les documents.

Il n'était pas physicien, mais il savait apprécier l'élégance d'une équation. Dans leur genre, le style et les raisonnements de Seeliger étaient aussi brillants que les compositions de Carl Philipp Emanuel.

Les lueurs à l'est s'intensifiaient et le ballon s'était suffisamment élevé pour dominer Vienne. Le soleil levant se reflétait dans les eaux du canal du Danube, dont le cours tortueux séparait Leopoldstadt et le Prater de la Landstrasse et d'Innere Stadt. Au nord-est du canal, on distinguait la ligne droite du Danube proprement dit. Les réverbères traçaient des parcours enchevêtrés qui partaient du cercle distordu et étincelant de la Ringstrasse.

— C'est beau, hein ? s'extasia Wilstätter.

— Oui, très beau, acquiesça Razumovsky.

Il commença à se représenter la destruction de la ville : des obus pleuvaient sur chaque quartier, des explosions massives, il voyait des palais en ruine, des chambellans rampant sous les tables, des bâtiments s'effondrant, des femmes pomponnées et en tenue de bal qui hurlaient, des loges à l'Opéra en position inclinée qui versaient leurs occupants en grande tenue et leurs bouteilles de champagne dans la fosse d'orchestre. Pour parachever le spectacle, l'empereur sénile, ce parasite, boitait dans les couloirs dorés devant des rideaux en flammes et des fenêtres brisées. Razumovsky caressa sa serviette en souriant.

À l'ouest du bassin viennois se déroulait un tapis de verdure, de plus en plus vert à chaque seconde. Au-delà de Dobling était niché le village de Grinzing et, au-delà de Grinzing, se dressait la montagne Kahlenberg au sommet enneigé.

Il revint à la ville et se concentra sur le quart nord-ouest. Il n'avait pas pensé au palais Khevenhüller depuis qu'il s'était éclipsé par la porte de derrière avec Curtius. Il espérait bien que Weeber était mort, qu'ils étaient tous morts. Dommage que les enfants aient été présents.

— Regardez ce qui s'étend à nos pieds, dit Wilstätter. Ça vous donne l'impression d'être un dieu, non ?

— Oui, oui.

Le vent souffla plus fort et l'aéronaute n'entendit pas son passager ajouter :

— Cependant, il arrive que les dieux soient obligés de prendre des décisions difficiles.

Après un interlude de silence, Razumovsky engagea Wilstätter dans une conversation sur les principes fondamentaux du pilotage. Wilstätter fit jouer la valve.

— Je peux ? demanda Razumovsky.

— Vous voulez essayer ?

— Oui.

— D'accord, mais allez-y doucement.

Razumovsky tourna la clé et le ballon monta.

— Quelle satisfaction !

— C'est votre première excursion en ballon ?

— Non. Il y a de nombreuses années, j'ai eu le plaisir d'utiliser ce moyen de transport au-dessus de régions reculées de Russie.

— Ce devait être extraordinaire.

— Oui, des immensités impitoyables.

— Dans quelles circonstances ?

— J'étais plus jeune, fut la réponse énigmatique de Razumovsky.

Il regarda par-dessus la nacelle. Le soleil brillait et ils survolaient des collines et des terres cultivées.

— Herr Wilstätter ? J'ai vu quelque chose.

Il avança le cou.

— Là, à cet endroit.

— Faites attention, ne prenez pas de risques. Qu'est-ce que c'est ?

— Une bande de tissu qui pend… difficile à dire. Il semblerait qu'on ait accroché un genre de banderole au décollage.

— C'est impossible.

— Là, je viens de l'apercevoir de nouveau.

— Laissez-moi regarder.

Razumovsky fit un pas de côté pour céder sa place à l'aéronaute.

— Cela apparaît de façon intermittente, j'espère que ce n'est pas dangereux.

— Eh bien…

Wilstätter était réticent. Il avait agrippé le bord de la nacelle mais refusait de se pencher. Pour un homme de son âge, les mouvements de Razumovsky étaient parfaitement coordonnés. Il attrapa le frêle balloniste par les mollets, le souleva et le poussa. Le cri de Wilstätter alla en s'affaiblissant et Razumovsky eut juste le temps de voir son corps se réduire à un point avant de disparaître dans le néant.

— Les dieux sont parfois obligés de prendre des décisions difficiles ! cria Razumovsky en direction de la terre.

Puis il ajouta d'une voix douce :

— De même que les démons, bien sûr.

Il se demanda si Fraü Wilstätter serait en retard pour l'enterrement de son époux.

69

Liebermann était assis au piano et Rheinhardt debout près de lui. Le solide policier avait adopté une attitude de solennité religieuse, les mains jointes sous le menton. Liebermann joua l'introduction et Rheinhardt prit une profonde inspiration avant d'attaquer *Der Kreuzzug* de Schubert, « La Croisade ». Le poème de Karl Gottfried évoquait un moine qui se tenait devant la fenêtre de sa cellule. Il observait l'arrivée d'une troupe de chevaliers. Le drapeau des croisés flottait au milieu du cortège. Ils s'embarquaient sur un grand voilier et le navire s'éloignait.

Sur le plan stylistique, la musique aurait pu être composée pour des vêpres, avec des évocations mélancoliques de soutanes, d'encens et d'églises. Cependant, la démonstration de piété de Schubert était trompeuse. Liebermann remarqua que, tout en respectant la tradition ecclésiale, les symétries et les progressions classiques, il les détournait avec subtilité. Schubert, même restreint par une camisole musicale, trouvait le moyen de rafraîchir et de subvertir. Le compositeur parvenait à éviter la banale orthodoxie grâce à des inventions mélodiques et harmoniques. Schubert se moquait-il de la piété ? Remettait-il en cause l'autorité ? La voix grave de Rheinhardt s'accorda à la mélodie reprise par le piano. Oui, Schubert avait une idée derrière la tête.

Le jeune médecin réfléchit à la scène évoquée par les paroles du poète. Il s'agissait d'une vision très romantique des croisades, où de preux chevaliers se préparaient à se battre pour une juste cause. La réalité était bien différente : du sang, de la terreur, des massacres aveugles.

L'appel aux croisades avait fourni à de nombreux nobles et paysans un prétexte pour exterminer les juifs. Liebermann avait appris les carnages en Rhénanie quand il était assez jeune pour que son père le force à fréquenter la synagogue. Des milliers de juifs avaient été assassinés et des femmes avaient préféré tuer leurs enfants plutôt que de les laisser à la merci des bons chevaliers chrétiens.

Il y aurait toujours des croisés et des croisades, des anarchistes, des socialistes et des nationalistes allemands. Les croisades n'avaient jamais cessé. Des foules s'unissaient sous un symbole frappé sur un drapeau, permettant ainsi à l'inconscient de décharger ses énergies primitives.

Rheinhardt était en train de chanter les derniers vers.

Das Lebens Fahrt durch Wellentrug
Und heißen Wüstensand,
Es ist ja auch ein Kreuzes-Zug
In das gelobte Land

Le voyage de la vie sur les flots déchaînés
Et à travers les déserts brûlants
Est aussi une croisade
Vers la terre promise.

Les terres promises diffèrent selon les goûts, songea Liebermann, *mais elles ont toutes une chose en commun : l'expulsion de certaines communautés*. La terre promise des croisés n'aurait jamais accueilli les musulmans ni les juifs, tout comme la terre promise des anarchistes exigeait l'expulsion des rois et des capitalistes. Le Pr Freud avait raison : l'être humain était une créature conduite par l'obscurantisme.

Liebermann joua la dernière cadence et regarda son ami qui souriait béatement. À l'évidence, Rheinhardt n'avait pas été troublé par les mêmes réflexions que lui.

— Que se passe-t-il ? demanda Rheinhardt. Mon phrasé t'a déplu ?

— Pas du tout, il était parfait.

— Tu n'as pas l'air content.

— Je pensais à l'objectif de Schubert. Il y a certains aspects de ce lied qui sont assez énigmatiques. Je me demande à quoi il songeait.

— Tu analyses Schubert, maintenant ? Tu ne respectes rien !

Liebermann haussa les épaules et referma le piano.

— Allez, viens.

Ils se rendirent au salon et prirent place devant le feu. Ils allumèrent un cigare et le brandy fut versé. Puis ils restèrent silencieux pendant plusieurs minutes.

— Des nouvelles de Méphistophélès ? dit enfin Liebermann.

— Aucune. Nous allons continuer d'enquêter dans les caves à bières et les cafés fréquentés par les sympathisants des anarchistes. Cependant, j'ai peu d'espoir, ce démon a sûrement quitté Vienne.

— Il y a toujours le mystère de son identité.

— De nombreux activistes à Vienne l'ont déjà rencontré, mais je doute qu'ils aient su à qui ils parlaient. Il ne se découvrait qu'aux membres les plus exaltés de leur chaîne de commandement. Un personnage fascinant, Méphistophélès. Je suppose que tu adorerais l'allonger sur un divan pour qu'il te raconte ses rêves.

— Pas sûr qu'il soit très intéressant.

Le jeune médecin posa son index sur ses lèvres, puis il ajouta sur le ton de la confidence :

— N'oublions pas que malgré son intelligence, et les promesses alléchantes contenues dans son nom de code, Méphistophélès est un fanatique. Et les fanatiques se ressemblent tous. Son analyse pourrait s'avérer ennuyeuse et prévisible.

— Tu es bien catégorique, Max.

— Pas du tout. Les personnages plus grands que nature sont d'habitude décevants d'un point de vue clinique. J'ai entrepris l'analyse de plusieurs chanteurs et acteurs célèbres, et ils se sont révélés assez lassants. Leurs personnalités impressionnantes ne sont que de la comédie, des masques, et si tu grattes, tu ne trouves pas grand-chose. À part l'insécurité, souvent. Je soupçonne que les tourments de Méphistophélès ont été ramenés à une monomanie de plus en plus sévère. Et je t'assure que les monomaniaques sont singulièrement creux.

Le jeune médecin se mit à rire devant son ami impassible.

— *Mono*maniaque… *singulièrement* creux.

Liebermann remplit leurs verres.

— As-tu découvert pourquoi Méphistophélès a choisi le palais Khevenhüller ?

Rheinhardt but une gorgée de brandy et alluma un cigare.

— Cette soirée était donnée en l'honneur du juge Georg Weeber qui prend sa retraite. Or, il s'agit d'un personnage important. Le public n'en a pas conscience, mais Weeber a été le principal responsable de l'écrasement de l'anarchie en Autriche. Il a fait campagne pour ce qu'il appelait des « mesures internationales » qui visaient à unifier les lois européennes afin que les anarchistes ne puissent plus échapper à la justice en traversant des frontières. Au milieu des années quatre-vingt, des lois répressives ont été introduites dans la législation, et l'anarchie autrichienne a vite décliné. Ses publications ont été interdites, les rassemblements dispersés et la plupart des agitateurs arrêtés. Certains sont toujours en prison. Stellmacher et Kammerer ont été exécutés, Penkert a fui en Angleterre, impuissant à peser sur la politique en Autriche. En quelques années, privés de dirigeants, les anarchistes ont été réduits à néant dans les territoires des Habsbourg.

Rheinhardt tapota son cigare dont la cendre tomba dans le cendrier et il reprit :

— Oui, Weeber a été pour eux un opposant acharné et il n'a jamais faibli.

— Un autre monomaniaque ?

— Tu n'as peut-être pas tort, c'est un extrémiste dans son genre. Il ne fait pas de différence entre les anarchistes violents et ceux qui souscrivent à des principes philosophiques. Récemment, il a proposé une révision du Code pénal qui mènerait à des sentences plus sévères pour tous les agitateurs de gauche, y compris les pamphlétaires.

— Peut-être Weeber devrait-il être initié aux écrits du Pr Freud ?

— Pourquoi dis-tu cela ?

— Le professeur est très fort sur les conséquences de la répression. Ce qui est réprimé resurgit un jour ou l'autre. Sous une forme différente, peut-être, mais il y a là un éternel retour.

Les deux hommes fixèrent le feu en silence. Une bûche produisit une pluie d'étincelles en s'effondrant. Rheinhardt tira sur son cigare.

— Je me suis entretenu avec des membres du bureau du Renseignement.

— Hoover ?

— Lui et son supérieur. Je m'attendais à une attitude hostile, mais j'ai été heureusement surpris. Je les ai trouvés presque chaleureux.

— Ah ! s'écria Liebermann. Bien sûr ! Hoover a présenté le succès de l'opération Khevenhüller comme un magnifique exemple de coopération entre vos services. Je suis certain qu'ils se montreront très aimables, du moins au cours des prochaines semaines.

— Tu as tout à fait raison. J'ai demandé à Hoover de m'instruire sur les projets militaires du Pr Seeliger et, cette fois, j'ai obtenu des réponses claires. L'invention de Seeliger concerne les roquettes.

— Des roquettes… j'ignorais que l'armée autrichienne en possédait.

— Elles sont utilisées dans l'artillerie depuis l'époque de Napoléon et, bien sûr, les Chinois s'en servent depuis le Moyen Âge. Nos militaires sont impatients de mettre au point une roquette à longue portée qui serait en mesure d'utiliser une grande quantité d'explosifs. Cependant, le problème avec ces engins, c'est qu'ils sont instables. Le professeur a travaillé sur un nouveau concept qui améliorerait la stabilité et aussi la précision des tirs. Cela recoupe les recherches des Russes, ce qui explique pourquoi l'Okhrana est impliquée.

— Et maintenant, les documents sont en possession de Méphistophélès.

— Pas exactement : les documents truqués.

— Si on en croit Seeliger.

— Tu mets sa parole en doute ?

Liebermann exhala un rond de fumée.

— Oui, dit-il enfin.

— Alors Dieu nous vienne en aide !

— Hmm ! Je me demande… Méphistophélès serait-il assez fou pour tenter de construire ses propres armes ?

— Tu crois que c'est possible ?

— Je l'ignore, mais dans cette éventualité…

— Aucune capitale d'Europe ne serait en sécurité.

— Il pourrait s'engager dans des « actes de propagande par le fait » à une échelle inimaginable.

— Il ne nous reste plus qu'à espérer et prier.

— Rien ne t'empêche d'espérer, Oskar, mais inutile de prier, ce serait une perte de temps.

Rheinhardt se pencha vers l'avant pour se donner de l'élan et, une fois debout, il se dirigea vers la cheminée. Là, il prit le tisonnier pour réveiller le feu et les bûches flambèrent de plus belle.

— J'ai été convoqué par le commissaire Brügel cet après-midi.

— Ah ?

— Il m'a fait une déclaration plutôt inattendue.

Rheinhardt remit le tisonnier en place.

— Il pense prendre sa retraite d'ici quelques années.

— Une excellente nouvelle. Je commençais à croire que le cher vieux resterait cramponné à son poste le plus longtemps possible. Jusqu'à sa mort, en fait. Je pensais qu'un de ces jours, après qu'il aurait fustigé en hurlant un malheureux subordonné, une veine dans son cerveau se romprait ou qu'il serait terrassé par une crise cardiaque.

Liebermann vida son verre.

— Un individu tellement morose, coléreux, dyspeptique… t'a-t-il confié ce qui l'avait décidé ?

— Il n'a pas été très bavard. À un moment donné, il a ouvert un tiroir et il en a sorti une lettre de remerciement de l'archiduc Ferdinand-Charles. Le commissaire va être honoré, et pas qu'un peu.

— Et toi ?

— Je n'aurai pas de ruban ni de croix à épingler sur ma veste. Mais Brügel m'a recommandé pour une promotion.

— Laquelle ?

Embarrassé, Rheinhardt regarda ses chaussures. Il avait l'air plutôt perplexe et dit d'une petite voix :

— Le poste de commissaire.

Liebermann se redressa, les yeux écarquillés.

— Pardon ?

Le policier s'éclaircit la voix et répéta avec davantage d'autorité :

— Commissaire.

Liebermann bondit de son fauteuil, saisit la main de Rheinhardt et la secoua avec vigueur.

— Oskar, c'est formidable. Félicitations, commissaire Rheinhardt ! Ça me fait vraiment plaisir pour toi, Else doit être ravie.

— Max… ma main.

— Oui, bien sûr. Excuse-moi, mais tu n'as pas l'air content.

— Si, si, je suis content. Cependant, être commissaire du bureau de la Sûreté de Vienne représente une grande responsabilité. Et cela me manquera de ne plus arpenter les rues, offrir des récompenses à mes informateurs, mener des interrogatoires.

— Tu n'auras pas besoin de rester assis toute la journée derrière un bureau comme Brügel. C'était sa décision.

— Je serai pris par le travail administratif. Tu n'imagines pas la quantité de paperasse qu'on nous impose.

— Alors tu appointeras des assistants. Tu seras un commissaire plus actif, plus engagé auprès de ses hommes. Tu seras le commissaire le plus impressionnant et le plus apprécié que cette ville ait jamais connu.

Mélancolique, Rheinhardt gonfla les joues et les dégonfla.

— Sans doute est-il indispensable d'avancer. Et quand je serai nommé, le jeune Haussmann pourra prendre ma place.

Rheinhardt sourit et poursuivit :

— L'inspecteur Haussmann… Il est sur le point de se marier avec la jeune fille qu'il fréquente, la jolie danseuse que j'ai rencontrée à l'hôpital. Il aurait bien besoin d'une augmentation de salaire.

Liebermann sentit sa gorge se serrer. Cela ressemblait tellement à son ami, si courageux et généreux, d'accepter le poids de nouvelles responsabilités parce que d'autres pourraient en bénéficier.

Rheinhardt sourit et des rides en pattes-d'oie se dessinèrent au coin de ses yeux.

— Max, je te remercie, ton aide m'a été inestimable.

Gêné et submergé par l'émotion, Liebermann dit très vite :

— Tous les policiers ne sont pas assez intelligents pour reconnaître l'importance d'une approche psychologique. Mes succès en tant que consultant sont à porter à ton crédit.

Ils s'étreignirent et retournèrent à leurs fauteuils, avant de bavarder avec entrain pendant une bonne heure sur la façon dont les services de la Sûreté pourraient se moderniser sous la férule du commissaire Rheinhardt. Le temps qu'ils épuisent le sujet, la pièce était complètement enfumée et la carafe de brandy presque vide.

Puis il y eut une longue période de silence, rompue par Rheinhardt.

— J'oubliais. J'ai reçu un mot de Miss Lydgate.

— Ah bon ? dit Liebermann d'un air innocent.

— Oui, en ce qui concerne l'encre sensible à la chaleur. Elle a eu la gentillesse de conduire une analyse et en a conclu qu'elle est fabriquée à partir de cuivre dissout dans de l'acide hydrochlorique, avec un soupçon de nitrate de potassium. Le résultat est additionné d'eau jusqu'à ce que l'écriture devienne invisible. Mais la chaleur fait réapparaître le texte, qui s'efface de nouveau en refroidissant. Ingénieux, non ?

Rheinhardt fixa son ami.

— Je suis sûr que tu le savais déjà.

Liebermann changea de position.

— Euh… oui, oui. Elle me l'a expliqué.

Rheinhardt se saisit d'un cheveu roux qu'il tendit entre ses doigts et qui se mit à briller devant les flammes.

— Après tout, je suis détective, et maintenant la preuve est accablante.

Rheinhardt se débarrassa du cheveu et leva son verre.

— Je vous souhaite une longue vie et beaucoup de bonheur.

70

Assis à une table, dans une cave à bières bondée de la Bohême rurale, Lutz Globocnik essayait d'écrire une lettre, mais il était distrait par le bruit. L'établissement de la petite commune située non loin d'une ville de garnison était rempli de soldats. La plupart avaient trop bu. Pourtant, leur comportement demeurait bon enfant et l'atmosphère conviviale.

Un groupe d'officiers suppliait un jeune soldat de chanter.

— Allons, debout, Lojzik, fais-nous plaisir.

— Chante-nous quelque chose, pour l'amour de Dieu !

— Que se passe-t-il ? Une crise de timidité ?

— Si tu n'obéis pas, tu seras de corvée de latrines pendant une semaine !

Le malheureux Lojzik se leva et ses camarades applaudirent. Quand il ouvrit la bouche, la salle se remplit de sa jolie voix de ténor. La chanson parlait de Franc Jabůrek, le héros de Sadowa, un artilleur de ce qu'on appellerait plus tard « la batterie des morts ». Après que sa tête avait été arrachée par un obus, il était resté à son poste.

A u Kanónu stál a furt jen ládoval.

Il se tient près du canon et continue de le charger.

Lorsque Lojzik eut terminé sa prestation, les artilleurs, émus par tant de vertu martiale, l'acclamèrent en tapant des pieds.

— Zuza, remets-nous ça !

— Viens par ici, mon garçon ! Tu dois t'humecter le gosier avant de reprendre ton récital.

— Zuza, tu nous oublies !

Une serveuse arriva avec un plateau rempli de bocks. Elle se faufilait avec adresse pour éviter de se faire importuner, et elle était assez mignonne.

Globocnik revint à sa lettre, destinée au Dr Liebermann. Il avait des remords d'avoir ainsi disparu.

Il n'aurait pas dû se sauver sans prévenir le jeune médecin et il lui devait des excuses. Alors qu'il était plongé dans un état de confusion et de désespoir, le traitement par l'hypnose s'était révélé très efficace. Pendant un certain temps, le monde lui avait semblé altéré, il ne parvenait plus à penser, il confondait les rêves, les désirs et la réalité. Mais quand ces terribles souvenirs avaient resurgi, les pièces du puzzle s'étaient remises en place. Il avait repris conscience de qui il était et de ce qu'il devait faire. Et il comprenait maintenant l'étendue de la gentillesse de Liebermann.

Quand il releva la tête, Globocnik vit que la serveuse lui souriait, tout en écartant une main indélicate.

Il laisserait Vienne derrière lui, où il n'avait jamais été heureux. Il se rendrait chez son oncle, qui possédait une petite ferme au nord de la ville de garnison, et il lui demanderait de l'employer. La comptabilité derrière un bureau ne lui avait jamais convenu et la perspective d'un travail honnête le réjouissait : à la campagne, en respirant le bon air au soleil, il forcirait et deviendrait un homme nouveau.

La serveuse, ayant remarqué que son bock était vide, posa une bouteille de Budweiser près de lui.

— Qu'est-ce que vous faites ? lui demanda-t-elle. Vous écrivez une lettre à votre petite amie ?

— Non, répliqua Globocnik, je n'ai pas de petite amie.

— C'est aussi bien.

Qu'entendait-elle par là ? Il la regarda, surpris. La fille lui sourit et il remarqua ses lèvres rouges, ses dents blanches et ses grands yeux noisette.

— Vous vous appelez comment ? demanda-t-elle.

— Lutz.

— Eh bien, Lutz, je termine dans dix minutes. On pourrait aller se promener ?

71

Mendel avait accaparé l'attention d'Amelia pendant la plus grande partie de la soirée et, au cours du dîner, la mère de Liebermann, Rebecca, avait surveillé leurs conciliabules avec une vigilance inquiète. De temps à autre, la voix de Mendel surnageait dans le tapage ; et on avait clairement entendu des expressions comme : « balance des opérations en capital », « excédent de capacités », « dettes à payer ». À l'évidence, il soumettait une nouvelle idée touchant ses affaires à l'expertise avisée d'Amelia. Quand la famille se retira dans le salon, la mère de Liebermann se plaça dans un coin isolé. Le remarquant, Amelia traversa la pièce pour la rejoindre. Une conversation s'engagea et, à distance, elle paraissait d'une intensité alarmante.

Lorsque le maître d'hôtel arriva pour annoncer que la voiture de Liebermann était avancée, Rebecca embrassa Amelia avec affection. Cela surprit tout le monde. Liebermann échangea des regards perplexes avec ses sœurs. Sa mère l'embrassa à son tour et lui murmura à l'oreille :

— Sois gentil avec elle.

Cela le contraria. Certes, ses premières fiançailles ne s'étaient pas très bien terminées, mais enfin, sa mère ne s'imaginait tout de même pas qu'il allait prendre l'habitude de décevoir ses épouses potentielles.

Sur Concordiaplatz, Liebermann et Amelia grimpèrent dans le fiacre qui les attendait. Liebermann alluma la lumière électrique et frappa le bois à l'extérieur. Le véhicule s'ébranla. Le cheval hennit et le martèlement de ses sabots augmenta tandis qu'ils tournaient dans une rue étroite.

— Je suis désolé à propos de mon père, dit Liebermann. Il veut toujours parler affaires.

— Cela ne me dérange pas, répliqua Amelia. C'est un plaisir de s'appliquer à résoudre des problèmes et, moins ils sont familiers, plus tu es obligé de mettre tes ressources intellectuelles à profit. Un exercice plutôt plaisant.

— Vraiment ?

— Oui, très stimulant.

Amelia se tourna vers Liebermann et le cuir de ses bottines rouges apparut sous la bordure brodée de sa jupe en velours. Un frisson de concupiscence troubla l'esprit du jeune médecin et il lui fallut un certain temps pour recouvrer son calme et poser sa question suivante. Il affecta un air nonchalant.

— De quoi avez-vous parlé avec ma mère ?

— De toi, surtout.

— Et qu'avait-elle à dire de si particulier ?

— Beaucoup de choses. Elle était intarissable.

— Tu te sens libre de révéler ses propos ou tu dois respecter la confidentialité ?

— Ce n'était pas dans l'intention de ta mère d'établir une alliance secrète.

— Tant mieux.

Les yeux d'Amelia étaient clairs et pénétrants, avec des reflets métalliques dans la dure lumière électrique.

— Elle a évoqué ton comportement quand tu étais enfant et combien tu lui causais de souci parce que tu ne cessais de fuguer. Il fallait qu'elle parte à ta recherche. Te gronder ne produisait aucun effet, tu étais entêté et tu ignorais ses conseils. Quand tu es entré à l'université, elle a traversé des moments difficiles. Elle était certaine que tu défierais des membres des fraternités nationalistes et que tu serais blessé à mort dans un duel. Tu as vraiment provoqué des duels à l'université ?

— C'est possible, répondit Liebermann, énigmatique.

Amelia réfléchit à la réponse de son fiancé pendant quelques secondes. Une ride apparut à son front. Elle hocha la tête et poursuivit :

— Ta mère pense que tu attires les ennuis et que, de ce point de vue-là, tu n'as pas beaucoup changé depuis l'adolescence. Puis elle a abordé le sujet de ta collaboration avec l'inspecteur Rheinhardt. Elle est consciente que ton travail avec les services de la Sûreté est dangereux. Tes tentatives de présenter les choses sous un autre jour, a-t-elle suggéré avec humilité, seraient une insulte à l'intelligence de n'importe quelle mère, alors s'agissant d'une mère comme elle, qui connaît aussi bien son fils… Pour finir et bien qu'elle t'aime et soit fière de toi, il lui arrive de se demander si d'avoir un fils aussi intelligent et fougueux compense les tourments qu'il lui cause. Et même si tu es psychiatre, elle estime que tu en sais moins sur les femmes que tu ne te l'imagines. Tu ne comprends pas ce qu'elles veulent. Je paraphrase, bien sûr.

— Je vois. Pardonne-moi, mais je ne peux m'empêcher de croire que les critiques de ma mère me concernant, bien que sincères, je n'en doute pas, sont un brin fantaisistes.

— Tu la sous-estimes, Max…

D'un geste, Liebermann encouragea Amelia à développer.

— Elle ne s'est jamais inquiétée de savoir si j'étais « convenable ». Et que je ne sois pas juive ne la dérange pas le moins du monde. Non. Elle craignait que je ne comprenne pas ce qui m'attendait quand nous serions mariés.

Liebermann poussa un soupir.

— Je ne suis pas près de changer. Je suis comme je suis. Et lorsque Rheinhardt sera commissaire, il aura encore davantage besoin de moi.

— Donc ça ne te dérange pas de reconnaître que ta mère a raison sur un certain nombre de points ?

— Non, pas vraiment.

— À l'avenir, tu as l'intention de te mettre à la disposition de Rheinhardt ?

— Il y a toujours des moments difficiles et des dangers auxquels on échappe de justesse.

— Cela sonnerait-il comme une promesse ?

Incapable de résister plus longtemps, Liebermann tira les rideaux et il prit sa bouche.

NOTES SUR L'HISTOIRE ET SES SOURCES

Élisabeth, l'impératrice d'Autriche, a été assassinée à Genève le 10 septembre 1898 par le jeune anarchiste italien Luigi Lucheni. Il avait d'abord eu l'intention de tuer le duc d'Orléans, mais il n'avait pas pu localiser le prétendant au trône de France. Quand il découvrit dans un journal qu'une femme séduisante, voyageant sous le nom de comtesse von Hohenembs, était l'impératrice d'Autriche descendue à l'hôtel *Beau-Rivage*, il décida qu'elle conviendrait aussi bien à son projet. On trouve un récit de l'assassinat d'Élisabeth dans *Élisabeth d'Autriche* par Brigitte Haman. Le régime d'Élisabeth et sa neurasthénie sont décrits dans *Vienna's Most Fashionable Neurasthenic : Empress Sissi and the Cut of Size Zero* par Sabine Wieber. Voir aussi le recueil d'articles *Journeys into Madness : Mapping Mental Ilness in the Austro-Hungarian Empire* (édité par Gemma Blackhawks et Sabine Wieber). Les gants en caoutchouc du Pr Mathias ont été inventés en 1889 par William Stewart Halsted, chirurgien en chef du John Hopkins Hospital. *The World That Never Was : A True Story of Dreamers, Schemers, Anarchists and Secret Agents* par Alex Butterworth est un récit fascinant sur l'extrémisme politique à la fin du XIXe siècle et au début du XXe. Utile pour un romancier. Par exemple, les hommes de ces milieux encourageaient souvent leur femme à prendre des amants afin de prouver leur rejet des valeurs bourgeoises et de démontrer leur engagement envers l'égalité sexuelle. Le Pr de Cyon (1843-1912), psychologue franco-russe, né dans une partie de l'Empire russe correspondant à la Lituanie d'aujourd'hui, avait des opinions tranchées, ce qui lui valut d'être la cible d'étudiants qui lui lançaient des œufs et des cornichons. Pionnier de la cardiographie, il fut un des premiers à suggérer qu'un cardiographe pouvait être utilisé comme détecteur de mensonges. Les cardiographes du début du XXe siècle étaient des appareils compliqués qui exigeaient du patient d'avoir les membres immergés dans l'eau. Ma description d'un des premiers cardiographes n'est pas très exacte. Le faire fonctionner nécessitait plusieurs opérateurs et la procédure d'Amelia a été raccourcie pour les besoins de la narration. La ville d'eaux visitée par le Pr Seeliger est fictive, mais basée sur des exemples réels. « Travel to the Spas », un chapitre de *Journeys into Madness*, décrit le développement du tourisme de santé. En 1904, Emil Kläger, journaliste, et Hermann Draw, greffier à la cour et photographe amateur, ont témoigné de la vie nocturne dans les bas-fonds de Vienne. Ils étaient guidés par un criminel célèbre qui arborait un coup-de-poing américain pour dissuader d'éventuels assaillants. La première calculatrice commercialisée à grande échelle apparut dans des bureaux en 1851. W. T. Odhner commença à fabriquer des machines à calculer en 1886 et, en 1892, il vendit son brevet à Grimme, Natalis & Co. AG à

Braunschweig, pour l'Allemagne et les territoires voisins. La calculatrice de style Odhner fut baptisée Brunsviga et il s'en vendit 20 000 entre 1892 et 1912. La dynastie Jagellon régna du XIVe au XVIe siècle en Pologne et la princesse Cymburge était célèbre pour sa force physique. La bataille de Tannenberg, connue aussi sous le nom de première bataille de Tannenberg, de bataille de Grunwald ou de bataille de Žalgiris, eut lieu le 15 juillet 1410, au cours de la guerre de Pologne-Lituanie contre l'ordre Teutonique. Le siège de Szigetvár tient son nom de la forteresse de Szigetvár en Hongrie, qui arrêta l'avancée de l'invasion ottomane placée sous le commandement de Soliman le Magnifique en 1566. Lev Hartmann, né à Arkhangelsk en 1850, est mort en Angleterre en 1913, après avoir été déporté. Il était membre de la Volonté du Peuple, une organisation révolutionnaire antitsariste. La tentative de Hartmann et de Sofia Pervoskaïa de tuer le tsar Alexandre II en faisant exploser son train eut lieu la nuit du 19 novembre 1879. Le quatrième wagon transportait des conserves de fruits destinées à ravitailler les palais impériaux en Crimée. Le tsar avait changé de train et était déjà à Moscou. La Volonté du Peuple parvint à assassiner Alexandre II le 1er mars 1881. Il fut tué par une grenade lancée par Ignati Grinevitski (1856-1881). L'empereur François-Joseph aimait les visites matinales à son « amie » l'actrice Katharina Schratt, qui vivait au numéro 9 de la Glorietgasse. Des gens se rassemblaient souvent près de la voiture royale pour apercevoir l'empereur. La relation de l'empereur avec l'actrice et la cérémonie du petit déjeuner sont décrites dans *L'Empereur et la comédienne* par Joan Haslip. Les deux héritages inaliénables de la maison des Habsbourg appartenaient autrefois à la « collection thaumatologique » : le Saint Graal (une coupe en agate où les lettres XRISTO apparaissent dans les veines de l'agate quand on la tient à la lumière) et une corne de licorne (qui a été utilisée comme sceptre). Ils sont maintenant exposés avec une collection d'objets impériaux au Kunsthistorisches Museum à Vienne. Bien que le juge Weeber ait eu l'intention de rechercher des squelettes de chameaux ottomans sur les champs de bataille pendant sa retraite, il avait peu de chances d'en trouver beaucoup en 1904. Cependant, ce n'était pas totalement impossible, vu que des squelettes d'hommes et de chameaux ont été localisés des siècles après les conflits ottomans. Pour savoir quels produits chimiques et éléments divers on pouvait découvrir dans la cave d'un artificier de cette époque, j'ai consulté le manuel authentique d'un fabricant de bombes écrit par un anarchiste du XIXe siècle. Je ne vous donnerai pas les références (au cas où). Fabriquer des explosifs produisait des odeurs fortes, voilà pourquoi j'ai situé la fabrique d'explosifs entre les tours des réservoirs à gaz, une usine chimique et le canal du Danube. À la fin du XIXe siècle et au début du XXe, les « actes de propagande par le fait » (en français) sont des attaques de violence « exemplaire » perpétrées par les activistes d'extrême gauche. Ils sont assimilables à du terrorisme. Bolko le Petit était le dernier duc de Silésie de la dynastie des Piasts à régner et il mourut le 13 juillet 1368. La défenestration du malheureux jésuite est décrite dans *Danubia : A Personal History of Habsburg Europe* par Simon Winder (la seule histoire des Habsbourg qui vous fera rire). C'est un trésor d'anecdotes et de curiosités historiques. Sečovlje est une localité de la région littorale de Slovénie célèbre pour ses marais salants. La production de sel remonte au XIIe siècle, mais elle a beaucoup augmenté pendant la période austro-hongroise. Jean Le Rond d'Alembert (1717-1783), mathématicien français, avait mis au point le « système de roulette de d'Alembert ». Malheureusement, il avait une compréhension erronée des probabilités. Le sandjak de Novi Pazar était un poste administratif ottoman qui se trouve maintenant dans la région de Raška. La *pseudologia fantastica* ou mythomanie est une « maladie » psychiatrique caractérisée par des mensonges compulsifs pathologiques. Elle a été décrite pour la première fois par le psychiatre allemand Anton Delbrück (1862-1944), en 1891. Le principal ouvrage de Gustave Le Bon (1841-1931), médecin et esprit universel, s'intitule *Psychologie des foules*, publié en 1895. Les propos sur Le Bon de Sigmund Freud devant Liebermann sont basés sur des passages de « L'âme collective (d'après M. Gustave Le Bon », qui compose la deuxième partie du séminaire de Freud, *Psychologie des masses et analyse du moi*. Bien que *Psychologie des masses* n'ait pas été publié avant 1921, Freud avait certainement lu l'ouvrage de Le Bon en 1904. La marche du capitaine Hoover qui se rend à son travail au ministère de la Guerre s'inspire d'une scène de *Suicide sur commande* par Robert Asprey, et du personnage d'Alfred Redl. Ce volume contient aussi des renseignements sur les fonctionnements des services secrets et des détails relatifs à cette époque (par exemple l'appareil d'écoute mis au point avant l'invention des micros espions). La chanson sur Franc Jabůrek, le héros de Sadowa, est également empruntée à *Suicide sur commande*. Méphistophélès et sa biographie sont inspirés de la vie et des exploits du prince Piotr Kropotkine (1842-1921), un anarchiste russe. Kropotkine, un des pages préférés d'Alexandre II, a rejoint un régiment cosaque stationné en Sibérie. Puis il est devenu un scientifique reconnu et un des plus grands propagandistes de l'anarchie. Son travail sur le comportement animal, et plus particulièrement sur l'entraide mutuelle, représente un défi fascinant à l'orthodoxie darwinienne. On trouve un excellent résumé des idées de Kropotkine sur la coopération dans le monde naturel dans *The Prince of Evolution*, de Lee Alan Dugatkin. La communauté utopique que Méphistophélès visite en Amérique est basée sur la colonie Oneida (localisée dans le nord de l'État de New York). Leur expérience sociale a duré de 1848 à 1881. Đurđevi Stupovi est un monastère orthodoxe serbe dédié à saint Georges, près de Novi Pazar. Il a été terminé en 1171. Ferdinand Porsche (1875-1951), aujourd'hui célèbre pour avoir fondé l'entreprise automobile Porsche, a commencé à travailler en 1898 à Vienne pour Jakob Lohner & Co (le fabricant des voitures royales). Il était encore en activité à Vienne en 1904. Porsche était un ingénieur automobile de grand talent qui a créé le premier véhicule hybride fonctionnant à l'essence et à l'électricité (Lohner-Porsche, 1901). Pendant un temps, il a été le chauffeur de l'archiduc François-Ferdinand. Il a aussi gagné le rallye d'Exelberg en 1901 (en conduisant une voiture hybride à moteurs-roues). Les massacres en Rhénanie, ou croisade allemande de 1096, sont un des premiers exemples de ce qui sera appelé plus tard « pogromes ». Certains historiens considèrent cette croisade allemande comme le début d'un programme de persécutions antisémites qui se sont poursuivies jusqu'au point culminant de l'Holocauste de la Seconde Guerre mondiale. Les informations sur les encres ont été relevées dans *Manuel pratique d'instruction judiciaire à l'usage des procureurs, des juges d'instruction, des officiers et des agents de police judiciaire, fonctionnaires de police, gendarmes, agents du service de la sûreté, etc.* par Hans Gross. Les caractéristiques des empreintes digitales sont décrites dans *Fingerprints* de Colin Beavan. Le palais Khevenhüller n'existe pas, vous ne le trouverez pas à Josefstadt.

Je remercie mon agent, Claire Alexander ; Steve Matthews, pour des discussions pleines d'enseignements sur les différents aspects de l'écriture ; Nicola Fox, qui m'a suggéré des éléments de l'intrigue, et le lieutenant-colonel Michael Pantolfo USAF (ret.) pour ses réponses à mes questions concernant les explosifs, les détonateurs et les revolvers. Les erreurs éventuelles dans *La Valse de Méphisto* sont de mon fait.

Frank Tallis,
Londres, 2017.

#lisez engagé !
www.lisez.com

Pour plus d'information :

Imprimé sur du papier issu de forêts gérées durablement.

10/18 – 92 avenue de France, 75013 PARIS

Imprimé en France par
CPI Bussière

N° d'impression : 2073799
Suite du premier tirage : septembre 2023
X07213/04